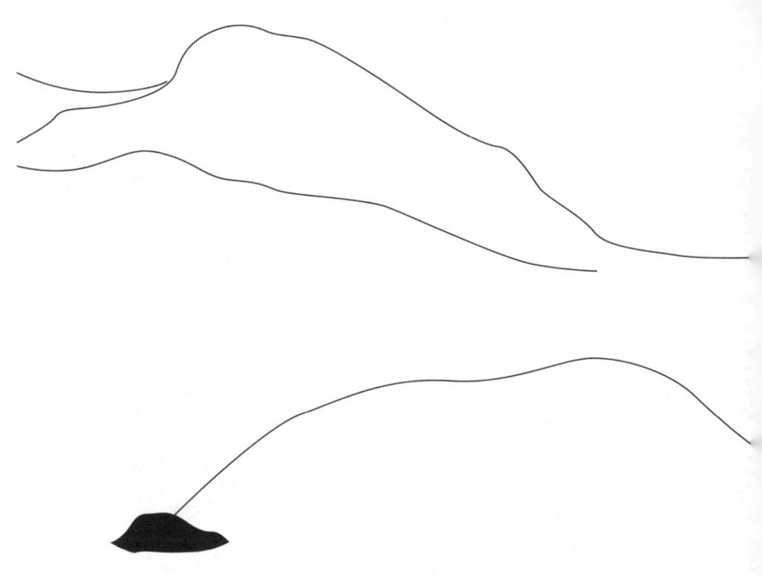

經典回歸

暢銷逾五十年的唐詩賞析典範

唐詩小札

劉逸生

作者簡介

劉逸生（一九一七～二〇〇一），原名劉日波，號逸堂老人，廣東中山人。著名古典文學專家、詩人。他刻苦自學，一生致力於中國古典文學的普及，「以白話詮釋經典，以經典詮釋智慧，以智慧詮釋人生，以人生詮釋人性」。上世紀六十年代初就以《唐詩小札》享譽學界和民間，陸續出版有《宋詞小札》、《三國小札》、《史林小札》、《藝林小札》、《事林小札》等，主編有《中國歷代詩人選集》、《中國古典小說漫話叢書》等。在普及中國傳統文化知識方面，貢獻良多。

前言

上世紀六十年代初，當《唐詩小札》面世，廣州新華書店竟然出現了排隊爭購的場面。從此它一紙風行，風靡了大江南北！至今，仍然有不少人認為：《唐詩小札》哺育了幾代人的中國古典詩歌修養和愛好。

其實，以類似小札這樣的形式談詩詞，並非《唐詩小札》首創，在它之前，已經有人使用過它。有趣的是，近幾十年來，受《唐詩小札》啟示而發揚光大的各種「鑒賞辭典」，吸引了更多人前來一試身手，但是，卻還沒有誰能夠把《唐詩小札》比下去。《唐詩小札》的成功是毋庸置疑的。

對於它何以能夠成功，尚吟先生指出兩條：一是作者對於唐詩具有「深入」的理解，二是其優美「如散文詩」的文筆。說得都對，但我以為還可以補充一條，就是它的富於「知識性」與「趣味性」。

「知識性」和「趣味性」對於《唐詩小札》其實相當重要。因為通俗地談篇幅短小而不算深奧的唐詩，要敷衍成篇並不容易，而要做到各篇自具面目，使人讀數十篇而不生雷同之感，欲罷不能，更是談何容易！單憑疏解文義和優美文筆，是辦不到的，這就要發揮「知識性」與「趣味性」的長處。照我看，《唐詩小札》的成功，一半有賴於此。這裏所謂「知識性」並不等於有知識，讀書人往往並不缺少知識，但容易受知識所拘囿，成了知識的奴隸，他的知識不能夠和自己的文筆融為一體，只是些死知識。逸堂老人則不然。豐富龐雜的知識貯藏在他腦中，他是主人，知識則好比是招之即來揮之即去的奴僕，他運用知識，揮灑自如地引領讀者出入古今，上天下地，縱橫四海，而絕無掉書袋、說名理的冬烘氣。

「趣味性」除了有個高低問題，對通俗讀物作者來說，更要緊的是，對現實社會、對周圍的生活，有沒有息息相通的廣泛的興趣。把握不到現代人、一般讀者的趣味所在，就無法吸引他們，更談不上把他們的趣味提高。哪怕作者有再高的品位，對望望然去之的讀者，也只有徒喚奈何。而要了解讀者的興趣，他們所以「喜聞樂見」，就只有靠實踐，從長期經驗積累中悟得，捨此別無他途。逸堂老人置身新聞界而多年從事副刊工作，使他具備了對「趣味性」這說來有些虛無縹緲之物的敏銳觸覺。老人曾經追述他在《羊城晚報》副刊工作的經歷，其中就說到：「在快滿九年的時間裏，經我的手，在《晚會》總共發表了兩萬多篇長短不齊的文章、詩詞、漫畫、照片、剪紙、謎語……之類。《晚會》的宗旨，讀者一看就明白，用那時的話來說，就是『寓共產主義教育於談天說地之中』，強調了它的『知識性、趣味性』的特點。內容自然是古今中外，上至天文，下至地理，飛潛動植，文武百工，無所不包。在近九年之間，確實也絞了不少腦汁，費了不少氣力。」

我想，如果逸堂老人早就在大學當教授，或者沒有進入新聞界，或者進入了新聞界卻沒有到《羊城晚報》主持《晚會》副刊，對「知識性」和「趣味性」積累了深刻的了解，真不知道他能否寫得出《唐詩小札》這樣成功的作品？

老人晚年曾把他的「小札」與《唐詩三百首》相比，評價它們對唐詩普及的功勞。無疑地，無論在選詩的眼光，還是詩歌的審美和解詩的「深入淺出」上，「小札」是大大超過了後者的。《唐詩小札》自一九六一年出版，到今天仍然在再版，跨越了從「文革」前到「改革開放」後這樣巨大的社會發展變化，而作者並不需要進行相應的修改，這表明它的確葆有不受時移世易淘汰的金剛不壞身。而這一點是與《唐詩三百首》差可比擬的。

劉斯翰

目錄

王勃

六四九或六五〇～六七六

唐文學家，字子安，絳州龍門（今山西河津）人。「初唐四傑」之一。曾任虢州參軍。其詩長於五律，偏於描寫個人經歷，多思鄉懷人，酬贈往還之作，風格較為清新流利。有《王子安集》。

送杜少府之任蜀川[1]

城闕輔三秦，風煙望五津。
與君離別意，同是宦遊人。
海內存知己，天涯若比鄰。
無為在歧路，兒女共沾巾。

[1] 少府，唐代縣尉的通稱。之任，上任。蜀川，泛指蜀地。

初唐四傑——王勃、楊炯、盧照鄰、駱賓王在中國文學史上是有一定地位的。他們雖然還不能完全擺脫六朝競尚浮華的文風，但是卻不肯隨風而靡，像上官儀之流的只在「宮體詩」的泥潭中打滾。他們敢於用自己的創作實踐，反對當時貴族宮廷文學的沒落傾向，給詩壇帶來一股清新健康的空氣。雖然成就並不特別巨大，卻正如黑夜中初現的一線曙光，依然值得人們珍視。

王勃這首五律所以為後代的讀者所注意，正是由於它無論在思想內容上或文字風格上，都是和統治着當時詩壇的貴族宮廷文學處於相反的一面。眾所周知，貴族宮廷文學——在詩歌上則以「宮體詩」為代表——都是一些失掉生命的屍體，它們除了竭力借助於金碧輝煌而又庸俗不堪的外表之外，已經再也沒有別的出路了。然而由於它們還佔着統治地位，要打破它是需要有先驅者的勇氣和付出艱苦的創作勞動的。王、楊、盧、駱已經開始嘗試着探索新的道路。像王勃的這一首詩，就是通過創作實踐向它們作出了否定的一例（當然，同一時期還有其他的類似作品，這裏只是舉例）。

這首詩從思想內容看，歌頌了人間真摯的友情之可貴，說明這種友誼並不會因為形跡疏遠而減弱，詩裏洋溢着真實的、深摯的感情，對於那些意識低下、感情虛偽的宮廷作家和宮廷文學來說，客觀上起了揭露和排斥的作用。從文字風格上看，則是壯闊開朗，樸實嚴整，使人自然地覺得它有一種健康壯實的藝術上的美。

本來，從格律來說，王勃這首五律還不是定型了的。律詩八句，開頭兩句一般不講對仗，而三、四兩句卻非要講求對仗不可。這一首詩卻正好相反，開頭一聯使用了嚴整的對仗，三、四兩句卻又不然。這是因為在初唐，「近體詩」的格律還沒有定型化（從唐代開始，稱律詩、絕詩為近體詩），作者們還在探索的緣故；不過，可以看出它已出現一個雛形。例如這首詩雖然在對仗上面還有參差，而平仄、押韻和「粘」❷的運用都是標準的「近體詩」，便是證明❸。

讀這首詩，先要看詩人怎樣落筆。他一開頭使用了嚴整的對仗，是有道理的。「城闕輔三秦」，點出送別的地點；「風煙望五津」，再點一句行人要去的地方❹。先交代出送友人去蜀川的主題，使它眉目清楚。這是第一點。其次，一句寫「三秦」，用「城闕」來顯示長安的一派氣勢，一句寫「五津」，又用「風煙」來顯示遠處的滿眼迷蒙。這樣，就傳神地摹畫出兩個朋友戀戀不捨，時而仰頭看着長安城闕，時而翹首遠方想像蜀川的神態。所以這兩句又不限於交代一下地點，而且還帶出了人物分手時的神情動作了。

「與君離別意，同是宦遊人。」這兩句承上而來，是詩人先用一種理由去安慰他的朋友。那意思是說，你為了做官的緣故，遠去蜀川，我也是為了做官來到長安，同屬「宦遊」之身。遠離鄉土作客他方的感觸，彼此都是一樣的。這是用兩人處境相同、情感一致來安慰朋友，藉以減輕他孤身遠行所引起的悲愁情緒。

轉入五、六兩句，詩人再進一步申明自己的看法：「海內存知己，天涯若比鄰。」

❷律詩上聯的對句和下聯的出句，平仄要靠近，這叫「粘」。如七律第二句若是仄仄平平仄仄平，則第三句須是仄仄平平平仄仄。

❸到宋代，有些詩人喜歡弄些「破格」的律詩。例如一、二兩句對仗，三、四兩句反而不對仗，就稱之為「偷春格」。意說有如梅花的先春而開。

❹「城闕輔三秦」，意思是長安城宮闕嵯峨，險要的「三秦」從四面衞護着它。「三秦」相當於今陝西省中部和北部一帶。「風煙望五津」，「五津」指白華津、萬里津、江首津、涉頭津、江南津，都是四川省岷江上的津口。這裏用來代表杜少府要去的蜀川。

這十個字應該做一句讀。意思說，朋友分手，固然不免黯然神傷，可是一想到在自己的生活中仍然有個知己，而知己是絕不會因為形跡的疏遠而使感情從此淡薄的。那麼，即使彼此分隔在天涯地角，從思想感情的交融來說，還不是和隔鄰相處一樣嗎！於是在結聯裏，詩人奉勸他的朋友：「無為在歧路，兒女❺共沾巾。」在臨別的時候，像情感脆弱的孩子那樣哭着是沒有必要的。

整首詩寫出了兩人友情的真摯不移，並且還表露了詩人胸懷浩闊，自有遠大的志向，不肯作兒女之態。這樣來勸勉遠行的人，自然會使他精神開朗，意氣高昂，慷慨而別，鼓舞而去。這樣的送別詩，自然顯出氣象壯闊，不落俗套。無怪它能夠成為歷代傳誦的名作。

❺兒女，《後漢書．來歙傳》：「故呼巨卿，欲相屬以軍事，而反效兒女子涕泣乎！」「兒女子」是指情感脆弱的孩子。有人認為此詩「兒女」是指青年男女。因青年男女之間的愛戀私情，別離時總不免哭泣。今按，青年戀人臨歧分手固然不免哭泣，但臨歧分手的「兒女」，也應包括姊弟、兄妹等在內，他們分手時同樣會哭泣。弟妹也不一定已成為青年。追溯此詞的源頭，還是以泛指情感脆弱的孩子較妥。

陳子昂

（六五九～七〇〇）

字伯玉，梓州射洪（今屬四川）人。開耀進士，拜麟台正字，轉右拾遺。其詩標舉漢魏風骨，強調興寄，反對柔靡之風。是唐代詩歌革新的先驅，對唐詩發展頗有影響。有《陳伯玉集》。

酬暉上人秋夜山亭有贈

皎皎白林秋，微微翠山靜。
禪居❶感物變，獨坐開軒屏❷。
風泉夜聲雜，月露宵光冷。
多謝❸忘機人，塵憂未能整❹。

❶禪居，僧房。

❷軒屏，這裏作門扇解。屏讀上聲。

❸多謝，與一般的多謝不同，是作者的謙詞，慚愧的意思。

❹整，原意是整治，這裏作掃除解。

陳子昂，唐代第一個在理論上提倡「漢魏風骨」❺，反對齊梁以來的萎靡詩風的傑出詩人。他不僅在理論上而且在實踐上和當時的「宮體詩」逆流進行了鬥爭，在唐代燦爛的詩歌發展史上起了重要的先驅作用。他不僅是一位詩人，而且是一位有抱負、有才能的愛國憂時的人物，胸中一股發憤報國、不甘下游的雄心壯志，時常從他的筆底流露出來，可惜他一生始終受到排斥和打擊，無從施展抱負。

在陳子昂現存的詩篇中，《感遇》三十八首自然是他的重要作品。在這些篇章裏，作者比較直截地抒述了自己對許多問題的想法和看法。這對於研究陳子昂來說，自然是很重要的材料；可是，就其他一些看來不大重要的詩篇上，在作者偶然透露的思想閃光中，也未嘗不可以看出作者對社會、對人生的基本態度，並且不失為評價作者生平為人的參考材料。這裏選取他的《酬暉上人秋夜山亭有贈》，就是從這個角度出發，並且藉此窺看作者在抒情小詩中的藝術造詣。

詩是酬答一位叫暉的和尚而寫的。暉和尚贈給他一首詩，大抵寫的是秋夜山亭的景色（詩已失存）。詩人於是回答了一首。看來那時候詩人也是住在僧寺裏面。

開頭兩句便已是一幅很美的秋夜景色。「皎皎白林」，寫出寒林的蕭瑟以及它在月光照射之下反映出來的一片皓白。再用「秋」字點出節令。——這是畫圖中的近景。第二句「微微翠山」則是畫圖中的遠景了。因為是在月光底下，所以遠山才顯得輪廓朦朧，看上去不十分真切，所以句中下了「微微」二字。最後一個「靜」字，又不僅

❺ 漢魏風骨，指漢末三國時期的一種剛健清新的詩風。這個時期許多作品都具有反映社會現實的內容和真實的思想感情。

達出遠山之神，而且還烘托出夜裏的氣氛。這兩句寫山中的秋夜，寫秋夜有月，形象幽美，耐人體味。

三、四兩句轉到自己身上。自己住在山寺裏，看見滿眼秋色，感到節氣已經變換了。但第三句包含的感情內容並不如此簡單。從整首詩來看，可以體會出詩人由於景物的變化，產生了許多感想。因為想得很多，心情有點煩亂，後來索性打開門扇，獨個兒坐在那裏，呆呆地看，呆呆地想。第四句的「獨坐開軒屏」，便是在這種煩亂的感想底下，像有目的又像沒有目的的一種行動。

進入五、六句，又是一種境界。它看來還是寫景，不過已更多地滲進了詩人的主觀感情在內。上面說過，詩人開門獨坐，目的並不在於欣賞眼前的景色，所以這時候，耳畔的風聲和泉聲，忽起忽落，有時兩種聲響又交織成一片，很雜亂，聽起來就彷佛同自己心裏的思潮混合在一起，很不容易分別開來。至於滿地的月色和草上的露珠，又朦朧，又閃爍，看上去使人平添一股寒意。這寒意，在詩人心上也特別感受得敏銳。這些，都和詩人無可奈何的隱居生活所帶來的複雜心情有一定程度的應和。所以說，這兩句寫景是更多地帶有詩人主觀方面的色彩，同開頭兩句寫景並不完全一樣。

正因為自己雖然僻處山中，仍然未能忘懷世事，對於暉和尚在詩中表露的「忘機」（淡然忘情，與世無爭）的襟抱，就有不同的看法。詩人最後這樣說：「多謝忘機人，塵憂未能整。」由於自己未能掃除作為塵世中人的種種憂慮，讀了暉和尚的佳作，只好感到慚愧了。點出了酬答的意思，也表示了自己不同的態度。

從上文的分析可以看出，詩人雖然幽居山中，並且也和一些方外的人往還，可是，這顆心卻沒有因此就變得寧靜，許多所謂「塵憂」（包括對於國家的、社會的和個人身世的種種想念）仍然盤繞胸際，擺脫不開。因此就在一首酬和的詩中，也不期而然地閃露了出來。這是一種熱愛社會、熱愛生活的積極入世的態度，應該值得肯定。

這首詩在藝術處理上也有相當高的技巧。寫景的精練，造句的秀整，以及情景的穿插、融匯，比起後來的盛唐名家，並不見得遜色。詩人在創作實踐上力追「漢魏風骨」所取得的成就，從這首詩也可以窺見一斑。

登幽州台歌

前不見古人，
後不見來者。
念天地之悠悠，
獨愴然而涕下。

提起陳子昂，人們自然會想起他這首《登幽州台歌》。

你看詩人那種百感茫茫的複雜心情，那種傷時感遇的沉鬱情調，那種俯視一世的孤高抱負，都從寥寥四句中噴薄而出，何等深沉，何等悲壯！再三吟誦，彷如在白茅蕭蕭、天低雲暗的曠野，聽到嗷然長吟的畫角；彷如在陣雲深擁、萬幕不嘩的戰地，聽到駿馬的幾聲悲鳴；也彷如在深山窮谷，踽踽獨行，忽聞萬木怒鳴，千林振響。此中是悲是憤？是愛是恨？是激烈還是低回？是狂歌還是痛哭？糾結纏綿，很難分解。但覺四句之中，觸緒無端，既不知從何而來，亦不知從何而去；憂懷雜沓，既不知何由而起，亦不知何由而止；渾淪莽蒼，竟不知是個人之感，時代之慟，還是摒盡今茲，壓倒千古。

這四句詩很難演繹，也很難解說，詩人胸中包羅廣闊，筆下棄盡町畦，無來無去，無首無尾。勉強解說，勢必如渾沌鑿竅，七日而死❶。然而我們必須知其時代背景，必須探其寫作動機，盡力去接近它，才有可能設法去了解它。這不是個人牢騷的迸發。在這短短的四句中，跳動着強烈的時代脈搏，反映出先驅者的苦悶與渴望。

陳子昂在二十九歲的時候，曾向武則天上過《答制問事八條》，主張減輕刑罰，任用賢才，延納諫士，勸功賞勇，減輕徭役等，其中許多都是符合人民願望的。但是事實說明，推行賢良政治並沒有他想的那麼簡單。武則天當時忙於稱帝改號，有她一套施政計劃，對於這個文學小臣，當然不會重視。不久，他又因母喪去官（一說因為他上疏議論時政，武則天不喜歡他，因而罷職）。過了幾年，再回到朝廷，卻又因牽入「逆黨」之事，陷在獄中。出獄後，在洛陽任右拾遺，到次年（萬歲通天元年，公元六九六年）參加武攸宜的軍事參謀。不料他一片為國的忠誠，反而招來了意外的打擊，不能不使他十分憤慨。

當時，東北邊境住着契丹族，此時勢力雖然並不甚大，仍是邊境上的潛在威脅。武則天時期，鎮守東北的松漠總督李盡忠忽然叛變，朝廷派兵鎮壓。恰在此時，契丹乘機起兵南侵，攻陷幽州、冀州和營州。武則天派武攸宜北上抵敵。

武攸宜不諳軍事，才一接仗，先鋒王孝傑等全軍覆沒。陳子昂正在幕中參謀軍事，曾向武進言，不納；又請分軍萬人為前鋒，以遏敵勢，武亦不聽。其後更將他降職處分。子昂滿腔愛國熱情，受到打擊。有一次，他登上幽州台（唐幽州治薊，故城

❶這句出自《莊子》，是個寓言。它說：南海的帝王名叫倏，北海的帝王名叫忽，中央的帝王名叫渾沌。倏和忽常常在渾沌的國土上會見，渾沌待他們很好。倏和忽商量報答渾沌的美意，說：「人都有七竅，用以看、聽、飲食、呼吸，唯獨他沒有。我們試着給他鑿開七竅。」一天鑿一竅，到了第七天，渾沌就死了。

在今北京市西南），放眼河山，忽發無窮感慨，便寫下了這四句。

「前不見古人」，不是前無古人，而是我既不見古人，古人亦不及見我。「後不見來者」，也不是後無來者，而是後人我不及見，後人也不及見我。見我和我見的，本是這個時代，而偏偏在這個時代，既無古代英雄，亦無將來俊傑，沉迷慘澹，生氣寂然，「天地悠悠」，人生有限，誰能免於「愴然涕下」？這正是縱臨千載、曠視四海的有志之士的一段沉重的悲痛。後來如清代的思想家和詩人龔自珍有詩云：

九州生氣恃風雷，萬馬齊喑究可哀。
我勸天公重抖擻，不拘一格降人材。

千載遙遙，同懷此感，也不妨作為陳子昂此詩的印證。

唐初，以帝王提倡而風靡的「宮體詩」，承接齊梁餘波，依舊瀰漫在朝廷上下。眼看已經過了六七十年了。正如陳子昂在《修竹篇序》中指出的：

文章道敝五百年矣！漢魏風骨，晉宋莫傳；然而文獻有可徵者。僕嘗暇時觀齊梁間詩，采麗競繁，而興寄都絕，每以永歎，竊思古人。常恐逶迤頹靡，風雅不作，以耿耿也。

這番話無異直斥當時朝廷上惡劣的詩風。他大聲疾呼，要恢復「漢魏風骨」。也就是主張詩歌要有健康積極的內容，關心社會現實，抒發真實感情。他反對片面追求形式，唯美是尚。他表示要用自己的詩歌實踐同後者進行不調和的鬥爭。

可是，當時的同調者實在沒有多少人。

稍前於他的王（勃）楊（炯）盧（照鄰）駱（賓王），根本沒有提出自己的詩歌觀點。盧、駱固然不曾完全擺脫齊梁餘風，王、楊則一個早死，一個遠宦（楊任盈川令，地在今四川筠連縣境）。歷史前進的腳步如此姍姍，還輪不到他們轉移詩壇的風氣。那時詩壇上一夥把頭式的人物，正是沈佺期、宋之問、李嶠、蘇味道、閻朝隱之流，他們都曾是宮廷幸臣，盡寫些奉和應制、吟風弄月之作，以此作為獻媚取寵的手段。

詩壇上這一片污濁，陳子昂也是十分憤慨的。

然而憤慨也罷，大聲疾呼也罷，他不能不感到異常孤獨。王維、李白、杜甫、高適、岑參這些盛唐詩壇上的支柱，那時還一個也不曾出生。「兩間餘一卒，荷戟獨彷徨。」這種難堪的滋味，陳子昂先就深深地嚐到了。

這也不能不使他發出「念天地之悠悠，獨愴然而涕下」的悲痛之聲。

然而，轉機畢竟快來了。從開元年代開始，詩壇突然湧現一群燦爛的巨星，彷彿天空裏的天狼、織女、大角、河鼓……全都聚集到一起來了。那時，陳子昂雖然已經寂寞地逝去，他的影子卻依然存在，正如一顆曾經強烈爆發過的新星，在長空中永遠留下作為印證歷史的痕跡。

張若虛

約六六〇～七二〇

揚州（治所在今江蘇揚州）人。曾官兗州兵曹。以「文詞俊秀」而「名揚於上京」，與賀知章、張旭、包融並稱「吳中四士」。生平事跡不詳。所作詩亦多散佚，《全唐詩》僅錄存《代答閨夢還》、《春江花月夜》兩首。

春江花月夜

春江潮水連海平，海上明月共潮生。
灩灩隨波千萬里，何處春江無月明！
江流宛轉繞芳甸，月照花林皆似霰；
空裏流霜不覺飛，汀上白沙看不見。
江天一色無纖塵，皎皎空中孤月輪。
江畔何人初見月？江月何年初照人？
人生代代無窮已，江月年年望相似。
不知江月待何人，但見長江送流水。
白雲一片去悠悠，青楓浦上不勝愁。
誰家今夜扁舟子？何處相思明月樓？
可憐樓上月徘徊，應照離人妝鏡台。
玉戶簾中捲不去，擣衣砧上拂還來。

此時相望不相聞，願逐月華流照君。
鴻雁長飛光不度，魚龍潛躍水成文。
昨夜閑潭夢落花，可憐春半不還家。
江水流春去欲盡，江潭落月復西斜。
斜月沉沉藏海霧，碣石瀟湘無限路。
不知乘月幾人歸？落月搖情滿江樹。

聞一多先生曾經寫過一篇《宮體詩的自贖》。其中一大段是談張若虛這首《春江花月夜》的。有幾句話值得在這裏引用一下：

在這種詩面前，一切的讚歎是饒舌，幾乎是瀆褻。這是詩中的詩，頂峰上的頂峰。從這邊回頭一望，連劉希夷都是過程了，不用説盧照鄰和他的配角駱賓王，更是過程的過程。至於那一百年間梁陳隋唐四代宮廷所遺下的那分最黑暗的罪孽，有了《春江花月夜》這樣一首宮體詩，不也就洗淨了嗎？向前替宮體詩贖清了百年的罪，因此，向後也就和另一個頂峰陳子昂分工合作，清除了盛唐的路——張若虛的功績是無可估計的。

詩人畢竟是詩人。這些讚美的話未免洋溢過分帶上誇張的色彩。誇張些本也不妨；但是，聞先生把這首詩徑稱之為「宮體詩」，並且是「宮體詩的自贖」，似乎就頗有商榷的餘地。

《春江花月夜》這個題目，據說是創始於陳後主——也就是被稱為「全無心肝」的那個陳叔寶。但他到底在這題目下寫了些什麼？因為詩已失傳，我們無從知道。如今最早看見的是隋煬帝的兩首，每首僅有五言四句，宛如五絕。再說曾與《春江花月夜》並提的陳後主的那首《玉樹後庭花》，還沒有失傳，倒是七言詩，但只有六句。詩寫得非常肉麻；隋煬帝那兩首也好不了多少。它們當然都是「宮體詩」，但連形式都不是張若虛那種七言長篇巨制。

張若虛這首《春江花月夜》，雖然用的是同一個題目，是不是可以稱之為「宮體詩」？我的看法是否定的。宮體詩——以宮廷為中心的豔情詩，主要應該看它的內容。它是淫蕩下流的，甚至有些是變態心理的表述。稍好些的也只有那麼一點點形式的堆垛，勉強撐持着空虛與無聊的內容。

在形式上，宮體詩固然也多少吸收了齊梁以來講求駢儷工整、追求諧律和聲的某些成果，但這是非常次要的。至於研求聲律者在詩學形式方面的探索及其進步作用，當然不能與宮體詩的出現混為一談。

南北朝時期出現了大量民歌，它分成南北二支。北方民歌粗獷勁健，南方的則以婉轉細膩、活潑姿媚見長，各有各的風格。而就內容來說，儘管我們所能見到的不過是十一之於千百，卻明顯可以看出它們同宮體詩正處在一個對立面上。

江南的山川氣候和風土人情，影響着南方民歌的內容。從《樂府詩集・清商曲辭》所載的來看，大部分是情歌；它們又都帶上南方水國的特有氣息，同「健兒須快馬，快馬須健兒」、「天蒼蒼，野茫茫，風吹草低見牛羊」的北方情調截然不同。

南方民歌還有「續續相生，連跗接萼，搖曳無窮，情味愈出」的形式美（沈德潛《古詩源．西洲曲》評語），而北方民歌是不興這一套的。

尋源溯流，假如要探究張若虛《春江花月夜》之所以產生，我以為，與其說它是「宮體詩的自贖」，毋寧說，它既汲取了南朝民歌內容和風格上的長處，更發揮了齊梁以來講求形式美的成就，它把這兩者都加以豐富了；而又有意於清洗宮體詩的污濁——它和宮體詩的關係僅僅如此。

然而成就是巨大的。自從這首《春江花月夜》誕生以後，人們才算是獲得了一個範本。這個範本證明，齊梁以來開始醞釀到唐初接近完成的新的格律，南方民歌色彩的風調，七言中以小組轉韻結合長篇的技巧，這三者可以糅合得極其完美。雖然他提出的是範本中之一，但他其實已登上一個高峰了。我們應該同意聞一多的估價：他「和另一個頂峰陳子昂分工合作，清除了盛唐的路」。

這正是這首名作之所以受到人們特別重視的原因。

離人思婦哀怨思憶的內容，應該從歷史的角度上去加以估量。儘管說，這首詩不可避免地暴露出詩人的傷感情緒。但是在封建社會裏，離人思婦不正是大量存在的現實嗎？而且正是大量出現在社會底層的男女之間。我們不能苛責詩人為什麼要選擇這樣的題材。

現在，讓我們先逐段逐段仔細欣賞一番，然後再研究它在形式方面有哪些與眾不同的特點。

海，是廣闊而浩蕩的，潮水，也是廣闊而浩蕩的，因此，江水也是浩蕩的。江和海已經分不開來，連成一片了。

跟隨潮水湧起來的，是一輪又圓又大的月亮。它那光亮閃爍動盪，隨着波浪的漲湧，閃爍動盪的幅度愈展愈闊，愈闊愈遠，彷彿飄到無邊無際的遠處。

呵！在這美麗的春夜，哪一條江流沒有你的光華在翻騰飛躍呢！

（這四句的最後七個字，是對以下整篇的內容先安頓了伏筆。）

江水曲折地繞着開滿香花嫩草的土地，月亮照在這座花的林子上面，看上去就像綴滿了一顆顆的雪珠。

月亮已經在高空升起了。整個天空一片白茫茫的，彷如鋪開了凝滯不飛的白霜。再看那沙灘呵，只有一片雪亮的月光，哪裏還有沙礫的影子！

（這四句是極力描寫明月。寫出鋪天漫地的光亮，也帶出了花甸、花林。）

如今，江水和天空是一樣顏色，再也分不開了。天上連微塵也不復存在。月是更加光明皎潔。它孤懸在空中，彷彿就是這世界唯一的主宰。

「唉！在這漫漫的歷史長河中，是誰首先站在江岸上發現你的存在呢？而你，又是在哪個年代第一次把你的光華給予人類的呢？」

（早在遠古的時候，就有那些喜歡思索的人，對着皎皎月輪，提出許多問號。有些，他們作出了自以為是的答案；有些，他們卻無從解答。然而，大自然是光景常新，而人生卻非常短暫這一客觀事實，無論如何是引起許多人的感慨和迷惘的。這好像是永恆而又無法回答的題目。一代代的詩人哲士，不怕重蹈覆轍地再三再四把它提出來，而又付之於無可如何。所以，先前既有劉希夷的「年年歲歲花相似，歲歲年年人不同。」後來又有李太白的「青天有月來幾時，我欲停杯一問之。」）

人是一代一代過去了，江月依然是那個樣子。它好像要等待什麼人而又永遠落空似的。千萬代的人都過去了，它到底打算等待什麼人呢？只有長江永遠送走滔滔的流水。

（就這樣，詩人通過江月長明、人生短暫的感喟，一線飛渡，向離人思婦的主題滑翔過去了。）

有時，人生就像白雲那樣，忽然給一陣什麼風一下子遠遠飄開了。他來到一個叫青楓浦的地方，人地生疏。生活的鞭子迫使他不能不離鄉他往。伴隨他的只是使人忍受不了的苦悶。

同樣是一個明月之夜，是哪個遊子還飄蕩在一葉扁舟之中；又是哪家的女兒在樓頭想念她的遠地飄零者？

（這是就離人思婦兩方面合寫一筆。）

樓頭的明月總是在思婦的心頭眼底徘徊。它也許一直要照射到她的妝台旁邊吧！任憑她放下簾子還是捲起簾子，它總是不肯走開；任憑她把搗衣石拭抹了再拭抹，它的光華仍然不斷地重現。

既然月華是無所不在的，遠行的人也一定籠罩在月華之中了。我難道不可以把自己的相思之情讓無所不在的月華帶到他身邊去麼？

（但這是癡想，因為……）

連鴻雁那樣會遠翔高飛的傢伙也沒有可能把相思連同月華帶到遠地去，至於那些大大小小的魚兒更不用說，牠們只曉得在水面上撩起幾道漩渦兒。

（以上八句，先派出一支，寫的都是樓頭思婦的一片幻想和悵惘。下面再派出一支，轉到遊子身上了。）

他連夜做着美夢。夢見花落春殘，該是回家的時節了。不料一覺醒來，自己依然身在遠地。儘管江水不斷地奔流，好像要連春天也帶走似的，但其實，不過是月亮向西傾斜下去，到了該退潮的時候罷了。

月亮淹沒在海霧之中，逐步落下去了。這一夜，到底有多少相思的人呵！他們有些遠在碣石，有些隔着瀟湘，道路是如此遙遠。有幾個人能夠乘着月色歸家去呵！眼前看到的，不過是殘月餘暉帶着那人間離別之情，搖曳着，散落在江邊的樹林裏罷了！

（這樣就收束了全詩。真是筆花搖曳，餘情裊裊，是結束，又不曾結束。）

看了上面的譯述，我們就知道這首詩非常注意藝術形式的美。可以分開幾個方面去分析它。

整首詩的結構，是以整齊作為基調，以錯綜顯示變化。它是這樣來處理整首的章法結構的：以每四句作為一小組，四句之中押三個韻；一組完成，一定轉用另一個韻。就像用九首七言絕句（當然不是最標準的絕句）串聯起來。這就給人以一種整齊穩定的感覺。

但是又有錯綜變化的一面。在九個小組之中，韻腳有用平聲，有用仄聲。開頭四組韻腳是平、仄、平、仄，隨後又變為平、平、平、平，最後一組卻用仄韻結束。這樣，詩中所着力的聲調就顯得既有整齊，又有變化，錯落穿插，毫不呆板。

句子的運用又是怎樣的呢？

它大量使用了排比句和對偶句。像「江畔何人初見月？江月何年初照人？」、「江水流春去欲盡，江潭落月復西斜。」像「誰家今夜扁舟子？何處相思明月樓？」、「玉戶簾中捲不去，搗衣砧上拂還來。」……反覆穿插在全詩之中。排比句在重疊中顯變化，對偶句在變化中見整齊。它們都是同中有異，異中有同，深得相反相成的藝術效果。

這是句子的形式美的一個方面。

在詩裏，春、江、花、月、夜、人這幾個密切與主題相關的特定的詞，通過單詞或詞組的伸縮變化，錯落層疊，交替出現，構成了令人目迷五色的奇幻形象。這些形象的開展、糅合、分離、出沒，一步一步地加強「春江花月夜」的複雜而又統一的印象，讓人從一種印象、一組印象逐步進入到渾然融化的境界。

請看，開頭四句就是兩現「春江」，兩現「明月」，兩現「潮」又兩現「海」，它們的交錯複疊迅即把人引進一個特定的意境之中。然後，詩人進一步緊緊扣住「江」和「月」作為主題中的主題，予以充分的渲染。我們終於驚訝地看到：春江、江流、江天、江畔、江月、江水、江潭、江樹這些紛繁的形象，把春江不斷烘染，不斷挪展，而明月、孤月、江月、初月、落月、月樓、月華、月明、月照這些不同光色、不同形狀、不同內容、不同感情的月，通過那反覆的交錯的和春的結合，和江的結合，和花的結合，和人的結合，和夜的結合，奇妙地構成了一幅色調優美、情感豐富，而又迷離變幻、光彩斑斕的夜月春江的圖畫。

這是它運用形式美的又一個方面。

還可以看到詩人從南朝民歌中汲取的特有的技巧，像開頭的「海平」、「海上」緊緊相接，中間「照人」、「人生」緊緊相接，「月樓」、「樓上」緊緊相接，後面的「西斜」、「斜月」緊緊相接。不妨參考《樂府詩集》裏的《子夜歌》：

……冶容多姿鬢，芳香已盈路。
芳是香所為，冶容不敢當……

還有《子夜四時歌》：

春風動春心，流目矚山林。
山林多奇采，陽鳥吐清音。

這種技巧，往往可以顯示斷而復續的音節美，以及飛絲相接的意境的跳躍。這也可以說是詩人在形式上的有意安排吧（後來，這種形式還發展為散曲和民歌中的「頂針續麻體」）。以上都是從形式方面着眼。我們分析一首作品，思想內容自然應該放在第一位，然而這不等於不要注意第二位。藝術形式的美，正如綠葉之於春花，是不應該被排斥的。

我們剛才談到詩中江和月反覆出現，現在，我們還可以着重談一談詩中那一輪明月在整個境界中的作用。這一輪明月，在全詩中構成了四種不同的景色。開頭，月亮由海面湧起，「灩灩隨波千萬里」，轉眼之間，它照遍了春江，照遍了芳甸、花林，也照在芳洲白沙之上，連滿天白茫茫的，如霜似霰的，都盡是月的光華。這是初月。

跟着是「皎皎空中孤月輪」。它孤懸高空之中，若遠若近，欲語無言，使人對着它不禁引起許多奇怪的疑問和感想。

再後，是西斜的月。它逐步變得暗淡，逐步隱藏在海霧的迷茫之中。

然後是落月。是帶着無限感情把它的餘暉散落在所有江樹之上的落月。

在一夜之間，自然界這個寂寞的天體就有如許的變化，真是淋漓盡致地寫透了，寫活了。

然而更值得我們去欣賞的，卻是詩人突出這一輪皓月的用意。他主要目的不是在於客觀地描寫一夕的月色如何如何，而是在於充分寫出人的思想感情。那月景的出現，處處都是帶上人的感情色彩。不管是初月的明媚，高月的皎潔，斜月的迷離，落月的纏綿，以及樓上月的徘徊，鏡中月的清影，珠簾內的流照，砧石上的幽光，以及晨霧裏的餘暉，都是月與人互相滲透，彼此交融，使景與情渾然成為一體了。

似乎用不着多饒舌了。請讓我再強調一下：南朝民歌和齊梁以來的聲律學，在前後一百多年的詩壇上起着發酵醞釀的作用，到了張若虛手裏，彷似道家說的金丹成就，猛然迸射出萬丈奇光——漸變達到了突變的階段。

然而張若虛畢竟只從形式方面做出了卓越的成績。跟他差不多同時的陳子昂，則在另一面拿出他的理論和實踐來，彌補張若虛所未曾致力的另一個方面。

於是，詩國中盛唐的燦爛局面，隨着這兩位先驅者的步伐，赫然展示在我們的眼前了。

王灣

生卒年不詳。洛陽（今屬河南）人。玄宗先天年間進士，仕終洛陽尉。《全唐詩》錄存其詩十首。善刻畫鄉愁，寫景詩句頗有特色。「海日生殘夜，江春入舊年」兩句，對盛唐詩壇產生了重要的影響。

次北固山下❶

客路青山外，行舟綠水前。
潮平兩岸闊，風正一帆懸。
海日生殘夜，江春入舊年。
鄉書何處達？歸雁洛陽邊。

❶ 詩題，《河嶽英靈集》作《江南意》。文中第一、二、七、八句都完全不同。《河嶽英靈集》起二句作「南國多新意，東行伺早天。」末二句作「從來觀氣象，惟向此中偏。」意境相差很遠，但是可以作為參考。

王灣是初唐末期的詩人，李隆基（玄宗）即位那一年（七一二年）他就中了進士，可是最高只做到洛陽尉，是個下級官僚。據說他辭章華美，為當時人所讚譽。現存詩僅十首。《次北固山下》算得上是他的名作，為歷代詩選家所注意。

北固山在今江蘇鎮江之北，下臨長江，山峻水闊。江南的俊秀景色使這位詩人感到意外似的驚歎。詩的開頭，就是從江南的綠水青山寫起。

第一句說，旅客往來的驛路，從山中繞出，又遠遠伸出青山之外。第二句說，在水上迅疾地飄行的小船，也好像一直開到綠水的前面去了。這兩句看來泛泛，其實起了點題的作用。它寫出詩人是泊舟山下，而不是在沿江駛行（詩題中的「次」字，是旅途中小住幾天的意思），所以才留意到客路伸出青山，行舟前於綠水。如果自己坐的船也在行走，這種景色就很難領略了。但是詩人在寫這兩句的時候，似乎又透露出微微焦灼的心情：你看，他們陸上的水上的都各奔前程去了，而我還是待在這兒，明天還不知道能不能繼續進發呢！這種寓情於景的寫法，由於感情只是輕輕地觸動了一下，所以表面上幾乎不着痕跡。

事實上，詩人更大的注意力也是放在欣賞景色這方面，所以三、四兩句就極力摹寫長江。「潮平兩岸闊，風正一帆懸。」真是一幅絕妙的圖畫。它的好處是寫出人人眼中之景，道出人人心裏的話。寥寥十個字，這一帶長江的最主要的色彩就勾勒出來了。手法乾淨明快，使人感到謝玄暉的名句：「澄江淨如練」，到詩人手裏又有了進一步的發展。

五、六兩句，是這首詩最吸引人的警句。《河嶽英靈集》的撰集者殷璠說：「『海日生殘夜，江春入舊年。』詩人以來少有此句。張燕公（按，即唐初與蘇頲並稱為燕許大手筆的張說）手題政事堂，每示能文，令為楷式。」可見很早就已受到人們的注意。這兩句是經過詩人反覆鍛煉的。「海日生殘夜」，寫江面的開闊，可以一眼看到地平線，因此，殘夜未盡，太陽就已經從海上湧現，好像殘夜帶來了太陽，而不是太陽把早晨帶來似的。「江春入舊年」，是說江南的春天來得特別早，春天的根芽，彷彿從舊年年底就埋伏下來了。這十個字，構思和煉句都脫盡舊套，翻出新意，而又異常自然，沒有刻意雕琢致成晦澀的毛病，並且寫出了一個從北方初到江南的人的驚奇喜悅的感受，所以實在是好句。詩人如果不是親身體驗過這種生活，是沒有辦法錘煉出這種句子來的❷。

然而，這兩句又不僅僅是為了寫景。他是運用了形象思維方法，所以含意又高出於景色之上。我們分明看出：詩人面對眼前的景物，對於自己的異鄉漂泊生活，終於不能不發生感觸。舊的一天又消逝了（「海日生殘夜」），舊的一年也輕輕溜走了（「江春入舊年」），而自己卻仍然遠役江南，到底什麼時候才能夠回到家鄉洛陽呵！這樣，這首詩終於歸結到下面兩句：「鄉書何處達？歸雁洛陽邊。」只有希望在春光中北歸的鴻雁，替自己捎一封信回家去了。

❷ 清人沈德潛認為：「江春入舊年」是指立春在歲末。這是另外一種解釋。附在這裏給讀者參考。

從整首詩看來，語句是精警的，音節是響亮的，充滿剛健清新之氣，已經完全脫盡齊梁以來宮體詩的影響。我們如果把它放在盛唐的現實主義詩歌巨流中，也絲毫不覺得遜色。

王之渙

六八八～七四二

字季凌，晉陽（今山西太原）人。官衡水主簿、文安縣尉。其詩善寫邊塞風光，意境雄渾，多為當時樂工製曲歌唱，名動一時。傳世之作僅六首，《涼州詞》和《登鸛雀樓》尤有名。

登鸛雀樓

白日依山盡，
黃河入海流。
欲窮千里目，
更上一層樓。

近代的王國維，在《人間詞話》裏，把謝靈運的「明月照積雪」，謝朓的「大江流日夜」，杜甫的「中天懸明月」，王維的「長河落日圓」，認為是「千古壯觀」的名句。在詞人方面，他舉出清代納蘭性德的「夜深千帳燈」和「萬帳穹廬人醉，星影搖搖欲墜」，認為也接近這種境界。這話自然是不錯的。自古以來，許多詩人都追求着運用高度概括而又饒有詩意的手法讓大自然的壯麗景色在自己手中煥發異彩。上面所舉的不過是幾個例子罷了。

王之渙這首詩也是對大自然的壯麗景色描畫得比較好的一例。

河中府（現在的山西省永濟縣）的鸛雀樓，本來就建在高阜上面，地勢已經很高，何況還有三層，這就使得周圍的景物都伏在它的腳下。登樓縱目，地平的遠處高高聳立着著名的中條山，而眼底就是滔滔不盡、一瀉千里的黃河。在這裏，可以看到晉南一片山連嶺重的奇觀，也可以欣賞黃河千里奔騰的異景。再遠一些，也許還可以依稀想像渭河兩岸的秀麗風光吧。因而鸛雀樓在唐代就成為著名的登臨勝地。

有人說，文章愈短愈難寫，這話有一定道理。假如你面臨一幅異常壯麗的景色，自然心裏有許多話要說，你也許要洋洋灑灑，寫幾千字來表達它，也許想用極概括的幾句把它勾勒出來。比較地說，後者是要更費一點心思的。「白日依山盡，黃河入海流」十個字，不能說不是花了不少力量才概括起來的句子。我常覺得南宋愛國詩人陸放翁用「三萬里河東入海，五千仞嶽上摩天」十四個字，描寫當時淪陷在金人手中的北部中國的山河壯偉，是一種形象生動的高度概括。而「白日……」這兩句，的確能抓住鸛雀樓景色中最主要的東西，並且顯出氣勢。

你看，太陽斜斜落在山角，反照着河水，飛濺出萬點金光，而黃河滔滔汩汩，從西北方的天際，奔過腳下，一直傾向東南，彷彿就要和大海擁抱在一起。氣象的昂揚開闊，已經是使人驚歎了。然而光是這兩句，而沒有「欲窮……」兩句作結，這首詩也難於膾炙人口。正因為作者不肯把意境僅僅局限在眼前景物上，而是更進一步地要把讀者帶上一個更開闊、更高遠的境界，要求讀者和他一起「更上一層樓」，看更遠更廣的天地，讓胸襟更加開闊。於是，我們也彷彿隨着詩人的腳步，把我們的想像力伸得更高、更遠了。正因為這首詩不限於給客觀景色作出描述，而且注進了詩人昂揚向上的激情和熱力，所以讀者的感受是深刻的。

我們不妨比較比較看。在唐代同樣題目的詩中，詩人暢當也是寫得較好的：

迥臨飛鳥上，高出世塵間。
天勢圍平野，河流入斷山。

然而我們覺得不滿足。為什麼呢？因為四句都是景，儘管也寫得不錯，但是讀完之後，我們好像只看到一些片段的畫面，對於詩人自己的精神面貌卻一點也不能理解。他是高興嗎，還是有點感慨？他要告訴我們一些什麼心事呢？都不夠明確。因此我們也就很自然地和他疏遠了。

王之渙的詩，現在只存六首；關於他的生平，書上記載也極為簡略。幸而近年發現了他的墓誌銘，才知道詩人卒於玄宗天寶元年（七四二年），終年五十五歲。按我國過去年齡計算方法，推知他生於武則天垂拱四年（六八八年），比王維、李白大十三歲，比王昌齡大十歲。詩人名之渙，字季凌。本家晉陽，祖上徙居絳郡。可見《唐才子傳》說他是薊門人，不確。詩人是王昱的第四子。墓誌說他「不盈弱冠，則究文章之情；未及仕年，已窮經籍之奧」。是個自幼好學的人。他一度做冀州衡水縣主簿，不久被誣解官，家居十五年，復出任文安郡文安縣尉，卒於任內。墓誌還說他有堂弟名之咸，主持他的喪事。可見《全唐詩》說之咸是詩人的哥哥。也是失實的。

詩人在生前就頗有詩名。墓誌上說：「嘗或歌從軍，吟出塞，皦兮極關山明月之思，蕭兮得易水寒風之聲。傳乎樂章，佈在人口。」這說明詩人吟詠關山邊塞的詩章，當時就流傳在人民中間。然而除了《全唐詩》刊載那六首之外，其他都無法再看到了，這是非常可惜的。

涼州詞

黃河遠上白雲間，
一片孤城萬仞❶山。
羌笛❷何須怨楊柳，
春風不度玉門關❸。

關於這首詩，有一段很有名的「旗亭畫壁」故事。據說王之渙和王昌齡、高適有一次同到旗亭（大抵是賣酒的地方）喝酒，座中有歌伶十數人，也在會宴。三位詩人就私下約定，看歌伶唱的最多是誰人的詩，就證明誰的作品最受歡迎。結果，王昌齡的「寒雨連江夜入吳」和「奉帚平明金殿開」兩首給唱出來了，高適的「開篋淚沾臆」也唱出來了，最後，輪到一個最漂亮的女孩子，她一發聲，唱的就是這首《涼州詞》，這使得王之渙非常得意。

對於這段流行的傳說，我們很難確定它的真實性到底有多少❹。不過，通過這個故事卻可以證實一點，王之渙這首《涼州詞》，的確是傳誦一時的名作。

❶仞，古代計算長度的一種單位。或說八尺，或說七尺，或說四尺。詩中只是形容山的高峻，不必硬扣。

❷羌笛，古代羌族的一種樂器。

❸玉門關，在今甘肅省敦煌縣西。

❹胡應麟《少室山房筆叢》卷四十一，對「旗亭畫壁」的故事加以否定。他說：高適如果和王昌齡、王之渙在酒店裏喝酒賭勝，一定是少年時候的舉動，可是高適五十歲才學作詩。這是其一。假定是高適五十歲以後的事情吧，那麼，這時王昌齡已經死了，又怎能和他一同喝酒。這是二。白居易的《鄭膽墓誌》，只說到昌齡

有人說，「黃河遠上」，應該是「黃沙直上」之誤。並且認為「黃河遠上白雲間」很費解，黃河明明在平地上，怎麼可以說「遠上白雲間」呢？只有「黃沙直上」才是塞外的景色。對於這種說法，我是不敢同意的。理由很簡單，憑高望遠的人都會看到遠處的景物與天相接。比如遊居庸關附近的長城，登上最高處，就分明看到山外的官廳水庫和雲頭接在一起。詩中這七個字並不曾誇張過分。再則「黃沙直上白雲間」，從意境上說，比起「黃河遠上白雲間」七個字，也差得實在太遠。「黃河遠上白雲間」七個字，莽莽蒼蒼，浩浩瀚瀚，給人的是「黃河之水天上來」的壯美的感覺，把人的思想感情引到遼遠高闊的境界。反覆吟味，我們眼前出現的不但是祖國河山的無限壯偉，而且也會聯想起我們民族的源遠流長，以及豐富文化的艱辛締造。如同一切崇高美好的藝術形象所具有的魅力一樣，這七個字的藝術效果，絕不是「黃沙直上白雲間」的景象所能比擬的。甚至可以武斷地說：假如「黃河」原來真是「黃沙」，這首詩一定不會受到當時的人和後人如此熱烈的讚賞。

還須再看到一層，「黃河遠上白雲間」一句，在詩中並不是一枝獨秀的，它和第二句有不可分割的關係。試接讀第二句，我們就會發覺，唯有「黃河遠上」這種境界，才正好和「一片孤城萬仞山」這另一種壯闊的氣象相聯相配，從而顯得「銖兩悉稱」。在文章的技巧上說，就是有「兩峰並峙，雙水分流」之妙。而漫天黃沙雖然也是一種景色，在意境上卻差得太遠。至於說，黃河和玉門關在地理上距離很遠，那也是事實。

（接上頁註❹）
和之渙互相唱酬，並沒有說和高適唱酬，高適的詩集裏也沒有給之渙的詩。這是三。因此認為這個故事是後人虛構的。但高適五十歲才作詩一說，早被推翻。白居易也不必一一列舉彼此唱酬的人。

不過詩貴意境，光從地理上找印證，有時是未必恰當的。比如王昌齡有兩句詩：「青海長雲暗雪山，孤城遙望玉門關。」青海這個大湖和玉門關也是遠不相干的，詩人卻不妨把它們拉在一起。這種例子，在唐詩中是屢見的（按，王之渙此詩，又收入唐人芮挺章輯的《國秀集》中，但一、二兩句互調，句中亦作「黃河遠上白雲間」，可以參考）。

在這首詩裏，詩人開頭兩句極力摹寫了祖國西北河山的壯麗，然而接下去卻是「羌笛何須怨楊柳，春風不度玉門關。」這是什麼意思呢？明代文學家楊慎在《升庵詩話》裏說：「此詩言恩澤不及於邊塞，所謂君門遠於萬里也。」說得很有點意思。在開元年代，唐王朝的統治自然還是相對穩定的，然而由於以唐玄宗為代表的最高統治階層的荒淫縱樂，日夜忙於鬥雞走馬，笙歌沸天，已經忘記了玉門關外，還有守衛着祖國邊疆的遠戍征人。面對這種情況，詩人是不能沒有感觸的。因此，他在極力摹寫了關山景色之後，忽然語氣一轉，說出如此意味深長的話：「守邊的軍士呵！你們何必老是吹奏着幽怨的《楊柳曲》（古曲中有《折楊柳》），好像在埋怨這裏的荒涼，連青青的楊柳也沒有一棵，因而好像努力要把春風吸引到邊塞來似的，其實，皇帝那邊的『春風』是不會度過玉門關的。」如果說，高適寫的「戰士軍前半死生，美人帳下猶歌舞」，暴露了封建軍隊中尖銳的內部矛盾的話，這一首詩就是從唐代封建王朝階層差異的角度，為戍邊戰士的責任之重、生活之艱苦而作不平之鳴。不過在語氣上較為含蓄一點罷了。

王翰

生卒年不詳。字子羽，晉陽（今山西太原市）人。景雲進士。開元中任秘書正字、通直舍人等職。其詩善寫邊塞生活，《涼州詞》頗有名。原有集十卷，已佚。

涼州詞

葡萄美酒夜光杯，
欲飲琵琶馬上催。
醉臥沙場君莫笑，
古來征戰幾人回！

唐代詩人寫了不少邊塞詩，從數量上說，恐怕比任何一個封建朝代都要多。這和唐代屢次對外用兵自然有密切的關係，但卻不是唯一的原因。因為這種戰爭並非唐代所專有，像宋代就一直被糾纏在對外防禦的重擔之中，但是宋代詩人就拿不出多少有分量的邊塞詩來。唐代詩人有一個時期，似乎對邊塞風光很感興趣，有不少人也真的老遠跑去，親自領略那裏的景色，並且把它寫進詩裏。沒有去過的人，也往往要借些樂府古題，點染一下塞外風光，才覺得滿意。這種風氣的出現，原因比較複雜，這篇短文也沒有必要作詳細分析。但是有一點我願意說明，就是唐代在國力上升的時候，國家強盛，民氣昂揚，詩人自然不能不受到時代的影響。他們對於邊疆戎馬的生活，往往抱着欣羨、幻想和渴欲一試的心情。反映在詩歌上面，就成為昂揚興奮的情調，不然就是一片純真的幻想。當然除此之外也還有悲哀的慨歎和反戰的呼籲，這也仍然是那個時代複雜的客觀實際的反映。這種複雜性，有時就在一個詩人的作品中也會同時出現的。

王翰是盛唐詩人，現存作品不多，可是像現引的這一首，卻不失為表現那個時代的昂揚向上的情調而又藝術性很高的代表作。

一開頭，詩人便把塞上的軍中生活描畫得像詩一樣的美麗。我們看見詩中有一位軍人，捧起夜光杯，斟滿葡萄酒，正在喧鬧嘈雜的人群中歡呼劇笑；忽然，琤琤瑽瑽的琵琶聲，在馬上響起來了，它奏着的是行軍的調子，還是一支舞曲呢？作者並沒有說出來。也許是戰士們奏起抒情的曲子，催他們到廣場上去跳一個舞罷了。總之，不論怎樣，這種軍中生活，是豐富多姿、富有浪漫主義的情調的。看來從軍的戰士們，似乎並沒有感到軍隊的生活有什麼單調枯燥，他們毋寧是滿足於這種緊張的、熱鬧的，並且帶有朦朧的追求與幻想的生活。

這樣的豪情逸興，也許只是詩人的主觀想像；也許他確實看到了，卻只是軍隊生活中的一瞬間的熱鬧。

但是，也實在代表了當時某些人對於邊塞軍隊生活的一些幻想和嚮往。正因如此，詩人在下面兩句裏，就進一步用飽滿的筆觸，淋漓地寫下了他的見解：「醉臥沙場君莫笑，古來征戰幾人回！」這後二句，不小心是容易發生誤解的。有人說：後二句「作悲傷語讀便淺，作諧謔語讀便妙」（施補華《峴傭說詩》）。照他的意思，這兩句是悲傷到只好用打趣的話來抒發戰士們的思想感情：「反正是回不去了，喝得酩酊大醉，躺在沙場上，這有什麼可笑的呢！」還有人認為這只是一首反戰詩。其實，這還是一種誤解，沒有領會到整首詩的基本情調是昂揚向上的，是充滿了對軍中生活的幻想的。葡萄酒和夜光杯，都是西域地方的本色，當然不是寫離家出發時離筵別宴的風光，所以詩的開頭就沒有什麼離家遠行的愁情；而「醉臥沙場」，也不是戰士覺得有家歸不得而借酒澆愁。詩人下這兩句話，其實是壯語，說它是悲壯的也無不可。而悲壯卻是消沉傷感的反面。它不是什麼嗟歎，也並非無可奈何的諧謔。中唐詩人戴叔倫有兩句詩：「願得此身長報國，何須生入玉門關。」寫戰士們忠勇愛國的氣概，自然很明白；而「古來征戰幾人回」，也同樣是這個意思，不過用筆曲折了一些，並且帶有悲壯的情調罷了。

讀這首詩，要從它整個基調來看，似乎不應該只看到最末一句，就以為它純粹是反戰的詩歌。這是個人的一點粗淺的看法。

王昌齡

？～約七五六

字少伯，京兆長安（今陝西西安）人。開元進士。有「詩家夫子王江寧」之稱。尤擅長七絕，多寫當時邊塞軍旅生活，氣勢雄渾，格調高昂。後人輯有《王昌齡集》。

從軍行（錄一）

琵琶起舞換新聲，
總是關山舊別情。
撩亂邊愁彈不盡，
高高秋月下長城❶。

❶「舊別」一作「離別」，「彈」一作「聽」，「下長城」一作「照長城」。此據《全唐詩・樂府》。

在王翰那首《涼州詞》的分析中，我曾說過，唐代的邊塞詩是內容複雜的，有意氣昂揚的一面，也有情緒沉鬱的一面，也有反戰的呼聲。這些都是那個時代複雜的現實生活的反映。王翰的《涼州詞》反映了意氣昂揚的一面，而王昌齡這首《從軍行》則反映了另外一面。

王昌齡的七絕，明代批評家稱為「神品」，認為可以和李白的並駕齊驅。他是盛唐的著名詩人，七絕的成就很高。歷來的詩選家，不選七絕便罷，要選唐人的七絕，王昌齡的作品是不會落選的。他尤其善於寫作邊塞詩。像這一首七絕，只是抓住守衞邊塞的軍士生活中的一個片段，一個鏡頭，而當時邊塞軍士生活的枯燥乏味和思想上的苦悶無聊，就在人們的眼底躍然活現，實在不愧為高超的手筆。

邊塞上的景色是動人的。「大漠孤煙直，長河落日圓」稱得上千古名句；然而在久戍的軍士眼中，它又是使人厭倦的單調的色版。每天都是那麼的一帶長城，一群亂山；白天是太陽自東向西，晚上是月亮從圓到缺。「高高秋月下長城」，這種景色真是又奇麗（在我們看來），又乏味（在久戍者眼中）。於是，一個秋天的夜晚，軍士中間有人奏起新的調子，跳起新的舞蹈來了。大抵是企圖打破這種難堪的寂寞吧！可是，新的調子還是離不開舊的內容，在銀甲轟鳴、朱弦幽咽中，「總是關山舊別情」，人們一轉眼就又想到別離已久的家鄉……多惱人呵！愈是一路彈唱，愈是引起久戍塞外的哀愁。而這又有什麼辦法呢！徘徊四望，高高的還是一丸秋月，蜿蜒而去的也仍舊是一脈長城。這美麗而又乏味的景色呵，難道真的與你終古？

詩人就是從邊塞軍士生活中抽出了這麼一個片段，輕輕地下了二十八個字；但是，你看它的內涵多麼豐富。它告訴了我們，在封建工朝統治下的軍士生活是多麼愁苦；遣戍時間又多麼悠長；人們思鄉之情何等迫切；那種無可奈何的心情又何其使人同情。而這些，詩人並不曾直接向讀者進行說教，他只是輕輕地下了二十八個字，裏面有的是動作，是音響，是邊塞景色，好像一節生動的電影片段，而且色彩異常斑斕。新的聲，舊的情，繚亂的音響，婆娑的舞影，頭上的秋月，腳下的長城……這些，又都織進了人們舊有的、繚亂的、蕭索的、延綿無盡的思鄉之感。情景交融到使人很難分別開哪句是寫景，哪句又是言情的地步。我們不能不感到，詩人「陶融萬匯」的手法，的確是十分超卓的。

王昌齡這首詩有它的社會現實意義。

唐初實行府兵制，是一種寓兵於農的兵制。平時府兵大部分人從事農耕，小部分人輪番到京師宿衛，或到邊疆戍守。可是後來這種兵制逐步變質了。開元年間，邊鎮的戍兵雖說經常有六十多萬人，可是給有些將軍作為私人的奴僕來使役，既不起保衛邊防的作用，又久戍無法回家。所以張說曾在開元九年奏請「罷邊兵二十餘萬，勒還營農」。這二十餘萬人歸農以後，根本沒有影響國防力量。因為正如張說當時對唐玄宗指出的：「軍將但欲自衛，及雜使營私。若禦敵制勝，不在多擁閑冗，以妨農務。」

府兵制不能不改變。到玄宗開元二十六年，就改為招募壯丁來充邊鎮戍兵了。這些募兵是長期性的和職業性的。於是兵又成為一種專門職業，久戍不歸。因為社會制度本身的重重矛盾依然存在，改變一下招兵的方法畢竟無濟於事，而且又孕育了新的禍端。

詩人就是在這種時代背景之下寫這首詩的。他沒有申述多少道理，只是抽出戍邊士兵生活中的一個片段加以描寫。不管詩人的主觀意圖是怎樣，實際上，他已經隱隱點出了唐王朝在軍事上存在的危機了。

出塞（錄一）

秦時明月漢時關，
萬里長征人未還。
但使龍城飛將在❶，
不教胡馬度陰山❷。

明代有兩位詩人兼詩評家，一位是李攀龍，另一位是王世貞。這二人論詩的觀點頗有分歧，後來甚至因論詩分歧而導致友情破裂了。這些事在文學史上也並不算罕見。

要舉這兩人分歧的例子的話，王昌齡的《出塞》就是其中之一。李攀龍評論唐人七絕，認為這首「秦時明月漢時關」是「壓卷之作」。王世貞知道了，就不無諷意地說：

> 李于鱗言：唐人詩句當以「秦時明月漢時關」壓卷。余始不信，以為《少伯集》中有極工妙者。既而思之，若落意解，當別有所取；若以有意無意可

❶漢武帝時，軍騎將軍衞青北伐匈奴時，曾到達龍城。但李廣並未到過龍城，此句不必死扣。也有人認為，龍城應作盧城，即盧龍縣。

❷陰山，橫亙內蒙古境內的一條大山脈。詩裏不過泛指北方的有戰略意義的地區。

解不可解間求之，不免此詩第一耳。

——《藝苑卮言》卷四

他竟認為這首詩好就好在「有意無意可解不可解之間」，這種藝術鑒賞力實在令人莫測高深。

也許他以為「秦時明月漢時關」這句就是在可解不可解之間吧！然而事實又並非如此。

許多人都解釋過這首詩。對於第一句是怎樣領會的呢？隨手舉幾個例看：

> 詩言秦時明月，仍照沙場；漢代雄關，猶橫絕塞。
>
> 明月臨關，秦漢一樣。乃今日唐家亦復同之。
>
> 首句是說此地在漢是關塞，明月猶是秦時。時代雖變，形勢亦非從前可比，有今不如古之歎。
>
> 言「秦」言「漢」，文義錯舉互見，並非專屬。

彼此雖然並不完全一致，但是也並未覺得是在「可解不可解之間」。

寫詩本來就和寫文章不同。構思、造句往往同文章不一樣，甚至可以很不一樣。沒有人會在文章裏說：「我的白頭髮有三千丈長。」但李白卻可以拿來寫詩。就連標點的打法有時也不同。王翰的「葡萄美酒夜光杯，欲飲琵琶馬上催」，宋人樓鑰的「久之不動方知是，一搭碎雲寒不飛」，在文章裏豈能七個字七個字來打標點？

寫詩有寫詩的藝術手法，有和其他藝術形式不同的特殊規律。它是經過整千年、甚至不止千年的不斷探索、實踐逐步積累下來並且為大眾所承認的。拿衡量文章的尺子去量度詩歌，詩歌會向你發脾氣。

正因如此，當我們看到「秦時明月漢時關」七個字的時候，就不能把它看成文章裏的一句話：明月是秦時的，關城是漢代的。因為這樣一分開，事情就不好辦了。難道漢代就沒有月亮，秦時就沒有關城？還是秦時的明月特別些，漢代的關城堅實些？

對於這七個字，假如用詩的藝術眼光去分析它，就很簡單。它是一幅典型的關城夜月圖。你試化身做唐代詩人，在明月之夜登上塞外一座關城。腳下踩着關城，頭上亮着明月。這時候，你就會想起一連串著名的歷史事件：秦代是怎樣在北方修築長城的，漢代又是怎樣在邊塞建立城堡的，北朝到唐代又是怎樣繼續增修補築的……為了防守邊境，為了監視敵人，為了保衛國土，我們的祖先拿出了多麼驚人的力量！

然而，頭上這一輪明月，卻是亙古如斯，並沒有多少變化。秦代是這樣，漢代是這樣，直到如今還是這樣。這明月呵！從秦漢到現在，照見過多少征人，又有多少征人仰望過這一輪明月。這關城呵！從秦漢到現在，灑下了多少征人戍卒的血汗，又留下了多少往來駐邊者的腳跡……

你一定會想得很沉，很遠。

這時候，你何暇去分辨這是秦城，還是漢關，是秦月還是漢月呢！

詩人在寫這首詩的時候，他不過從這種景色所引起的情感中，選出他認為是典型的字眼，來表述他的感想罷了。

唐代開元天寶之間，對西北、西南的戰爭是時起時伏的。在這當中，由於玄宗的輕易用武，和邊廷上一些將領追求戰功，邊疆經常維持着龐大軍隊，也經常發生或大或小的戰鬥。其中有些邊將還使用惡劣手段去邀功。例如安祿山，當他做「捉生將」時，就常帶領數騎出外，用詐計誘捕契丹人，算作「戰功」。後來逐步被提升為節度使。為了進一步討好主子，他甚至誘騙奚、契丹的酋長來宴會，用毒酒灌醉來人，割下酋長頭顱上獻朝廷，詐稱「大捷」。這就投合了玄宗李隆基的心意。

不過，同時也有深知大體、不願意輕啟邊釁的人。王忠嗣就是一個。他幾次擊敗吐蕃入侵，但仍以持重安邊為主。有一次，玄宗命令他攻取石堡城（今青海西寧市西南），王忠嗣認為石堡形勢險要，強攻一定引起重大傷亡，建議等候有利時機然後行動。這使玄宗很生氣，再令他分兵數萬，交另一將領董延光攻城。王忠嗣勉勉強強執行了。那時，名將李光弼還是他的部將，覺得事情不好辦，勸他還是討好董延光，免得日後朝廷怪責。王忠嗣卻說：「我不願拿幾萬條生命來保我的官職，上面怪罪下來，力保，才免了一死。

罷官也就罷了。」王忠嗣不久果然受壞人的陷害，逮捕問罪，被判極刑。幸賴哥舒翰

兩個將領，一正一反，很足以說明詩人的感歎是有來由的，即使並不定是由於上面說的兩樁事。「但使龍城飛將在，不教胡馬度陰山。」有了好的士兵，還要有好的將領。假如朝廷上任用的是有勇有謀、公忠為國的「龍城飛將」，那麼，敵人是不敢狂妄行動，輕易進侵的。漢代就有不少這樣的例子，為什麼不汲取歷史教訓？

「龍城」，我們不必實指便是漢代將軍衞青到過的龍城（在蒙古塔米爾河岸）。「飛將」，固然用了李廣被匈奴號為「飛將軍」的典故，也不必實指就是哪一個。

詩人的目的只是把自己對邊防的關心和朝廷應如何用人的意思表達出來。但因為它的概括力很廣，能把歷史上經常出現的現象加以典型化，因而它又有深刻的社會意義。它的所以著名並不是偶然的。

閨怨

閨中少婦不知愁，
春日凝妝❶上翠樓。
忽見陌頭❷楊柳色，
悔教夫婿覓封侯❸。

不知道讀者讀了這首詩的開頭兩句是怎麼想的，也許會照着字面去解釋，認為這位閨中少婦，是個不知離愁為何物的天真得有點傻氣的人物吧。可是，實在說來，這裏面是隱藏着作者的狡獪的。

為了便於說明，先從湯顯祖的名著《牡丹亭·驚夢》那一齣說起。

細讀《驚夢》之前那幾齣，應該說，讀者是能夠隱約地體會到杜麗娘對於美滿生活的追求，也如同一般少女那樣，是異常強烈的；可是由於嚴父——也就是封建禮教勢力的嚴加約束，這種強烈的願望並沒有明顯地表露出來。從表面看，杜小姐遵守家教，規行矩步，也從來不說「春愁」。然而，當她一旦進入花園，目睹明豔的春光，

❶ 凝妝，打扮得整整齊齊。
❷ 陌頭，路邊。
❸ 覓封侯，這裏作從軍遠征解釋。

那感情卻突然發生了異樣的迸發：

> 原來姹紫嫣紅開遍，似這般都付與斷井頹垣！良辰美景奈何天，賞心樂事誰家院？朝飛暮捲，雲霞翠軒，雨絲風片，煙波畫船。錦屏人忒看得這韶光賤！

通過景物的誘發，她藏在內心、壓得緊緊的對美滿生活追求的欲望，一下子像火山噴發似的傾瀉出來：

> 沒亂裏春情難遣，驀地裏懷人幽怨。則為俺生小嬋娟，揀名門一例裏神仙眷。甚良緣，把青春拋的遠。……想幽夢誰邊，和春光暗流轉。遷延，這哀懷那處言？淹煎，潑殘生除問天。

可以看得非常明白，在這以前，杜麗娘絕不是沒有什麼「春愁」的。否則，一座小小的花園，儘管春光燦爛，也絕不會如此強烈地撼動她的情懷。沒有杜麗娘本身追求幸福美滿生活的強烈願望，僅僅遊一下花園，絕不會引起以後一連串的變化。對此，應該是誰也不會否認的。

說到這裏，我們就可以回過頭來吟味王昌齡這首詩了。

假如說，《驚夢》中「姹紫嫣紅」這一段大致上等於「忽見陌頭楊柳色」；而「春情難遣」這一段從感情的觸發上說，又大致等於「悔教夫婿覓封侯」的話，那麼，非常明顯，這個閨中少婦其實並不是「不知愁」的，只是由於封建禮教的重重枷鎖，使這個可憐的少婦只能把內心的感情——對遠征不歸的丈夫的懷念埋藏到心靈深處，極力不讓別人知道，避免對封建禮教的觸犯。這樣做的結果，有時候，彷彿連她自己也覺得沒有什麼了。因此從表面看來，她好像和別的人一樣，沒有半點離愁別恨；然而當陌頭的楊柳春色突然闖進眼簾，這位「不知愁」的少婦就像從什麼地方打開了心靈裏的一個缺口那樣，平日極力壓抑下來的滿腔愁緒這時都驟然傾瀉出來了（「楊柳色」，這裏可以作為春色種種的代詞，不一定只看到楊柳；但也許楊柳是贈別之物，當年在此折贈行人，由此觸起懷念）。從這裏，我們看出詩人在開頭佈下了一個疑陣，他分明看出深閨少婦的愁，卻偏要說她「不知愁」，偏要說她「凝妝」，還偏要說她「春日上翠樓」，要等到下面一轉，才轉出真正用意。我們粗心大意的讀者，就差點兒給他瞞過去了。

詩人對於處在封建道德觀念統治底下，連自己的思想感情也不敢吐露半點的封建時代的婦女，是表示同情的；但是他並沒有正面說出來，只是通過這個深閨少婦在翠樓上的形象，她看見陌頭春色的一剎那的感情迸發，巧妙地抒發了對她們的同情，同時也讓讀者自己進行思索。

孟浩然

六八九～七四〇

以字行，襄州襄陽（今湖北）人。詩與王維齊名，並稱「王孟」。其詩清淡幽遠，長於寫景，多反映隱逸生活。有《孟浩然集》。

望洞庭湖贈張丞相

八月湖水平，涵虛混太清❶。
氣蒸雲夢澤，波撼岳陽城。
欲濟❷無舟楫，端居❸恥聖明。
坐觀垂釣者，徒有羨魚❹情。

❶太清，天空。
❷濟，渡水。
❸端居，閑居無事。
❹羨魚，《漢書．董仲舒傳》：「古人有言曰：臨淵羨魚，不如退而結網。」意思說，與其徒然羨慕別人的成就，不如自己努力去幹。

在唐代森嚴的門閥制度底下，一般的知識分子要在政治上找出路，常常只好向達官貴人伸手求助，他們寫一些詩文（後來還加上傳奇小說）呈獻上去，希望獲得賞識而被薦引、提拔。投考科舉，也需要有這種「內線」。據說詩人王維能夠少年得志，就全靠他借岐王的力和某公主拉上了關係，這才一舉成名，高中解頭（赴京應試考上第一名的舉子）。李商隱得中進士，也全靠有勢力的令狐綯幫了一把力，後來受到令狐綯的冷落，他就在吏部考試時落第了。陳子昂甚至要運用「碎琴」的伎倆，把貴族公子們的注意力吸引到自己身邊，然後一日之間，名溢都下。所以唐代干謁的文字極多。孟浩然這篇也是屬於這種性質。他寫這首詩，目的是想這位張丞相（一說就是張九齡）給他幫一點忙，只是為了保持一點身份，才寫得那樣委婉，好像要極力泯滅那干謁的痕跡。

秋水盛漲，八月的洞庭湖裝得滿滿的，和岸上幾乎平接。遠遠看去，水和天空已經湮沒了界線，就好像洞庭湖和天空合成了完完整整的一塊。開頭兩句，寫得洞庭湖極開朗也極涵渾，汪洋浩闊，與天相接，潤澤着千花萬樹，容納了大大小小的河流。

三、四兩句是實寫了湖。雲夢澤在上古是一個大澤（在今湖北省南部和湖南省北部，後來逐步涸為平原田野，但是仍然留存下來無數湖泊）。「氣蒸」句寫出湖的豐厚的蓄積，彷彿廣大的沼澤地帶，都受到湖的滋養哺育，才顯得那樣草木繁茂，鬱鬱蒼蒼。而「波撼」兩字放在「岳陽城」上，襯托湖的澎湃動盪，也極為有力。人們眼中的這一座湖濱城市，好像瑟縮不安地匍匐在它的腳下，變成異常渺小了。這兩句被稱為描寫洞庭湖的名句。但兩句仍有區別：上一句用一個寬廣的平面來襯托湖的浩闊，下一句用一個窄小的立體來反映湖的聲勢。因而使我們看出洞庭湖不僅廣大，而且還充滿活潑的生命力。

下面四句，轉入個人的抒情。「欲濟無舟楫」是從眼前景物觸發出來的，詩人面對浩浩的湖水，想起了自己還是在野之身，要找出路還沒有人接引，正如想要渡過湖去卻沒有船隻一樣。「端居恥聖明」是說自己不甘心吃閑飯，要出來做一番事業，尤其是在這個「聖明」的朝代。這兩句是正式向張丞相表白心事，說明自己目前雖然是個隱士，可是並非本願，出仕求官還是心焉嚮往的，不過還找不到門路而已。於是下面再進一步，向張丞相發出呼籲。「垂釣者」暗指當朝執政的人物，其實是專就張丞相而言。這最後兩句，意思是說：執政的張大人呵，您能出來主持國政，我是十分欽佩的，不過我是在野之身，不能追隨左右，替您效力，只有徒然表示欽羨之情罷了。這幾句話，詩人巧妙地運用了「臨淵羨魚，不如退而結網」的古語，另翻新意；而且「垂釣」也正好同「湖水」照應，因此不大露出痕跡，但是他要求援引的心情是可以體味的。像這種干謁的詩，自然說不上有多大可取的地方。不過，它反映了像孟浩然這樣的知識分子在尋找個人出路中仍有如此苦惱心情，卻足以說明唐代門閥制度之下，曾經壓抑了多少有抱負有才能的人才。此外，我們也可以由此知道唐代有這樣的一種專為干謁而寫的詩，以及它那表現手法的特點，對於我們了解唐詩，也是不無用處的。

王維

七〇一？～七六一

唐朝詩人、畫家，字摩詰，太原祁（今山西祁縣）人。開元進士，後官至尚書右丞，故世稱王右丞。其作品以山水詩最為後世所稱，通過田園山水的描繪，宣揚隱士生活和佛教禪理；藝術上極見功力，體物精細，狀寫傳神，具有獨特成就。有《王右丞集》。

渭城曲❶

渭城朝雨浥輕塵，
客舍青青柳色新。
勸君更進一杯酒，
西出陽關無故人。

❶ 詩題原作《送元二使安西》。《樂府詩集》作《渭城曲》。

在唐代，這是一首非常有名的送別詩。所謂「此辭一出，一時傳誦不足，至為三迭歌之」。成為唐代流行久遠的名曲。唐代詩人經常提到它。如劉禹錫《與歌者》詩云：「舊人惟有何戡在，更與殷勤唱渭城。」白居易《對酒》詩云：「相逢且莫推辭醉，聽唱陽關第四聲。」當時影響之大，可以想見。後代更把「陽關三迭」作為送別的代用詞。但是很奇怪，我們今天讀了它，卻並不覺得有什麼特別了不起，假如不知道它在唐代那段烜赫的歷史，也許會認為是一般作品罷了。這裏面的道理，是值得很好探索的。

先說它那段烜赫的歷史：唐代勢力極盛的時候，西面的邊疆遠遠伸到亞細亞西部，長安和西域的交通是頻繁的。那時候，西方邊防經常有十多萬軍隊戍守；安西都護府和北庭都護府都設在如今新疆維吾爾自治區境內。不僅來往西域的商賈要走這條「陽關大道」（陽關在甘肅敦煌縣西南百餘里），軍士的出戍與歸來走的也是這條路，外交官員和在都護府幕下工作的人，也要艱苦地穿過這座關口，奔向自己的目的地。當他們離開長安西上的時候，有些人就不免要在渭水岸邊的渭城，和親友作一番話別。會作詩的，就少不得寫幾句來餞行。一部《全唐詩》裏，這一類的贈別作品數量委實不容易統計。但是，為什麼王維這四句詩能夠獨擅一代之名呢？還是讓我們馳騁想像，回到中古時代的渭水河邊，看一看當年餞行的情景吧：

坐落在渭水南岸的渭城，當中一條寬闊的驛道，路的兩旁盡是高大的楊柳樹，旅舍和酒館茶店一間挨着一間。從長安向西出發，或者從西邊回到長安來的人，都免不了在這裏歇一歇腳。在綠葉柔條的柳樹蔭下，搭起一座座的布篷，布篷下面擺着桌椅，陳着食盒。出發的旅人和送行者就在布篷下面一邊喝酒，一邊反覆着那套老話——彼此珍重。直至最後的時刻，行人要出發了，於是送行者把折下來的楊柳枝，親手送給行人，並且拿起酒壺，再滿滿地給對方斟上一杯酒。這個時候，再也沒有旁的話可說了，只好這樣安慰遠行者：「老兄！再乾一杯吧！過了陽關那邊，就沒有老朋友陪你喝酒了！」於是行人也就不管已經喝下了多少，還是舉起酒盞，一飲而盡，然後依依不捨地向送行人揮手告別，向西去了。

這樣的情景，在渭水河邊不知重複過多少次。到了詩人手裏，就提煉成為一首詞意兼美的絕句來。

詩一開頭就選擇了一個十分能夠增強離情別緒的特定氣氛：是早晨的陰雨天氣，路上的灰塵給雨點沾住了，飛不起來；旅舍前面的柳樹，在濛濛細雨中更加鮮綠了；微涼而清新的空氣帶給人一種淒冷的感覺。人們就在這個時候分手，這就增強了惜別的氣氛。加上後二句情景交融的高度概括，於是這首絕句很快就傳唱開了，並且譜入管弦。當人們同樣坐在柳蔭下面話別的時候，賣唱為生的樂工們就彈唱起來：

渭城朝雨，一霎浥輕塵。

更灑遍客舍青青，弄柔凝千縷柳色新。
更灑遍客舍青青，千縷柳色新。
休煩惱，勸君更進一杯酒。
人生會少。自古富貴功名有定分。
莫遣容儀瘦損。
休煩惱，勸君更進一杯酒。
只恐怕西出陽關，舊遊如夢，眼前無故人。
只恐怕西出陽關，眼前無故人。

據說這就是有名的《陽關三迭》（見《詞律拾遺》無名氏《古陽關曲》）。可以想見，在話別的筵席上，奏出了這樣一首樂曲，會使人們受到多麼強烈的感染！它的能夠如此著名，正是有着當時的社會生活作為基礎的。然而，隨着時代的推進，客觀條件變化了，人們的思想感情也不同了。這首詩就像一件古代銅器，它日漸失掉了原有的光澤。因而這首詩的思想感情，對我們來說就變得相當陌生，不容易引起我們像前人那樣的強烈的共鳴了。但古銅器畢竟也有它標識時代的意義。正如人們對待一件珍貴的文物那樣，對於這首曾經起過強烈感人作用的詩，我們還是應該另眼相看，並且推究它當時之所以如此烜赫的緣由的。

山居秋暝

空山新雨後，天氣晚來秋。
明月松間照，清泉石上流。
竹喧歸浣女，蓮動下漁舟。
隨意春芳歇，王孫自可留。

王維的山水詩有個很突出的特點，用熱鬧的字面不是寫出熱鬧的境界而是寫出幽靜的境界。我說它是「寓靜於動」或「動中顯靜」。同樣是水飛雲起、鳥啼花發，在別的詩人筆下，也許只能是熱鬧的鋪排，而在王維筆下卻恰好就是幽靜的意趣。你看：

颯颯秋雨中，淺淺石溜瀉。跳波自相濺，白鷺驚復下。
木末芙蓉花，山中發紅萼。澗户寂無人，紛紛開且落。
人閑桂花落，夜靜春山空。月出驚山鳥，時鳴春澗中。

這一類的小詩，畫面上充滿了動態，有些還是十分熱鬧，然而境界卻是異常幽靜的。這些在紙上看來又吵又鬧的傢伙，完全沒有破壞作者所企圖創造的意境，反而是構成這種意境的主力。你能說不是有點奇怪嗎？照我看來，這就是人們把王維的寫得好的山水詩和那些冷漠枯寂的作品區別開來，認為他的詩「豐縟而不華靡」，甚至錯認為是詩中具有「禪理」的原因之一。

這首《山居秋暝》，通過對於秋色的描寫，說明山中仍然是一片美麗和平的恬靜，從而作出人們可以繼續在山中隱居的結論。開頭兩句，容易明白，不用多說。這裏要着重談談的是中間那四句。

中間四句，作者全力描寫秋天的晚景，亦即題中點出的「秋暝」。寫秋，前人很容易寫得一片衰頹肅殺：

庭風吹故葉，階露淨寒莎。（雍陶）
聽雨寒更盡，開門落葉深。（僧無可）
花酣蓮報謝，葉在柳呈疏。（司空曙）

都不免罩上一層黯淡的色彩。比較豁達的是：

大暑去酷吏，清風來故人。
微雨池塘見，好風襟袖知。（杜牧）

可是王維在這裏卻把「空山」的秋暝寫得如此熱鬧：「明月松間照，清泉石上流。」上一句是所見，下一句是所聞。「竹喧歸浣女，蓮動下漁舟。」上一句是所聞，下一句是所見。錯落地把當時的景色、人物勾畫得如此幽美，又如此絢麗。看起來，這裏洋溢着一片熱鬧；可是，這些明月、清泉、浣女、漁舟的熱鬧，和作者所要表現的幽靜基調並不抵觸，反而是相反相成地緊密地結合在一起。正如「蟬噪林逾靜，鳥鳴山更幽」這兩句膾炙人口的詩句，寫出事物的動態不是為了破壞這個幽靜的境界，而是為了烘托它。人們從這些看來是喧鬧的景物中，很自然地體味出一種和平恬靜，體味出恬靜中的一片活潑生機，因而它給人的感覺，就不是枯寂陰森，荒涼可怕。它和那些寫幽靜就必然是寂寞淒清的寒瘦詩人有着截然不同的風格。

被稱為「四靈」之一的南宋詩人翁卷（字靈舒），他在遊雁蕩山時，曾寫出他的觀感：

背日山梅瘦，隨潮海鴨寒。平途迷望闊，峻嶺疾行難。
嵐蒸空寺壞，雪壓小庵清。果落群猴拾，林昏獨虎行。

我不知道作者當時的心情如何，也許他認為這樣才算是「真實」地寫出雁蕩山的景色。然而，他未免把幽靜看得過分死板了，以為只有使用瘦、寒、迷、難、空、昏、壞、獨等類字樣，才顯得出幽靜，因而他不能不墮入了枯寂的一途。許多山水詩人也打不破這個圈子，把幽靜通向冰冷，甚至通向死寂。有些人則驚異於王維的成就，以為他運用了什麼「禪理」的法寶，是學佛有得之故，只好望洋興歎。

只有知道幽靜並不等於枯寂冰冷（假如不是有意描寫枯寂冰冷的話），知道幽靜與熱鬧之間既對立而又統一、相反而又相成的關係，才不難理解王維的比較好的山水詩何以與眾不同，也就不會對它作出種種唯心主義的解釋（如明人胡應麟說王維的五言絕句「卻入禪宗」。清人沈德潛說他「不用禪語，時得禪理」。此外類似的解釋還不少）。

在詩的結末裏，詩人用「隨意春芳歇，王孫自可留」來點出自己願意留在山中的意思。翻成現代漢語就是說，春夏兩季的許多花花草草，如今都已經衰謝了。由它去吧（所謂「隨意」）！山中的隱士（所謂「王孫」，是泛指，但也包括作者在內）完全能夠欣賞這些迷人的秋景，用不着出山去的。收束了上文，並點出作者作詩的用意。

祖詠

生卒年不詳。洛陽（今屬河南）人。開元進士。與王維、儲光羲等友善。其詩多寫田園隱逸生活，善狀景繪物。明人輯有《祖詠集》一卷。

望薊門

燕台❶一望客心驚，簫鼓❷喧喧漢將營。
萬里寒光生積雪，三邊曙色動危旌❸。
沙場烽火連胡月，海畔雲山擁薊城。
少小雖非投筆吏❹，論功還欲請長纓❺！

❶燕台，戰國時燕昭王建築的黃金台。這裏用來代表薊門地區。

❷簫鼓，一作笳鼓。

❸三邊，泛指我國北部邊疆。危旌，高聳的旌旗，指軍中大旗。

❹投筆吏，東漢班超曾為小吏，有一次投筆長歎說：「大丈夫當立功異域，安能久事筆硯間乎！」後來從軍，因功封侯。

❺請長纓，漢武帝時，終軍奉使往南越，在武帝面前說：「願請長纓（繩子），必羈南越王而致之闕下。」

這首詩通過「望薊門」這一主題，表達了作者英年奮發、立志報國的抱負。全詩緊緊環繞題目中的「望」字，極力渲染，一層進入一層，逐步深化，然後以「請長纓」作為結束。把題旨揮寫到淋漓盡致、飽滿酣暢的程度。

薊門，又名薊丘，舊址在今北京市德勝門外，唐時是北面一個重鎮。寫這首詩的時候，詩人自然是第一次來到。但在來此之前，又早是聞名已久的。雖然聞名已久，總還是一個模糊的概念，只知它是個軍事重鎮罷了。及至真正來到薊門，放眼一望，那景象卻是出乎意想之外：「嘿！好一幅動人的景象呵！」這就是「燕台一望客心驚」的「驚」的感情內容。句中着一「客」字，說明自己是遠道而來，正好把「驚」字落實在這個特定人物的身上。這一落實，便使下文的一切情和景都帶上這個特定人物的色彩了。

為眼前雄偉景色所震驚之後，接着自然是定神細看：「簫鼓喧喧漢將營」七字，既是耳中聽出，又是眼中看出。細分之下，詩人卻更着重於看。因為這裏「漢將營」是整首詩「望」字的焦點，下文種種都由此帶起；而「簫鼓喧喧」，無非使眼中的「漢將營」加倍顯出神采罷了。

進入三、四兩句，詩人的眼光便從「漢將營」這個焦點散射開去，縱目觀察它四周的環境。如此雄偉的層營壘究竟是放在什麼樣的環境之中。向下看，「萬里寒光生積雪」；向上看，「三邊曙色動危旌」。寒光生於積雪之上，眩神射目，彷彿連綿萬里之外；高高的大旗飄動於曙色之中，又分外鮮明，有如俯視着北部邊疆。這二、三、四句都是「望」中之景；寫這許多景又正是要說明「客心驚」之所以然。也不妨這樣認為：詩人連續下了這三句動人心目的句子，目的同時在於用力烘托出一個「驚」字。

轉到五、六兩句，看來也還是在望，仍未脫離眼中之景。而仔細尋味，卻又與三、四句不盡相同。因為前面是在吃驚之下四面觀看，這裏卻是在觀看之中還用心去想。細分是有區別的。你看：「沙場烽火連胡月」，分明是眼看沙場，心存烽火。想到這兒是防衞北部廣大地區的軍事重鎮，那烽火是連同邊地的月亮一齊升起來的。原來唐代制度，邊戍地區每天在初夜的時候，放火煙一炬，一戍一戍地傳遞，稱為平安火，也叫夕烽。杜甫就寫過一首《夕烽》詩：「夕烽來不近，每日報平安。」「海畔雲山擁薊城」，又分明一面眼看薊城雲山，一面忖度它的形勢——山環海抱，可攻可守，是個重要的戰略據點。這就無怪有許多軍隊在駐紮了。這是進深一層的「望」，又從「望」中顯出詩人的內心活動。

原來先只是驚詫，再後才去想，從望與想之中陡然激動了詩人立功報國的豪情壯志。所以在結聯裏就急轉直下，揭出自己的志願：「少小雖非投筆吏，論功還欲請長纓。」「投筆吏」用班超的典故，「請長纓」用終軍的典故。意說，自己身份雖不同於投筆之吏，然而立功域外，為國爭光，那還是要仿效前人的英風勝概的。以此來最後結束一個「望」字，真是筆墨淋漓盡致，感情飽滿酣暢。

從上面的分析可以看出，全詩描寫「望薊門」有五個層次。先是放眼一望，陡然一驚；隨即目光直注到簫鼓喧喧的營壘，再從漢營移到四周，觀察這裏的環境；然後又從這種環境想到這裏的整個形勢，和它在國防上的重要意義；最後，歸結到抒發自己的志願，仍不脫那個「望」字。這一層一層的「望」，無不躍動着詩人思想感情的起伏變化。形象密切與感情交融，而又層次分明，脈絡清楚。它之所以受到許多詩選家的注意，是有道理的。

終南望餘雪

終南陰嶺秀，
積雪浮雲端。
林表明霽色，
城中增暮寒。

《唐詩紀事》有一段關於祖詠寫這首詩的故事：有一年，朝廷考試舉子，試官出的詩題是《終南望餘雪》。祖詠參加了這次考試，才寫了四句，就交卷了。試官一看，不符合規定，問他為什麼，祖詠答說：意思都寫完了。

這段記載雖然簡單，仍然不難使人看出這位詩人是如何忠於創作規律，儘管試帖詩由朝廷規定格式，限用官韻，而且一般至少要寫四韻（八句），才算成篇（中唐以後，則規定為六韻）。但是當詩人發覺只用兩韻四句已經把意思寫完的時候，就堅決放下筆桿，不肯多添一個字了。在當時，像這種「不合規格」的詩是要受到擯斥的。可是，歷史證明了祖詠做得非常正確。同他同時應試的「合乎規格」的詩早已為人所遺忘，而這寥寥的四句卻至今為人所稱道。我們從這裏不難體會出一些道理。

魯迅先生教導寫文章的人，「寫不出的時候不硬寫」。「竭力將可有可無的字、句、段刪去，毫不可惜。」他說的是寫文章，而且作為規則提出來，的確很重要。文章如此，何況是詩！

詩應該是最精練的語言。有人做過比喻，它有如從大量礦石中經過反覆提煉才得到的鐳。一首好詩放在讀者眼前，不論從內容還是從形式看，都應該是光芒四射，瑩潔無瑕。它和可有可無的字、句、段完全絕緣。

歷代詩評家對於不夠精練的詩都曾經作過不算苛刻的指摘。當然，像試帖詩這種老八股，詩評家就懶得去動口舌了，他們要求的是一些名家或大家的作品。比如，許渾的《金陵懷古》，算得上是有名的一首詩：

玉樹歌殘王氣終，景陽兵合戍樓空。
松楸遠近千官塚，禾黍高低六代宮。
石燕拂雲晴亦雨，江豚吹浪夜還風。
英雄一去豪華盡，惟有青山似洛中。

明人謝榛（茂秦）的《四溟詩話》就指摘說，這首詩中間四句是可有可無的，如果刪掉這四句，「則氣象雄渾，不下太白絕句」。他這個意見是不是有道理呢？是有道理的。因為中間四句的確顯出了拚湊的痕跡。「松楸遠近千官塚」，早已有人指出它不像是零落的故都的景象（見方回《瀛奎律髓》）；「禾黍高低六代宮」，又有點熟套（李白詩：「吳宮花草埋幽徑」，「亡國生春草，王宮沒古丘」，此類很多）；「石燕……」一聯，從整首詩看，也缺少內在的聯繫，看不出是懷古，顯得可有可無。這些議論，近似苛求，其實對詩來說，應該是要嚴格一些的。

又如，白居易的《晚歲》詩：

壯歲忽已去，浮雲何足論。
身為百口長，官是一州尊。
不覺白雙鬢，徒言朱兩輜。
病難施郡政，老未答君恩。
歲暮別京洛，年衰無子孫。
惹愁諳世網，因苦賴空門。
攬帶知腰瘦，看燈覺眼昏。
不緣衣食繫，尋合返丘園。

詩共是十六句，看來他把自己的許多境況和感想，包括家庭、仕宦、年齡、疾病、兒孫、甚至眼昏、腰瘦以及學佛、思鄉等等，都一一羅列出來了。是不是非要這樣寫不可？頗有幽默感的紀昀（曉嵐）肯定這當中有許多累贅，給它狠狠地開了刀，剩下來這樣的八句：

不覺白雙鬢，徒言朱兩輜。

病難施郡政，老未答君恩。
歲暮別京洛，年衰無子孫。
不緣衣食繫，尋合返丘園。

一刪以後也未見得很好。那是因為它原來就是這些話。但他這樣刪節是有道理的，因為詩中既有「不覺白雙鬢」，那麼「壯歲……」兩句就成為多餘的。既有「病難施郡政」，又何用「官是一州尊」？既寫了老病無子等，那麼「惹愁」、「因苦」、「腰瘦」、「眼昏」，自然不在話下，刪掉了反而乾淨利落，對於原意也並無損害。

詩人應該嚴格要求自己，不但可有可無的字、句、段必須竭力刪掉，絕不可惜，就算並非可有可無，而是非有不可的字、句、段，也應力求再三提煉，務使達到精純的地步。至於內容本來不多，卻硬要摻沙摻水，自然更加不可為訓。

話要說回來，祖詠這首詩之所以為人所稱道，也不是僅僅因為它能盡意而止。這首詩本來就寫得很成功。別的不說，我們試看他如何去表達題旨（試帖詩不可無題，這是科舉時代的規定，所以作者也從這方面着力）：

第一句「終南陰嶺秀」，用「陰嶺」二字點明從北面看終南山（山的北面叫「陰」）。「秀」字則貼切地寫出終南山在嚴冬之中石骨嶙峋的神采。第二句「積雪浮雲端」，既點出了積雪的高厚，又帶出了山勢的高峻。兩句已經把題目的「終南望雪」

四字都寫到了。剩下「餘」字還有待於發揮。於是作者再下十個字極力寫出「餘」字的精神：「林表明霽色，城中增暮寒。」它是說，在傍晚的時候，雪已經停了，天色開霽，樹林頂上反射出明亮的陽光。可是在這個時候，城裏的人反而覺得雪威更加凜冽了。住在北方的人都知道，正在下雪時天氣不算冷，最冷還在雪晴的時候。句中的「霽色」、「暮寒」，正好從眼前的景色和人們的感覺兩方面烘托出「餘」字的精神。這樣看來，四句詩已經把試題的意思都寫圓滿了，不多不少，正到好處，倘要增加一些什麼，大抵也只能在枝節上面添添補補罷了。而這些枝節加上去以後，未必便增添了詩的境界，恐怕反而會畫蛇添足，變成累贅的。

二十個字，在一般的文章裏有人認為微不足道；讀一讀祖詠這首詩，推究它的所以然的道理，還是不無好處的。

劉慎虛

生卒年不詳。字全乙，亦字挺卿，號易軒。新吳（今江西奉新縣）人。開元二十一年（七三三年）進士。其詩題材、體制以及意境與孟浩然頗近似，而清微淡遠之中，有幽深拗峭之趣。《全唐詩》收其詩十五首。

闕題

道由白雲盡，春與青溪長。
時有落花至，遠隨流水香。
閑門向山路，深柳讀書堂。
幽映每白日❶，清輝照衣裳。

❶ 這句的「每」字作雖然解。《詩·小雅·常棣》：「每有良朋，況也永歎。」朱熹註：「言當此之時，雖有良朋，不過為之長歎息而已。」

唐詩裏面寫景的句子是多得無法計數的。古人把這些句子叫做「景語」，可見它是詩句中的一個大類，是隨時都可以碰上的。

「景語」就是描寫風景的詩的語言。這個「定義」固然一般說來不錯，但未免簡單化了些。從前也有人說過：「一切景語，皆情語也。」❷這話比較中肯了，但又嫌它過分籠統，不夠具體。因為仔細分析起來，「景語」不但有風景，有風景的感情；而且又藏有人物，有人物的行動、神態、感情、心理活動乃至身份、地位等等。真可說變化無方，不拘一格。有些「景語」是風景、人物、感情交織在一起；有些「景語」揭開一層，還有一層；有些「景語」就像寶石那樣，從四面八方放射出虹彩，從這個角度去看和從另一個角度去看，會大不相同。唐代詩人尤其善於掌握「景語」，手法多式多樣，值得做一專題研究。

詩中的「景語」，給讀者帶來了直覺的美感，也給讀者帶來了形象之外的趣味。因為它既是景物，又不僅僅是景物；它既有具體形象，又高出於單純的形象。它使我們產生了要深入一層或升高一步去探索它的興趣。面對着它，我們除了接受詩人所給予的，還要發掘詩人所暗示的。這似乎是「景語」能夠產生不一般的藝術魅力的原因❸。

在本書中，收有幾篇文章從不同方面談到「景語」的藝術問題。如今就先談劉慎虛這首五律。

這首詩原來應是有個題目的，後來不知怎樣失落了，人們在輯錄的時候只好給它

❷清末王國維論詩詞的話。見所著《人間詞話》刪稿。

❸「景語」的問題牽涉很廣，這裏不能詳論。

安上「闕題」二字。雖不是作者有意不安上題目，卻也給我們理解這首詩時增添了一些困難。幸而詩本身是通過一連串畫面引導我們進入詩中境界的。我們由此來尋味題旨，似乎還不至於離題太遠。

這首詩八句都是寫景（落後兩句雖帶有敍述性，基本上還是景色）。它是描寫深山中一座別墅及其幽美環境。至於這別墅是詩人自己的還是他朋友的？我們卻無從知道。如果別墅是詩人自己的，這詩就是寫他日常所見的景色；否則，它就不單純是描畫風光，烘托詩人對自己別墅的愜意，而是帶有一定的情節性的了。因為缺了題目，不好武斷。現在姑且定為別墅是屬於詩人的一個朋友的。這樣來領略這首詩，似乎情趣會更多一些。

詩人的朋友住在一座深山的別墅中——不是什麼豪華的別墅，一間讀書堂罷了。詩人這一天興致勃發，不辭跋涉，登山探訪。詩一開頭就已是進入深山的情景了。

「道由白雲盡」，是說通向別墅的路是從白雲盡處開始的，可見這裏地勢已經相當高峻。這樣來開頭，便已藏過前面爬山一大段文字，省掉了許多拖沓。因為是寫律詩，字數限在一定範圍以內，不這樣剪裁是不行的。其次，我們說「景語」中藏有情節，這句便是情節的發端。它暗示詩人已是走在通向別墅的路上，離別墅並不太遠了。

「春與青溪長」，現在詩人繼續沿着山路前進。但伴隨山路卻有一道曲折的溪水。其時正當春暖花開，山路悠長，溪水也悠長，而一路的春色又與溪水同其悠長。為什麼春色也會「悠長」呢?因為沿着青溪一路走，一路上都看到繁花盛草，真是無盡春色源源而來。青溪不盡，春色也就不盡，當然可以說春色也是悠長的了——這是情節的進一步發展。

三、四兩句緊接上文。寫青溪，寫春色，又寫出了詩人自己的喜悅之情。

「時有落花至」這句，要特別注意「至」字。它表達出落花是在動的，詩人也正在行動之中。這個字還可以體味出詩人遙想青溪上游一片繁花似錦的神情。此時，水面上漂浮着花瓣，詩人一面走着一面欣賞，慢慢覺得流水也散發出香氣來了。句中用了「遠隨」，可見他還是沿着青溪走。遠遠走了一段路，還是時見落花飄來，於是「流水香」的感覺不期而然地產生，甚至可以肯定必然如此了。

總括上面四句：開頭是用粗略的筆墨寫出山路和溪流，往下就用細筆來特寫青溪。彷彿是把鏡頭裏的景物從遠處拉到眼前，讓我們也看得清清楚楚，還可以聞到花香水氣。

終於來到別墅門前。抬頭一看，「閑門向山路」。這裏是沒有多少人來打擾的，所以門也成了「閑門」。主人分明愛好觀山，所以門又向山路而設。

進門一看，院子裏種了許多柳樹，長條飄拂，主人的讀書堂就深藏在柳影之中。這位主人是在山中專心致志研究學問的。

寫到這裏，詩人去拜訪朋友的一路經歷——從登山到進門，都曲曲折折地描述下來了。但他不過把幾件景物攝進鏡頭，並沒有敍述經過，僅僅給你以幾種不同的變化着的形象。

結末兩句，詩人還是運用「景語」。他沒有交代和朋友見面以後那一番酬酢應接是如何如何，仍然只就別墅的光景來描寫。

「幽映每白日，清輝照衣裳。」意思是說，因為山深林密，所以雖然在白天裏，也有一片清幽的光亮散落在衣裳上面。那環境的安靜，氣候的舒適，真是專志讀書的最好地方了。

這兩句也還是暗寓了情節。說明自己在這座別墅內外盤桓，親自體驗到一種清幽恬靜的氣氛。

十八世紀末英國的威廉・赫士列特在《泛論詩歌》裏指出：「詩的光芒不僅是直射的，而且是反照的光芒：它將事物呈現給我們的時候，在那個事物的四周投下燦爛的光彩。」又說：「在描寫自然事物的時候，詩歌賦予感官印象以幻想的形式，使它們與激情的最強烈活動以及自然的最突出的表現融合起來。」我們讀了這首詩，很自然就會想起這段話。

景中自寓情節，這僅是唐代詩人運用「景語」的技巧之一。這種技巧雖不始於唐人，但只有到了唐人手中，才運用得異常靈活和熟練。

孟雲卿

約七二五～？

唐詩人，河南（今河南洛陽）人。代宗時官校書郎。其詩反對聲病、藻繪，語言樸素，頗能反映當時的社會現實，為杜甫、元結、韋應物諸人所推崇。《全唐詩》收其詩一卷。

傷情

為長心易憂，早孤意常傷。
出門先躊躇，入戶亦彷徨。
此生一何苦，前事安可忘？
兄弟先我沒，孤幼盈我傍。
舊居近東南，河水新為梁。
松柏❶今在茲，安忍思故鄉？
四時與日月，萬物各有常。
秋風一以起，草木無不霜。
行行❷當自勉，不忍再思量。

❶古人習慣在墓上種上松柏等植物，因此詩中拿「松柏」作為墳墓的代詞。

❷《論語．先進》：「子路，行行如也。」朱註：「行行，剛強之貌。」

杜甫在夔州的時候，曾經寫了十二首《解悶》詩，其中有一首是這樣寫的：

李陵蘇武是吾師，孟子論文更不疑。
一飯未曾留俗客，數篇今見古人詩。

詩裏的「孟子」，是杜甫的老朋友孟雲卿。這首詩正是憶念孟雲卿的。從詩中我們知道，孟雲卿很推崇李陵、蘇武的五言詩。不過據我看來，「李陵蘇武」其實是漢魏五言詩的代號。孟雲卿同陳子昂一樣，也是主張「建安風骨」的，從他僅存下來的很少量的作品中也可以看到。

孟雲卿流傳下來的詩只有十七首。這是非常可惜的。他其實是盛唐時代一個值得注意的流派創始者。善於苦思冥索，內容精練深刻，常有警闢的奇句。從風格看，近似孟郊，不妨說他是開孟郊一派先河的詩人。僅僅因為流傳下來的作品太少，所以名氣不大罷了。

不妨尋味一下下面這些句子，並且留意它的風格：

朝日上高台，離人怨秋草。
但見萬里天，不見萬里道。

——《古別離》

思婦登台憶念遠人，望到的只是滿眼不盡的秋草。她是多麼希望看得更遠，看她所憶念的人是不是正在起程回來。可是……接下去那兩句，刻畫人物此時此地的心理難道不可以說得上「入木三分」嗎？

秋成不廉儉，歲餘多餒饑。
顧視倉廩間，有糧不成炊。

——《田園觀雨兼晴後作》

假如把自己家裏的糧食吃光了，官家的米倉當然還藏有不少，但不是自己可以隨便拿來煮吃的。語氣不算激烈吧！那含義卻真能使人深思。

他描寫一位公子哥兒在郊外打獵，有兩句就更妙了：

所發無不中，失之如我仇！

——《行行且遊獵篇》

這個少爺認為自己的箭術百發百中，不料一箭射了個空。於是他暴跳如雷，把過失都推到別的人身上，連製弓造箭的匠人（雖然不在他身邊）也都給他痛罵了一頓。活活畫出一個輕佻浮躁傢伙的神態來。

我們對他的詩只能「窺豹一斑」，這不能不是一件憾事。如今還是談一談他這首《傷情》。它似乎可以多

少印證唐代詩選家高仲武的話：「當今古調，無出其右者，一時之英也。」（見《中興間氣集》）

孟雲卿早年的生活似乎很貧苦。在家裏他是大哥，父親卻很早逝去。一家的重擔一下子落在少年人的肩膀上。沒有這種經歷的人恐怕很難設想是什麼一種味兒。「為長心易憂，早孤意常傷」，這兩句還不算很出人意外，可是，「出門先躊躇，入戶亦彷徨」，如果不是親歷其境的人無論如何是寫不出來的。這裏面藏有多少焦慮、憂疑、猶豫、畏縮，又有多少希冀僥倖、患得患失、靦顏向人以至傷心失望。出門時，已是一片憂心忡忡；入門後，又是一副無精打采。然而對着幼小的弟弟還得考慮怎樣去安慰、勸導和鼓勵……這真是不容易挨過的日子呵！

好容易待到安史之亂平定了，弟弟們也長大了，成家立室。自己的擔子該可以減輕了吧！不料大小弟弟忽然相繼去世，剩下來的又是一群更弱小的孤兒們。

寫到這裏，他實在不忍再寫下去。緩一口氣，他提起另外一些事情。

孟雲卿原籍是河南人（今河南洛陽市）。不知是為了出外謀生還是逃避安祿山的亂兵，一家人早就離開家鄉。他已經定居在長江邊上的荊州（今湖北江陵縣），時間也不短了。因為是在山上他弟弟的墓地附近憑弔，觸景傷情，追念了以上一段往事。其實時間過得很快，墓上種的松柏都已長大。再看遠些，山下東南角便是自己住的那座破舊房子，一條小河盤繞山腳而過。為了方便來往，新近還搭起一道橋。看到這一切，回洛陽故鄉去的念頭早就斷絕。本來，流寓他鄉老死不歸，在古人看來是不幸也不光彩的，但又有什麼辦法？他只好替自己開解。於是提筆寫了下面這一段話：

天上四時八節，日月五星，地上世間的一切，都各有自己的活動規律。人當然也逃不過規律的支配。你看秋風一到，花草樹木都紛紛凋零了。但人到底同草木不一樣，還是應該堅強起來，勉勵憤發，在困難之中殺出一條路來，不要讓「秋風」和「寒霜」壓倒自己。至於那些傷心的事情就不要再去想它了。

他到底是個意志堅強的人。他下了「行行」兩字，是想到在老師面前也顯出一副倔強不馴的神氣的子路（仲由），覺得自己也不是個軟弱者。

孟雲卿的晚年有點兒像杜甫。杜甫流落西川，他卻是漂泊在東南一帶。他們對天寶末年那場殺人如麻的戰亂都抱着深沉的悲痛，往往結合個人的身世吐露出來。難怪杜甫會引為同調，讚他是「數篇今見古人詩」。大曆二年（七六七年）還趁妻弟崔漢到荊州去的機會，託他問候薛據和孟雲卿。在送別的詩裏說：「荊州過薛、孟，為報欲論詩。」還想聽聽孟雲卿對詩的意見呢！

唐末，詩評家張為寫了一本《詩人主客圖》，稱孟雲卿為「高古奧逸之主」，而且把韋應物、李賀、杜牧這些著名詩人都歸入他的門下。為什麼呢？可惜我們如今無法體會出更多的所以然來。孟雲卿在盛唐詩人中，本來是應該特書一筆的。

高適

約七〇〇～七六五

字達夫，渤海蓨（今河北景縣南）人。天寶中舉有道科，授封丘尉。所作邊塞詩對當時的邊地形勢和士兵疾苦均有所反映；《燕歌行》為其代表作。和岑參齊名，並稱「高岑」。有《高常侍集》。

封丘❶作

我本漁樵孟諸❷野，一生自是悠悠者❸。
乍可❹狂歌草澤中，那堪作吏風塵下！
只言小邑無所為，公門百事皆有期。
迎拜長官心欲碎，鞭撻黎庶令人悲。
歸來向家問妻子，舉家盡笑今如此。
生事應須南畝田，世情盡付東流水。
夢想舊山安在哉？為銜君命且遲回。
乃知梅福徒為爾❺，轉憶陶潛歸去來。

❶封丘，古地名，在今河南商丘縣。

❷孟諸，在河南商丘縣東北，古代是一個沼澤地區。《書．禹貢》作「孟豬」。《周禮．職方》作「望諸」。

❸悠悠，一般平庸的人。《後漢書．朱穆傳》：「悠悠者皆是，其可稱乎！」

❹乍可，只可。

❺徒為爾，僅僅是為了這個原因。

盛唐詩人中，除李白、杜甫和王維、孟浩然之外，高適、岑參也是並稱的。兩人生活在同一時期，同有詩名，同樣到過邊疆部隊中工作，各寫下一批反映邊塞生活的詩歌。但兩人卻又各有所長。岑參的邊塞歌行雄闊奇崛，光彩四射，自成一家；而高適的作品則蒼涼鬱勃，多同情民間疾苦之作，又不是岑參所能企及的。從詩歌的成就來說，「春蘭秋菊，各擅勝場」。高岑並稱是無愧的。

高適出身比較貧寒，早年曾在封丘度過十多年的耕漁生活，其間也曾漫遊過北方和東南一帶。由於較長期接近群眾，對人民疾苦有較多的了解，也有建功立業的抱負，是一位頗有清醒頭腦的詩人。你看他一來到北方重鎮的薊門，就翻騰起種種憂國憂民的心事：

策馬自沙漠，長驅登塞垣。
邊城何蕭條，白日黃雲昏。
一到征戰處，每愁胡虜翻。
豈無安邊書？諸將已承恩。
惆悵孫吳事，歸來獨閉門。

——《薊中作》

他看到由於連年戰爭頻繁，邊城都變成一片蕭條了；地近塞外，北方胡人會不會乘虛而入呢？他還看出了當時掌握邊防大權的是平盧、范陽、河東三節度使安祿山。這是一個驕橫跋扈而又包藏野心的傢伙，卻正在受到唐玄宗的信任和寵愛，自己即使要提出安定邊疆的意見，看來也是不會被接納的。縱然有孫武、吳起的謀略的人，也只好回家閉門閑坐罷了。可以看出，他對當時局面觀察得何等深刻，彷彿是在預告「安史之亂」快要爆發了。

這裏選錄他一首《封丘作》，是從一個下級官吏——縣尉的身份，反映當時政治局面的動亂和個人心情的苦痛的，在高適的作品中有一定的代表性。這首詩，有人說是寫於開元二十三年（七三五年），也有人認為是寫於天寶六載（七四七年）。它是高適被朝廷委任為封丘縣尉後寫的。

一開頭，詩人就以失望的情調寫出一種無可奈何的心情。他說，我本來在孟諸野以捕魚樵採維持生活，自然是所謂平庸無用的人。只應在山野草澤之間放聲歌唱，哪有資格在城市風塵之中做一員縣尉呢？

縣尉是掌管一縣治安的基層官吏，職責主要是向老百姓追租催賦，辦理刑獄，搜捕「盜賊」。一個有志向有理想而又頭腦清醒的人，要他親自去幹這些事，心情的苦惱是可想而知的。

他起初以為，封丘是個芝麻大的地方，不會有很多事務糾纏。古人不是也有所謂「吏隱」嗎，姑且當它是隱居也未嘗不可。誰知道一進了公門，什麼事情都要按期限刻趕着辦。什麼大官員路過此地啦，馬上得準備人夫車馬。什麼新官員上任啦，馬上要恭恭敬敬出城迎接。什麼豪貴的家中失竊啦，馬上得親自到現場辦案。還有什麼租（田稅）啦，調（土產交納）啦，庸（無償服役）啦，役（兵役）啦，各式各樣向老百姓敲詐剝削的事，縣尉都得親自辦理。天天都有無辜的可憐的老百姓給捆綁到衙門來，打得皮開肉綻，血流滿地。看到這些場面，實在令人心裏難過極了。

可是回家去問家裏人的時候，一家人都笑起來，說如今到處都是這個樣，你一個人發牢騷也沒有用。何況人要生活下去，除非家裏還有可耕的田，否則，你只好把天真的「合理的想頭」拋到東洋大海去。

這段敍述，行文雖然簡單，內涵卻是很不簡單。它從一個側面揭露了唐王朝深刻的階層矛盾和社會危機。

一個有理想的同情民間疾苦的人是不能在這樣的腥風血雨中立足的，除非你甘心同流合污，歸到他們那一夥去。

可是一提起故鄉，他又感到喪氣了。他原是滄州渤海（今河北滄縣附近）人，那兒根本沒有他的田產，實在說不上是自己的家鄉。「南畝田」既然沒有，這個使人不能忍受的職務也就一時擺脫不開。只好託詞說是接受了皇帝的委任，欺騙一下自己了。

但這種自欺連自己也覺得荒唐可笑。他想起，西漢那位做過南昌尉的梅福，寧可辭掉官職去當一名吳門的市卒。東晉的陶淵明「不為五斗米折腰」，終於棄官歸家，寧肯向鄰居乞食，也要賦他的《歸去來兮辭》。

後來他當真辭掉這個縣尉，轉到河西節度使哥舒翰幕下當了一員掌書記。不過此後他的官運很好，一直做到西川節度使，散騎常侍。梅福、陶潛云云，就變成一時的牢騷話了。但他雖然是盛唐著名詩人中名位最顯達的一個，他的政治理想卻終於不能實現。晚年的時候，他寫詩給杜甫，慨歎「身在南番無所預，心懷百憂復千慮」，仍然是相當苦悶的。

在「安史之亂」前夕，朝廷中有李林甫、楊國忠等奸佞之臣在弄權作惡，邊疆上又多是驕橫不法的武臣。廣大農民受到沉重的租賦征戍的重壓，低下階層與權貴階層的矛盾逐步激化了。這些大亂前夕的景象，在盛唐詩人的筆下曾經不斷反映出來。這些詩人是盡了作為詩人的責任的，他們畢竟無愧於時代。

岑參

約七一五～七七〇

江陵（今屬湖北荊州）人。天寶進士。官至嘉州刺史，卒於成都。長於七言歌行。對邊塞生活有深刻體驗，善於描繪塞上風光和戰爭景象。其詩氣勢豪邁，情辭慷慨，語言變化自如。有《岑嘉州詩集》。

白雪歌送武判官歸京

北風捲地白草折，胡天八月即飛雪。
忽如一夜春風來，千樹萬樹梨花開。
散入珠簾濕羅幕，狐裘不暖錦衾薄。
將軍角弓不得控，都護鐵衣冷難着。
瀚海❶闌干百丈冰，愁雲慘淡萬里凝。
中軍置酒飲歸客，胡琴琵琶與羌笛。
紛紛暮雪下轅門，風掣紅旗凍不翻。
輪台❷東門送君去，去時雪滿天山路。
山回路轉不見君，雪上空留馬行處。

❶瀚海，指沙漠。又唐瀚海軍，開元中蓋嘉運置，治所在北庭都護府城內。見《舊唐書·地理志》。

❷輪台，唐貞觀中置縣，治所在今新疆自治區米泉縣境。顯慶二年（公元六五七年）置都督府於此。

許多人都讚美岑參的《白雪歌》、《天山雪歌》等一組邊塞詩，覺得他描寫我國西北地區的風光真是雄奇壯麗，色彩繽紛，變化開合，驚心駭目。這些作品在唐代詩壇中，別樹一幟，與眾不同。不但內容是新奇瑰異的，風格是豪健獷野的，而且筆下的形象又是如此變幻動盪，有一股強烈的吸引力，使人神往。十年的邊塞生活，冰天雪地、風沙磧石的親身閱歷，使這位詩人開拓了詩國新的境界，登上了前人還未涉獵過的奇峰。

但是除此以外，我還發現岑參創造了一種與別不同的藝術手法。那就是，對於當時已成風氣、一般詩人都免不了的送往迎來的題材，他能大膽加以革新。題目雖然還是送行贈別，他在詩裏卻以大量篇幅來描繪山水的雄奇或塞上的風貌，只是臨到末了，才輕筆一點，點出送行贈別之意。這種手法，一方面，既不至於丟掉了題中應有之義；另一方面，又避開了那套老八股。從自己來說，是寫了一首好詩；從朋友來說，既接受了友情的撫慰，又滿足了欣賞的願望。

試想想吧，行人在遙遙征途之中，無聊得很，當然想盡情欣賞朋友們寫給自己的詩文。假如翻來覆去都是差不多的千篇一律，實在未免掃興失望。如果讀到的竟是閃爍奪目的篇章，心裏的那份高興，不就像發現珍寶那樣帶勁嗎？又何況連後世的讀者讀到了也要表示感謝呢！

在岑參的詩集中，像《白雪歌送武判官歸京》、《熱海行送崔侍御還京》、《敷水歌送竇漸入京》和《天山雪歌送蕭治歸京》等等，用的都是這種手法。可見他並不是偶爾拾來或無意中巧合而已。

自然，岑參仍然寫了不少「應酬八股」，和《白雪歌》一類古風風格迥然不同。那些都是規規矩矩的律句。其原因，或則他還沒有到邊疆去開拓眼界，生活的局限使他擺脫不開陳舊的筆墨；再則運用的體裁又是束縛性很大的五律，短短四十個字，不容易放筆揮灑。即便已從邊塞回來，有了上面說的創作經驗，但應酬經常難免，而好詩卻不是隨手可得的。我們倒是應該珍重詩人開創詩境的精神，儘管從數量上說還不算太多。

這首《白雪歌》是天寶十三四載之間，岑參在北庭都護、伊西節度、瀚海軍使封常清幕下當安西北庭節度判官❸，駐軍輪台時，為一位姓武的判官送行而作。詩裏把西北邊疆的大雪和嚴寒，用生動的語言和誇張的手法，突出了一幅奇麗絢爛的景色。

還僅僅是農曆八月，北風已經捲地而來，其勢之猛，把塞外能抗風沙的特有白草全都颳倒了。跟着，一場大雪鋪天蓋地而來，一夜工夫，所有樹上的枝枝椏椏都沾滿了雪。抬眼看去，彷如千萬株梨樹經過春風的吹拂，一下子綻開了滿樹梨花似的。

他是先寫那茫茫的原野。風力的強勁，雪勢的威猛，景色的陡然變幻，便把讀者帶進了一個冰天雪地的世界。

跟着，筆鋒轉到戍守部隊的戍地。

❸判官，唐代特派擔任臨時職務的大臣，都可自選中級官員，奏准充任判官，作為佐理。

大雪飛進了垂着珠簾羅幕的中軍帳內，轉眼又化成一汪汪冰水。儘管燃着熊熊的爐火，室中人還披上狐裘或蓋上錦被，仍然敵不過嚴冬的寒威。在這極度苦寒的天氣裏，將軍們雙手凍得連弓也扯不開，主帥的鐵甲也難以穿到身上了。

然而武判官卻就在如此酷寒的天氣中出發。這可不是一站短路。輪台離長安有多少路程呢？按照《舊唐書．地理志》的記載，北庭都護府❹在京師西北五千七百二十里。真不是一次輕鬆的旅行！詩人預先給這位判官設想了這段艱苦無比的旅況：

瀚海闌干百丈冰，愁雲慘淡萬里凝。

像海一樣浩闊無邊的雪地，縱橫交錯高低不平的雪谷，彷如百丈奇峰欹危欲墜的雪崖，凍得化不開的陰雲，陰陰慘慘，不知伸展到什麼地方才算是盡頭。

然而武判官為了公事，還是不能不走。同僚們只好置酒為他送行。

爐火熊熊的中軍帳裏，軍中的樂隊來了。他們演奏着各種樂曲。樂器之中有胡琴、琵琶，還有羌笛。異邦情調和中原本色的樂聲合成一股暖和的洪流，迴旋在熱鬧的營帳之中。筵席上夜光杯盛着葡萄美酒，在燈光炬火的晃動下閃閃發出各種奇輝。同僚們都為遠行的朋友舉杯祝福，祝他旅途順利。

可是外面的雪下得更大了。

❹北庭都護府，唐六都護府之一，長安二年（公元七〇二年）置。

當他們一行人走出轅門的時候，風雪交加，天色愈發暗了下來。轅門插着的紅旗，讓冰雪緊緊地凍住了，儘管北風使勁地吹打，旗子也還是翻捲不起來❺。

在這樣一幅瑰奇而嚴偉的景色中，我們分明看到戍守的將士們在無比艱苦的條件下如何警惕地守衛着祖國的邊疆。他們把艱苦的生活視為當然。你看武判官為了把邊防和部隊的情況向中央報告，還是冒着特大的風雪毅然出發。路途的艱苦根本不曾放在他的眼裏。

武判官帶着一隊衞士走了。詩人一直送他到輪台城的東門。眼看着一行人在杳無人煙的路上頂風冒雪前進，漸漸隱沒在山角的那一邊。這時候，雪地裏什麼都沒有，只留下他們一行人走過的馬蹄印跡。

這真是動人肺腑的一幕！邊地的苦寒，戍守的艱重，行人的勇毅，都在冰光雪色中充分烘托出來了。

然而它畢竟又是一首送行詩，不過沒有應酬的老套，乏味的庸言。它給予我們的是感動、振奮，還加上耐人尋味的藝術享受。

❺隋虞世基《出塞》詩已有「霜旗凍不翻」句（《全唐詩》作虞世南），但不及岑參寫的生色。

虢州後亭送李判官使赴晉絳得秋字

西原驛路掛城頭，
客散江亭雨未收。
君去試看汾水上，
白雲猶似漢時秋？

在岑參的七絕中，這首詩頗為選家所注意。但是我們要讀懂這首詩，卻至少要打開兩重障礙，其一，是詩的寫作年代及其時代背景；其二，是判斷最後一句話的語氣。不解決這兩點，我們只能徒然欣賞它辭藻之美，卻無法明白它的思想內容。

看題目，自然是送行之作。「得秋字」是臨時在席上抽到的詩韻。當時的虢州城，在今日河南靈寶縣城南數十里，大抵依山建築。西原是城外一個地方。可以想見，北出黃河的驛路是由城外繞山而去的。所以詩的開頭，才有「西原驛路掛城頭」的話。這句點出送行題目，在藝術處理上也有可談之處：它驟看是寫景，城堞現出了一角，遠處有重重疊疊的山，驛路在山上穿行，看來就像掛在城頭似的；但其實它已經是在敍事了。如果胡謅一聯作為說明，那就是「驛路繞山間，行人向此去」。這樣寫當然笨拙得很，作為釋詩，卻也不妨。我們再把這第一句和次句連起來讀，還可以看到一幅雨中送客的場景。除了城堞聳峙，遠山一抹，驛路蜿蜒之外，江邊還有送客亭；在雨景中又可以看見行人上路，主人殷殷相送的動作。純然以寫景來敍事達情，卻又達到情景交融的藝術效果，這是作者在攝取、提煉、表現三方面都下了力量的最好說明。

然而，僅僅這樣，這首詩的思想價值就談不上什麼了。其實，作者在詩中傾注的思想感情，要比單純的送別友人深廣得多。但要了解這一層，我們先得談談詩的寫作年代及其時代背景。

根據考證，我們知道岑參於乾元二年至上元二年（七五九至七六一年）出任虢州長史（聞一多：《岑嘉州繫年考證》）。這幾年裏，唐帝國的局面是十分不妙的。天寶之亂還沒有結束，七五九年，郭子儀等九節度使之師大潰於相州（今河南安陽市），李光弼棄東京（洛陽）退守河陽（今河南孟縣）。次年，西北的党項人入侵吐蕃又攻陷廓州（今青海化隆縣南黃河北岸）。又次年，党項繼續侵入，掠寶雞、好畤（今陝西乾縣附近）等地；李光弼再敗於邙山，河陽、懷州皆陷。唐帝國的封建政權正處在風雨飄搖之中。岑參所在的虢州和這位李判官所去的晉、絳（晉州治今山西臨汾縣，絳州治今山西絳縣），雖然還沒有發生戰事，但是地方秩序動盪，軍事徵發煩擾，人民生活困苦，都是可想而知的。

就在這樣的背景上面，我們看到詩人感慨遙深地寫下了這兩句話：「君去試看汾水上，白雲猶似漢時秋？」話裏隱藏着一段典故：有一年，漢武帝劉徹到河東（今山西地區）去，祭了后土之神，又坐船在汾水上遊覽、飲宴，高興起來，作了一首《秋風辭》。有「秋風起兮白雲飛，草木黃落兮雁南歸」的話。漢武帝在位時，是中國國力強大的時代，不僅領土比前擴大，邊境的安全得到確保，而且打開了中國和中亞細亞、南洋等地的交通，使中國成為世界上強大的國家。唐帝國有一段時期，國力之盛，比起兩漢有過之而無不及。然而，安史之亂一來，卻突然落得如此可悲的局面，詩人自然是不能不深有感觸的。恰好李判官要到晉絳去，詩人於是想起了漢武帝這個代表人物。他含蓄地向他的朋友提出這樣的探問：「李判官呵！你到汾水的時候，看看那裏的雲光山色，可還像漢武帝那個時代那樣雄偉壯麗麼？」很明顯，隱藏在這兩句話後面的，是詩人對於唐帝國衰落的深沉的歎息。漢武帝的豪情勝概已經不可再見了，唐帝國的聲威功業難道也是這樣結束嗎？這是對祖國命運抱着深切關懷的感情流露，它產生在像岑參這個長久在西北邊防軍隊中工作的詩人身上，是特別使人覺得感情激蕩的。有了這兩句，就給這首送行詩平添許多光彩，我們喜愛它，就不僅僅因為它在藝術上的成就了。然而，假如把末後一句標成一個句號，變成為直敍的語氣，這首詩的深刻含意卻是難以看出來的。讀詩要注意語氣，這便是一例。

有什麼理由說岑參這兩句一定是慨歎呢？

武則天在位時，有一位宰相李嶠，曾寫過一首《汾陰行》。最後四句說：「山川滿目淚沾衣，富貴榮華能幾時？不見只今汾水上，惟有年年秋雁飛！」據說，當安祿山的隊伍快要攻入長安，唐玄宗決定出走，在花萼樓聽見歌伶演唱這首詩，聽到「山川滿目」這幾句時，大為感歎，不等曲終就起座離去了。

李嶠的詩和玄宗這個故事，岑參當然是知道的。那麼，「白雲猶似漢時秋」，不是慨歎「開元盛世」一去不返，又是什麼呢？

春夢

洞房昨夜春風起，
故人尚隔湘江水。
枕上片時春夢中，
行盡江南數千里。

用對於夢境的描寫，來抒發自己的某種思想感情，在詩歌裏是常見的。杜甫的《夢李白》是借夢來表示對朋友的強烈懷念；李白的《夢遊天姥吟留別》，是借夢來表述自己對名山勝景的熱烈嚮往；還有白居易的《中書夜直夢忠州》則是對忠州舊遊的追懷。他們的描寫手法各自不同。杜甫的情意深摯，李白的熱情奔放，都各各顯示着本人的獨特風格。岑參這首《春夢》，表面看來，句子是比較平淡的，但是在平淡之中卻具有醇厚的情致。

詩中的主人（也許就是一個女子吧）是在臘盡春回、春風開始輕輕飄進人家屋子裏的季節，突然想起了離別很久、並且說定了要在這個時候回來的遠人，卻並沒有隨同春風一起回到自己的身邊。她於是推開窗子，望着已經凝望過不知多少次的遠方。在煙雲掩映中，隱隱約約的仍然可以看出前面是雪練似的湘江，而故人正是渡過這道河流，向南方遠遠去了的。

在這裏，我們驚奇地看到詩人驚人的想像力和藝術技巧：他在「枕上片時春夢中」一句底下，突然接上「行盡江南數千里」七個字。那真是像古代的術士施術於他的水晶球一樣，我們也彷彿和詩中的主人一起，同時進入了夢境。

我們看到她的夢魂從軀體中飄然而起，穿出窗外，迎着料峭的春風，從亂山的頭上飄過，從滔滔的湘江飄過，從莽莽的原野上飄過，一路上，她忽而焦急地徘徊四顧，忽而又匆遽地繼續前行。起初，她以為她的故人是在歸途之中，希望在半路上就迎住了他，然而走到湘江的盡頭，仍然不見蹤影。可是，前面已是高聳的南嶺和茫茫的大海，她只好失望地折回頭來，繼續穿過波濤洶湧的東海……為了渴欲相會的強烈願望，她不惜衝寒犯露，不惜數千里長途奔涉。——我們就是通過詩人這種形象性的描寫，看到一個感情真摯、意志堅強的靈魂，正在和她的不幸的命運進行着頑強的搏鬥。

唐代詩人往往敢於大膽馳騁他的想像，而又有能力把這種大膽的想像陶融為詩的語言，為美麗的形象，並且馴服地受着格律的規範。這裏「枕上片時春夢中，行盡江南數千里」的浪漫主義手法，在文藝作品中，我們從南朝宋劉義慶的《幽明錄》所記楊林的故事，以及唐人小說《枕中記》、《櫻桃青衣》等，可以看出類似之處。然而小說所寫，無非在於說明人生的飄忽，勸人們對生活不必過於執着，是消極出世的；而這首詩卻與之相反，整個調子是向上的，昂揚的。儘管詩中的憶念之情是如此強烈，但是詩人並沒有下一個憶念的字眼，但它比寫上千百個憶念的字眼還要來得感情深厚。正是因為詩人樹立了令人目奪神搖的藝術形象——一個性格頑強感情真摯的靈魂，不但不甘心於為一角小樓所關鎖，也不是千里途程所能阻限的。對於這種對美滿生活頑強追求的堅強意志，我們體會了以後，自然不能不受到強烈的感染，並且深深地激動。

宋代詞人晏幾道有一首《蝶戀花》說：「夢入江南煙水路，行盡江南，不與離人遇。」深情婉轉，意味無窮，正是從岑參這兩句詩點化出來的。

李白

七〇一～七六二

字太白，號青蓮居士。祖籍隴西成紀（今甘肅靜寧西南）。詩風雄奇豪放，想像豐富，語言流轉自然，音律和諧多變。善於從民歌、神話中汲取營養和素材，構成其特有的瑰瑋絢麗的色彩，是屈原以來最具個性特色和浪漫精神的詩人。有《李太白集》。

金陵酒肆留別

風吹柳花滿店香，吳姬壓酒喚❶客嘗。
金陵子弟來相送，欲行不行各盡觴。
請君試問東流水，別意與之誰短長？

❶壓酒，用糧食釀酒，到熟時把酒壓取出來。具體操作情形待考。喚，一作「勸」。

李白要離開金陵（今南京），臨走的時候，一班朋友給他餞行，在酒店他寫下了這首詩，作為臨別紀念。從詩的內容來看，給詩人餞別的是一班年青朋友，這首詩也應該是李白青壯年時代的作品。

留別的對象既是一班朋友，也就同留別一兩個朋友有所不同。這是我們讀這首詩的時候首先要注意的一點。明代詩評家鍾惺似乎也注意到這點，他評此詩說：「不須多亦不須深，寫得情出。」對這句話應該這樣去理解：因為既是一班朋友，彼此交情新舊不一，各人身份也不盡相同，話說得太具體，或作過分刻畫，未必都切合各個人的交情和身份，然而假若含糊籠統，來一番熟套，感情又難免流於淺偽，朋友們難免懷疑自己不重視交情，所以又必須「寫得情出」。在下筆的時候便要費一番斟酌。我們且看詩人是如何下筆的：

開頭兩句，詩人先點出送別的時間和地點。風吹柳花（柳絮），自然是春末；吳姬壓酒，自然是酒店。兩句構成一幅很美的揚子江邊的畫圖，不但寫出送別的環境氣氛，似乎還透露出金陵風物很美，自己捨不得離開的惜別之意。

「金陵子弟來相送，欲行不行各盡觴。」——一班金陵的年輕朋友，聽說自己要離開了，都紛紛前來送行，彼此臨歧惜別，「欲行」（要走的人）「不行」（不要走的人）雙方都盡情地乾杯。詩人通過這兩句，道出了金陵朋友對自己的友誼，同時道出自己要離開時，也捨不得這班朋友。下字雖然不多，包含的感情卻並不浮淺。

留別的情意在這四句裏已經點出來了，可是還不能說已經寫得足夠飽滿，因此下面就要加重筆墨，把大夥兒此時的惜別之情淋漓地揮灑出來。這裏只用了十四個字：「請君試問東流水，別意與之誰短長？」滾滾長江，無窮無盡地向東流去。咱們大家的惜別之情，比起長江流水，到底誰短誰長呵！悠揚跌宕，一唱三歎，惜別的主題，至此才抒發得飽滿酣暢。長江流水，切合金陵景色，拿它來比喻彼此惜別之情，形象的豐富生動，自然不在話下，而又能把所有送別的朋友和遠行者自己的共同意念一齊包括在內，使人彷彿看到那浩瀚的江水便是這一夥朋友深厚友誼的體現，所以使人只覺其感情之真，涵蓋之廣，而絕不感到浮泛。

整首詩感情飽滿，風采華茂，唱歎而不哀傷。可以窺見詩人青壯年時代才華發越的一斑。

也許會有人說，首句中的柳花，指的既是柳絮，哪裏來的「滿店香」？說不定是從下句「壓酒」而來的。應該解作滿店是酒香才對。

這裏牽涉到藝術上的虛與實、真與不真的問題。柳絮並沒有香味，這是事實；但是一則柳絮本來就有點像花，容易引起香的聯想；二則從詩人此際的感受來說，即從詩人對金陵風物的留戀所引起的感情來說，卻不妨承認柳絮也是香的。中國的水墨畫，常有不似之似，或初看不似而熟視甚似的例子，在詩歌中也可以取得一些例證。正如蘇東坡詠楊花詞：「似花還似非花」，是似又是不似。宋人曾公亮在甘露寺投宿，從窗中下望長江，寫出了「要看銀山拍天浪，開窗放入大江來」之句，是似還是不似？恐怕好處正在似與不似之間。他如「黃河之水天上來」、「月明如水浸樓台」、「孤舟蓑笠翁，獨釣寒江雪」不勝枚舉。這裏的「風吹柳花滿店香」，也是乍看不似而細思甚似的一例。至於下文接着寫了「吳姬壓酒」，說滿店的香與此有關亦可，卻無需加以科學分析，反正「滿店香」是事實，「風吹柳花」、「吳姬壓酒」同樣也是事實，三者已經融成一片。詩人不妨說「柳花」有香，讀者也毋寧承認這種詩的現實，不去破壞它那完美的意境。這樣，這兩句詩就好解釋，而不必硬說「滿店香」只能源於「吳姬壓酒」了。

靜夜思

床前明月光，
疑是地上霜。
舉頭望明月，
低頭思故鄉。

清代有一位詞選家，曾經推崇北宋秦觀和晏幾道二家的詞，說他們的長處是「其淡語皆有味，淺語皆有致」，評價是很高的。因為能夠做到淡語有味和淺語有致，不僅是個藝術技巧問題，更主要的是思想感情問題。浮淺的思想，虛偽的感情，儘管也有技巧作為粉飾，淡畢竟只是淡，淺也畢竟只是淺。自然，完全缺乏藝術技巧，要求有味和有致，也是不可能的。

深摯的感情藏在表面的平淡之中，往往要讀者耐心尋味它的好處。正如橄欖要細嚼才能領略它那特有的芬芳，又如醇酒不是在口裏使人陶醉。要這樣的平淡，才經得起咀嚼和回味，受得住時間的磨洗。

並非只有絢爛或雄奇才足以打動人心。火炭蒙上一層白灰，乍看好像已經熄滅了，只要用火棒輕輕一撥，火就熊熊地燃起來。這一撥豈不平淡！同樣的道理，要撥動一顆具有和自己的思想感情相通的心，固然也要講究手法，可是高明的藝術家能在平淡中顯出實在的力量，輕輕一撥，便能產生強烈的共振。

李白這首《靜夜思》，不是字面上有什麼驚人之處，構思也不特別新奇。然而動人的正是那種平淡。此中的道理是值得藝術家深思的。

詩人看到明月，引起對故鄉的懷念。這是通過一種聯想。他是在早年還居住在故鄉的時候看過一輪明月，看過月光照進屋子裏，並且曾經忽然產生過地下結了霜的懷疑。印象深深印在自己的腦子裏。如今雖然年紀大了，也已不在故鄉，可是還是一輪明月，還是地上反照的月光。在這一刹那間，故鄉的往事突然湧上心頭，而且彷如歷歷在目。懷鄉的感情給強烈地撥動了。

不同生活經歷的人有不同的聯想。一個老戰士，在工廠裏忽然嗅到一股特殊的硝煙氣味，別人並不覺得什麼，他卻會聯想到從前他參加過的某一場戰役。不是有過一篇小說，開頭寫主人公在街頭聞到一股木樨花的香氣，陡然回憶起兒時一段往事嗎！類似的經驗我們也常會有，只不過不一定是硝煙的味兒或木樨的香氣罷了。

每個人在看見明月的時候，可能都會有一些聯想，兒時的，少年時候的，或者是在家鄉，或者又是在別的地方。具體的情況不會完全相同。但假如是離開家鄉的人，他對家鄉又有難忘的感情的話，因明月而想起家鄉，這種聯想卻是許多人都會有的。聽說早些時候有一位華僑特別留意打聽新編的唐詩選本有沒有選上李白這首詩。即使他沒有說出多少理由，我們也不難推想，為什麼對於這首詩的感情共鳴，會如此強烈地產生在一個旅外華僑身上。不妨想想，他曾經度過多少個「舉頭望明月，低頭思故鄉」的夜晚呵！

所以，假如彼此的思想感情是有共同基礎的，平淡的語言也就並不覺得平淡。深交的朋友，往往在平淡中見出深摯之情，這是許多人都有的感覺。陶潛的詩，有人說是「以平淡見勝」。但如果不是有和陶潛相近似的思想感情和生活環境，我看是未必會認為這種平淡就是很了不起。

李白這首短短二十個字的詩，如此膾炙人口，深入人心，我看還有一個原因，那就是許多人初步接觸唐詩時就遇上了它，或者簡直就是雙親給自己口授的，所以印象特別深刻。影響晚清思想界很大的詩人兼思想家龔自珍就說過，他自己有三種特殊的愛好，其中之一就是吳梅村的詩。因為在他只有幾歲的時候，他母親就在床前教他唸梅村的詩了。後來雖然年紀大了，但一種依依膝下的情景，仍然常常通過這些詩而重現眼前。這也是一種情感的紐帶，把自己和詩人拴在一起的無形的紐帶。

請輕聲唸一唸「床前明月光……」吧，你腦海裏浮現的是什麼樣的情景？

玉階怨

玉階生白露，
夜久侵羅襪。
卻下水晶簾，
玲瓏望秋月。

宮闈裏的悲劇，即所謂《長門怨》，是封建社會永遠也演不完的悲劇之一，因此它又是在封建社會裏反覆出現的詩歌的主題。雖說很久以來，《長門怨》的主題內容便已不限於宮闈之內，而是連君臣之間的關係也包括了進去。許多逐客羈臣，常常藉以發揮，使它的社會內容進一步擴大了。但也正因如此，《長門怨》這詩題便很像聰明的考官出的題目，不斷吸引着詩人前來應試，並且應試者總是願意通過它把自己的思想感情毫不忸怩地坦示出來。

當然，我們很難一一具體地指出哪一個應試者只是寫宮闈之事，哪一個又是在寫君臣關係。不過有一點卻可以看得出，就是他們對於封建帝王的態度，的確各有不同。翻開《全唐詩》，我們就彷彿看見有這麼一群「舉子」，他們想像着、模擬着被禁閉的女子的心情，七嘴八舌地說着各種不同的議論。「妾妒今應改」，這是一種悔罪的哀鳴；「妾心君未察」，這是另一種表示委屈的歎息；也有人妄想「聖明天子」有一天回心轉意，只須「將心託明月，流影入君懷」，便會出現奇跡了。當然，除此之外，也還有表示憤懣不平的。例如劉皂的「珊瑚枕上千行淚，不是思君是恨君」。說得十分激烈，也十分坦率。總之，在這個題目前面，彷彿有一面大鏡子，照出詩人媸妍異態，各各不同。

李白的《玉階怨》，寫的也是這麼一件事。很明顯，詩人是同情這些被拋棄並且被禁閉的女子的。他不願意替她們裝出一副可憐相，說什麼「天上鳳凰休寄夢，人間鸚鵡舊堪悲」。更不願意說出「君王嫌妾妒，閉妾在長門」這些顛倒是非的話；但是他也沒有把自己的思想傾向明白地宣說出來，而是巧妙地勾畫了一幅有着典型環境的《永巷望月圖》。在這幅畫圖裏，詩人隱寓了自己的思想傾向。

通過詩裏的二十個字，人們可以看到一個異常陰冷的場景：長夜無人，四周靜寂如死，只有一個孤獨的少女，久久地悄立階下。她也許在想些什麼，也許什麼也沒有想。直到夜色已深，白露冷冷，侵入羅襪，她才忽然醒悟過來。然而當她返身回到屋子裏，把水晶簾子放了下來，卻還不願意回到房間去，仍然癡癡地站在簾前，透過玲瓏的疏簾，凝望着眼前的秋月。

這樣一幅情調異常淒冷的圖畫，我們一讀之下，就覺得有一股陰森的氣息撲人而來。一個被壓迫者的形象，非常強烈地敲打着我們的心扉。就憑着這樣一個形象，我們自然而然地就對她產生了同情，為她不平，並且不禁湧起許多問號。比如，為什麼她會這樣?是誰使她這樣?這種悲劇是怎樣產生的等等。

值得注意的是，使我們的感情如此激動不安的原因，並不是作者在向我們說了一番什麼大道理。作者分明同情這位少女的不幸，並且分明要批判這種現象，可是既沒有說「不是思君是恨君」，也沒有說「君恩如水向東流」，他只是運用靈巧的筆，像雕刻家雕塑一件含蓄而又富於表現力的作品一樣，把要寫的人物和她的精神狀態，通過人物一兩個細微動作，有力地勾勒出來，讓讀者自己去尋味，去解答。一件好的作品，的確用不着附加什麼說明，用不着作者自己跑出來講話，欣賞者只通過作品所顯示的人物形象動作，喚起了想像，通過了聯想，就能夠分明了解作者所要說的語言，並且了解的程度比附加的說明還豐富充實得多，也深刻得多。這正是運用了形象思維所產生的力量。

蕭士贇評這首詩:「無一字言怨，而隱然幽怨之意見於言外。」自然說得中肯，但是，只有看出作者高妙的藝術技巧，即藝術思想是蘊藏在藝術形象之中，是通過形象的作用來透出作者的思想。這樣，我們才能深入地了解「無一字言怨而幽怨見於言外」之所以然。

烏棲曲

姑蘇台❶上烏棲時，吳王宮裏醉西施。
吳歌楚舞歡未畢，青山欲銜半邊日。
銀箭金壺漏水多，起看秋月墜江波。
東方漸高奈樂何！

《烏棲曲》原是樂府古題，屬於《清商曲辭．西曲歌》。一般是一首四句，兩句一轉韻，但也有六句構成一首的。多數是七言，也偶然有人在開頭兩句用五言。題目雖然是《烏棲曲》，並不一定以「烏棲」為主題，甚至不必帶上「烏棲」字樣。不過，作者使用這個題目，大多數都是用在抒述夜間（或涉及夜間）的情與景（郭茂倩《樂府詩集》所收二十四首中，僅有一首沒看出是夜間的情景）。可見借用這個樂府古題，仍然有一定的規範要遵守。李白這一首寫的也主要是夜景，不過句法很特別，在六句之後，再加了一句，打破了舊有格式。

前人說，這首詩意在暗諷唐玄宗的荒淫，是有道理的。玄宗寵幸楊妃，和吳王夫

❶姑蘇台，春秋時吳王夫差所築，遺址在今江蘇省蘇州市。

差的迷戀西施，有很多相似的地方，他們的下場也差不了多少。所以這首詩一開頭就表露出作者對他們荒淫享樂的鄙棄之情。

「姑蘇台上烏棲時」這句先點出時間和地點，但這還是次要的。這句的重要之處，乃是在於暗示吳王夫差整整一個白天都沉浸在緩歌曼舞的享樂之中，直到暮色降臨，烏鴉都回到巢裏歇息了，他還不願意停下來。可見這種荒淫酒色已經到了什麼程度。

第二句「吳王宮裏醉西施」，正面點出主題。「醉西施」，不只是說西施喝醉了，更主要是說吳王醉於西施的美色。詩人特意提出西施來，顯然是帶有諷諭的意思，和杜甫的「昭陽殿裏第一人」同樣，指的都是玄宗所寵愛的楊妃。

三、四兩句，進一步指出他們荒淫的無厭。他們這樣瞎鬧不是剛開始的，吳歌楚舞，已經鬧了一整天了，還在繼續着沒有個停呢！「青山欲銜半邊日」句，描寫黃昏日落，他不說太陽下山，而說青山快要吞掉太陽的半截身體，很新穎，也很形象（句裏的「欲」字，不是表意的助動詞，而是副詞，和「欲飲琵琶馬上催」句中的「欲」是一樣的）。

五、六兩句，意思說，很快一夜又過去了。這裏，詩人已經不屑再給吳歌楚舞多着一筆描畫，也不屑去提吳宮中醉生夢死的生活，他只是寫那個寂寞地記錄着時間的銀箭金壺（古代計算時間的用具，即銅壺滴漏；箭是指示時間的標尺，壺是盛水用的）以及默默地橫過長空的秋月。可是用筆稍為曲折。十四個字，表面一層意思是說，這一夜過得好快呵！其實深一層的意思卻是勾出這位吳王在無厭的淫樂中的反常心理狀態，他恨不得永遠拖住沉沉的黑夜，好讓他在明燈華燭的光影下，像幽靈一樣永遠過着荒淫無恥的生活！「起看」兩字，畫出吳王對於長夜已逝的那種又驚愕又惋惜的神態，是相當尖刻的。

詩人最後加的一句，破壞了舊的格律，但是破壞得很好。增加了這一句，不但使整首詩的旋律發生了變化，顯出悠然不盡的味道，更重要的是用單句來收束上面那六句，既收束得緊湊，又使平板的偶句因此都變得靈活起來，整首詩便有錯綜變化的美。全句的意思是：東方已經漸漸發白了，應該歇一歇了吧！無奈吳王還沒有盡興，他還要繼續玩樂下去呢！詩人對於這個昏君的鄙夷與諷刺，於是達到了頂峰。

（「東方漸高」的「高」，和「皜」、「皓」是一個意思，就是發白或發亮。）

從整首詩看，着墨不多，內涵卻很豐富，一句一轉，一轉一奇，真使人有應接不暇的感覺。仔細尋味全詩，我們既看出它一氣呵成的妙處，而每一片段又都各有不同的奇觀。這正是作者藝術技巧超卓的地方。

古風（第十九首）

西上蓮花山，迢迢見明星❶。
素手把芙蓉，虛步躡太清。
霓裳曳廣帶，飄拂升天行。
邀我登雲台，高揖衛叔卿❷。
恍恍與之去，駕鴻凌紫冥。
俯視洛陽川，茫茫走胡兵。
流血塗野草，豺狼盡冠纓。

天寶十四載（七五五年）安史之亂發生，李白正在宣城（在今安徽省）一帶過隱居生活。江南雖然倖免戰禍，可是這一場震撼全國的大動亂，不能不引起詩人的深切關懷。次年，安祿山在洛陽稱大燕皇帝。從遠地傳來了敵人殘暴、人民受害的消息，引起詩人的憤慨與痛苦。本詩是在這種時代背景下寫成的。

❶明星，《太平廣記》卷五十九引《集仙錄》：「明星玉女者，居華山，服玉漿，白日升天。」

❷衛叔卿，傳說中的漢代仙人，有一次漢武帝見他降落在殿中，問他是誰，他說我是中山衛叔卿。武帝說，你是中山人，那就是我的臣子了，請近前來說話。衛叔卿默然不答，忽然隱去。李白提出這位仙人，大抵因為他那「天子不得而臣」的性格，和自己傲視權貴相似。

李白於天寶三載（七四四年）離開長安，曾漫遊黃河南北及兩湖、江、浙各地。由於封建政治的更趨腐敗，個人在政治上找不到出路，心中充滿鬱抑，於是又熱心於求仙訪道，流露了比較明顯的消極情緒。但是，他同王維的「晚年唯好靜，萬事不關心」又有所不同。他在求仙訪道、企圖追求解脫之中，並未能忘情世事。他一方面說「人生在世不稱意，明朝散髮弄扁舟」，一方面卻極歎於「棄我去者昨日之日不可留，亂我心者今日之日多煩憂」（《宣城謝朓樓餞別校書叔雲》）。一面說，「五色粉圖何足珍，青山可以全吾身」（《當塗趙炎少府粉圖山水歌》），一面卻又向人表示：「君看我才能，何似魯仲尼。」（《書懷贈南陵常贊府》）可以看出他在這個時期心情的複雜。

安史之亂帶來了國家局面的極大變化，也在李白的心頭掀起了巨大波瀾。還能繼續消極遁世嗎？祖國的苦難向他提出了嚴峻的質問，他不能不嚴肅地思考這個問題。而這首詩，正好反映出李白此時在嚴肅地思考着，思想矛盾在激烈地鬥爭着。

詩人在開頭幻想自己遊身於西嶽華山的蓮花峰上，碰見仙人明星玉女。詩人先是把明星玉女的神態舉止描寫了一番：手裏拿着一束荷花，凌空而行，衣裳的飄帶像彩虹那樣，迎風飄拂。跟着，他繼續描述這位仙人的來意：為了邀請詩人登上華山的雲台高峰，同另一仙人衞叔卿相見。而詩人也恍惚隨在仙女身後，跨在鴻鵠的背上，向青霄飛翔了。

就在這一瞬間，詩人忽然看到洛陽地面，遍山漫野地馳走着胡兵。他們兇殘嗜殺，人民的鮮血塗滿了野草。豺狼們（指安祿山手下官員）都穿戴着冠服，耀武揚威，神氣十足……

詩至此突然中止。以後怎麼辦？沒有說下去，其實也用不着說下去，很明顯，尋仙訪道、追求解脫的幻想，詩人已經發覺碰上了現實的堅壁，很難穿過去了。

這裏，我們不妨回顧一下偉大的愛國詩人屈原在種種矛盾糾結中最後的一場思想衝突：

> 在皇天的光耀中升騰着的時候，
> 忽然間又看見了下界的故丘。
> 我的御者生悲，馬也開始戀棧，
> 只是低頭回顧，不肯再往前走。❸
>
> ——《離騷》（用郭沫若譯文）

在屈原苦痛欲絕、最後幻想着要離開父母之邦、遠適仇敵之國的時候，他彷彿已經駕龍馭氣，憑虛凌空，快要脫離苦難的現實了；不料偶然下顧，發覺那是自己的祖國土地，深厚的血肉情誼立刻粉碎了巧妙安排的幻象。

❸這四句原文是：「陟·升皇之赫戲兮，忽臨睨夫舊鄉。僕夫悲余馬懷兮，蜷局顧而不行。」

可以看出兩位詩人在思想本質上有着共通之處，在幻想逃避現實與終於不能不回到現實的思想鬥爭的結果上，也是彼此類似的。其後，李白毅然參加永王璘的軍事行動，和他這次激烈的思想鬥爭不能說沒有關係。

敬亭獨坐[1]

眾鳥高飛盡，
孤雲獨去閑。
相看兩不厭，
只有敬亭山。

在文藝作品裏描寫自然景色，一般來說，活動的、變化比較顯著的容易寫，靜止的、沒有顯著變化的不容易着筆。以山水來說，你可以摹寫水的流動、飛濺的形狀，奔騰、潺湲的音響，蜿蜒、高下的變態，以及深藍、淺綠各種各樣的顏色，盡多發揮的餘地。山就比較單調些，除了寫它的形態之外，可以馳騁想像的領域是不多的。因此，詩人在描寫山的時候，除了從山勢的高峻，山嶺的連綿，山態的奇詭發揮想像之外，有時還得借助於旁的事物，如雲煙變幻，鳥語蟬鳴之類，作為襯托，使山的精神易於顯露，情態也更多樣一些。宋代寇準形容華山的高峻：「只有天在上，更無山與齊。舉頭紅日近，回首白雲低。」就是運用青天、紅日、白雲來作不可缺少的映襯，

[1] 李白在五十三歲到五十六歲的幾年間，經常在宣城（今安徽省宣城縣）盤桓，敬亭山在縣城北郊，頗饒丘壑之勝，是李白常遊的地方。據清人黃錫珪《李太白年譜》考證，此詩作於天寶十三載（李白五十四歲）。

如果把它們一齊抽走，這首詩也就算是完了。當然，有本領的作者，正是能於難中見巧。寫山寫得極好的詩人，古今還是不乏的。

這位被譽為「謫仙」的詩人李白，他寫敬亭山就有獨樹一格的特點，不但不用旁的事物做襯托，而且反過來把所有可以襯托的東西統統抽掉，然後單獨去寫山的精神。而他的確能把山的精神寫得獨具一格。

詩一開頭，「眾鳥高飛盡」，摒盡眾鳥，不留一點蹤跡。接着又是「孤雲獨去閑」，連點綴山頭的一抹閑雲，也掉頭而去（請注意這兩句並不是為山添增景色），剩下來的，就只有一座不聲不響的、輪廓粗硬的山了。這實在不像我們在詩裏面常見的山，倒像是在地理教科書裏面所看到的。多麼奇怪！我們也許要為詩人焦急了：「你呀，到底是怎麼搞的？」可是，再往下讀，看到詩人寫的卻是「相看兩不厭，只有敬亭山」，我們這才猛然醒悟，原來詩人要寫出一座有感情、有性格的山，要寫出山的精神，山的品格。

為什麼這樣說呢？因為「相看兩不厭」五個字，寫的是這樣一種情景：敬亭山默默不言然而又是情意悠長地在那裏欣賞着詩人，彷彿它完全懂得詩人的精神面貌，了解詩人的性格品質。而詩人也以同樣的了解面對着對方。他們之間似乎早已談過許多話，彼此感情融密無間，此時只是「相對無言坐若忘」，但覺得感情是在互相交流，表面上卻看不出形跡。這種只有極親密的朋友才達到的境界，詩人把它寄予敬亭山，而敬亭山也把它寄予詩人了。這樣，敬亭山的精神品貌就有棱有角地顯示出來了。

古代文藝批評家對一些作品的評價，說是「皮毛脫盡，精神獨存」。我看這首詩正好抵得上這八字評語。因為儘管禽鳥爭鳴，雲霞掩映，在高才的詩人筆下足可成為山的精神性格的組成部分，但是拋開這些附着物，直截地揭出山的品格，又何嘗不好！「相看兩不厭」，不但把山人格化了，更重要的是把山的品格提得與詩人李白同其清華絕俗。這樣寫山，自然不愧高手。

不過我們還應該看到詩裏更深的一層。詩人不僅僅寫出敬亭山，同時還深刻地寫出他自己。由於李白在政治抱負上的失意，也由於他在和現實接觸中看到封建統治者的腐朽沒落，使他產生了清高拔俗的自異感；但又由於他和人民仍然保持着一段相當大的距離，使他不能不感到精神上的孤獨。因此在重遊宣城的時候，詩人對於敬亭山才產生了如此特殊的感情，給予敬亭山以「相看兩不厭」的精神寄託。其中第一、二兩句，也許還有所指喻呢！

由此看來，這首詩的主題，從主要的方面說，就不在於寫山，而是藉此來吐露自己對現實生活的看法了。

早發白帝城❶

朝辭白帝彩雲間，
千里江陵❷一日還。
兩岸猿聲啼不住，
輕舟已過萬重山。

對於李白的五七言絕句，歷代詩評家不知說過多少讚美的話。所謂「神品」，所謂「絕唱」，沒有比這個更高的評價了。但它們之所以成為「神品」或「絕唱」的原因，不少評論家卻說得玄之又玄。像什麼「天才縱逸，軼蕩人群」（高棅《唐詩品彙》），「天實生才，豈易言哉」（應泗源《李詩緯》），以及「心得而會之，口不得而言之」（屈紹隆《粵遊雜詠序》），實在已經陷入不可知論了。

世界上沒有從天上掉下來的天才。某個人可能在某一方面比別人聰明些，接受能力強些；但是他要不是認真地學習，努力地汲取，不倦地磨煉、實踐，要真正寫出最好的作品來，只能是一種空想。

❶白帝城，古城名，在今四川奉節縣白帝山上。城居高臨江，形勢險要。三國時劉備征吳失敗，退守此城，在其旁築永安宮。

❷江陵，今湖北江陵縣。

許多人看見李白一生大部分時間在漫遊中度過，而又好擊劍、飲酒、揮霍、求仙，總以為他絕不是一個苦學的人，往往忽略了一個關於李白的極普通的故事。那就是《潛確類書》裏說的，李白少年時碰見一個老婆婆，正在磨一根搗米用的杵。他問她在幹什麼。她答：拿它磨一根針。李白大受感動，回去馬上再拿起書本。這個故事出在李白身上，當然不是偶然的。它正好說明李白曾經在學問上下過很艱苦的工夫。

民歌作為詩歌的一個分支，那是後來的事。其實民歌恰是一切詩歌的唯一遠祖。在文人詩歌或廟堂詩歌出現之前，它早就流傳在民眾之中。它的歷史可以同我們開始進行勞動的祖先同其久遠。它那淳樸自然的風貌，韻味濃郁的情調，悠揚動盪的音節，生動活躍的形象，豐富多彩的比喻，神奇美麗的想像，靈動變化的手法，以及強烈濃厚的生活氣息，像大地母親的乳汁一樣，哺育着詩國的兒女。可惜由於種種原因，能夠流傳下來的只是億萬中之十百，以致我們遠遠不能領略它那驚人的偉大。

作為盛唐的準備，在初唐末期，許多詩歌創作者都經歷過一段向民歌學習的階段。儘管各人的成就不同，但只要看看劉希夷、張若虛、王維、崔國輔、崔顥、李白、王昌齡這些名家的膾炙人口的佳作，特別是其中一些人的絕句，就清楚地看到彼此之間的源流關係。

李白絕句的成就，也離不開他向六朝民歌的學習。不論是五言還是七言。

但問題還必須深入一步。對於李白（也包括像王昌齡這些佼佼者）那些絕妙的絕句，僅僅拿「向樂府民歌學習」一句話是不夠具體的，也是不夠完全的。我們應該把觸角伸得更遠一點。

我覺得要進一步探討這些詩人在絕句方面的成就，不能不注意下面這幾個問題。

其一，他們是怎樣吸收民歌的精華的？是生吞活剝地模仿，還是汲取它的精神營養，化為自己的血肉。

其二，應當怎樣提煉生活中的素材，賦予它詩的意趣，而又在取捨素材之間做到恰如其分，恰到好處。

其三，怎樣穩而又準地掌握絕句這種特定的詩歌體裁，不使它和別的體裁混在一起，或摻雜不清，變成半截律詩。

其四，由於它主要是從民歌來的，因而在選詞用字，尋聲赴節方面，如何保持絕句本身的特有風味。

最後，怎樣處理主觀與客觀的關係，也就是詩人怎樣衡量對象——包括你所描寫的和你的讀者的問題。

只要其中有一個問題處理不好，我認為都要影響作品的成就，降低它的感人的力量。

我們看李白那些美好的絕句，都是那麼淳樸自然，語言生動，想像奇妙，基本上摒棄了文人詩中最容易犯的毛病——雕鏤字句，搬弄書本，炫耀學問，故作艱深曲折和顯出一副很有知識的神氣。它是那麼渾然天成，精光閃爍，言淺意深，語短情長，句盡而意不盡，極得民歌的意趣。這就是善於學習的結果。

有人一拿起筆來，就企圖把盡可能多的東西塞進詩裏去，以為這樣內容才足夠豐富，還可以顯示自己的學問不凡。這在某些文藝體裁來說，未嘗不可以（漢代的《西京賦》、《東京賦》、《兩都賦》就是這樣）。可是絕句卻正好不能夠這樣。李白難道不可以在詩中顯出更多的學問嗎？試拿他的絕句同《蜀道難》相比，在運典、修辭、下字方面，你看有多大的區別。

因此，怎樣準確地把握絕句的藝術特點，充分發揮它的長處，讓它在短短的篇幅中，構成完整的內容，體現優美的意境，包含飽滿的情感，透出悠然的韻味。特別是要像一兩個優美的電影鏡頭似的，讓人看到最需要看的、最耐於聯想尋味的一點。這就顯然不同於長篇巨制，甚至也不同於文字僅僅比它多一倍的律詩。我們看到李白的《黃鶴樓送孟浩然之廣陵》、《陪族叔及賈至遊洞庭》、《蘇台覽古》、《越中覽古》、《長門怨》等，不正是很好地掌握了這一點嗎！

因此，就又要涉及詩人所企圖描寫的對象和企圖表達的情感與內容的問題。為了讓讀者獲得最佳的感受，應該運用絕句好呢還是別的體裁更好？先要考慮清楚。不同的體裁有它不同的容量，不能把負擔不了的硬加在某一體裁上面。就連李白也不是沒有失敗之作，他那十一首《永王東巡歌》和那十首《上皇西巡南京歌》恰就是明證。

有關絕句的問題，還可以牽涉很多。歷代的情況也不盡一致。比如宋代以後的絕句，和民歌的關係就少得多了。這裏只能暫時打住。且談談李白的《早發白帝城》：

「安史之亂」初期，李白參加永王璘的軍事行動，永王璘失敗後，他被扣上「附逆」的罪名，初被囚在潯陽（今江西九江市），後來又被流放到夜郎（今貴州東部）。他沿着長江西上，先到西蜀，然後折入夜郎。不料第二年春天（乾元元年，七五八年），肅宗宣佈大赦，李白也在赦免之列。消息傳來時，李白正在巫山附近的白帝城。他忽然覺得自己像一隻脫出樊籠的飛鳥，再沒有旁的考慮，立刻回身從白帝城乘船東下，趕返江陵了。

不妨設想一下李白當時的心情：本來他帶着刑徒身份，一步步走向荒僻的遠處。加上滿懷枉屈，無從申說，心情真是壞到極點。想不到一聲大赦，恢復了自由人的身份。他多麼渴望回到朋友和家人身邊，共同慶祝重獲自由的歡樂呵！而長江的滔滔流水，似乎也樂意幫助詩人早日完成心願。它就在詩人的腳下，突然「踩大了油門」，以從來沒有的速度猛烈地向三峽沖去。浮在它上面的一葉扁舟，似乎比箭還快，白帝城剛才還站在雲端——因為城是建在山頂的——一眨眼就脫出視野之外，只見兩岸青山一排一排飛快後退，山上猿聲此起彼落，宛如為詩人東歸而列隊歡送。轉眼之間，船已飛過無數參天拔地的奇峰。攔在江心的什麼灩澦堆、新崩灘，不過像一團泡沫，還沒有看清楚就遠遠溜掉了。他想起從前書上說過的：「有時朝發白帝，暮到江陵，其間千二百里，雖乘奔御風不以疾也。」這回卻真是親歷其境❸。

於是，用不着多大的醞釀，一首絕句就在他胸中脫然而出。

我們試拿輕快的情調來吟誦一下吧！詩人此際之情，江行此時之景，不多不少，二十八個字中，恰好圓滿說盡。哪裏用得上雕鏤文飾，裝腔作勢，賣弄書卷。真是「行乎其所不得不行，止乎其所不得不止」。天然渾成，一個字挪動不得。它固然是詩人的詩，又宛似一首民謠，高度概括了長江在三峽中的特有氣勢和人們的親切感受。

❸從前有人認為李白這首詩是他早年出川途中作的，其實不對。只要看第二句那個「還」字，就可以知道詩人的心情是急於還江陵而不是初度出西川。

杜甫

七一二～七七〇

字子美，自稱少陵野老。曾做過檢校工部員外郎，故世稱「杜工部」。其詩大膽揭露當時社會矛盾，對貧苦農民寄以深切同情，顯示出唐代由開元、天寶盛世轉向衰微分裂的歷史進程，因被稱為「詩史」。長於七律，風格多樣，以沉鬱為主，語言精練。有《杜少陵集》。

房兵曹胡馬

胡馬大宛名，鋒棱瘦骨成。
竹批雙耳峻，風入四蹄輕。
所向無空闊，真堪託死生。
驍騰有如此，萬里可橫行。

凡詠物詩，也如同畫花鳥動植物一樣，有人力求纖悉畢具，一絲不走，然而往往遺神得形，陷入攝影主義。有人則專門堆砌典故，盡量使用華美空洞的辭藻，其結果陷入形式主義。此外，也有人意在寄託，完全離開物的本身，自說一套，這往往又不成其為詠物詩，只能說是借物託興而已。

詠物詩很不容易寫。既要能在物之內，又要能出物之外。善於把兩者的矛盾統一起來，才是高明之筆。畫家繪物不只求其形似，更須求其神似，所謂形神兼備，也就是要使欣賞者在認識生活的時候，不停留在低級階段，而能通過作者創造的藝術形象來理解生活的意義。這就需要畫家和詩人不受物的自然形態或其生物屬性所局限，要在形神兼備之中，自然顯出自己的思想感情——崇高的理想，高尚健康的情操，並以此來影響讀者。

在古人的詠物詩中，自然也有好的作品；但是，寫得非常糟糕，甚至是無聊的消閑逗趣的詠物詩，也是很不少的。有些簡直就同謎語差不了多少。欣賞前人的詠物詩，我們也必須善於選擇。

杜甫的《房兵曹胡馬》是寫得好的一首，是真正做到了既能入於物又能出於物。說它能入於物，是寫駿馬就是駿馬，不是一般的凡馬，形態神采，都栩栩如生。說它能出於物，是在駿馬的形態神采之外，還看出作者蘊藏寄託的感情。作者在這裏寫出了馬與人的一種親切關係，仿如良朋，仿如愛將，仿如可靠的同志，仿如忠實的戰友。人們讀了「所向無空闊」等句，想到的不僅是馬，並且還想到了人——許許多多忠於職守、勇於負責、生死可託、患難可恃的才德兼備的人。詩人通過對馬的讚歎，寄託了對朋友的期待，也以此寄託了自己的胸懷抱負。如此詠物，才是上乘，才有較高的思想意義。

大宛（宛，讀平聲），是漢代見於記載的西域國家之一，自古出產良馬。首句點出房兵曹的胡馬的出處並不尋常。次句形容駿馬的體格。駿馬不在多肉，以神氣清勁為佳。故次句特別寫出「鋒棱瘦骨」。第三句再點染駿馬身上特徵：馬的雙耳，好像斜劈的竹筒那樣，才符合良馬的條件，故說「竹批雙耳峻」。第四句說馬的善走，「風入四蹄」，仿如足不着地。四句中，一句點馬的來歷，兩句寫馬的體格，又一句說馬的性能。要注意它刻畫的洗練、簡淨。和畫相比，活像徐悲鴻畫的馬，是從形似中透出馬的精神，並且確是駿馬。這裏既不用雕金鏤采的字樣，更不必堆砌典故。正如高手寫生，幾筆勾勒，神態即現。看寫詩的高手，也要從這些地方着眼。

後四句，「所向無空闊」，是從空間的縮小反襯駿馬能耐長途奔涉。「真堪託死生」，是從與人的關係寫出駿馬的忠實可靠。上句極言馬的才力，下句極讚馬的「品德」。「驍騰有如此，萬里可橫行」，歸結到房兵曹有這匹駿馬，可以馳驅邊塞，憑藉牠為祖國效力。這四句，除了要看作者寄託的感情之外，還要看怎樣從高處取馬之神。作者沒有把馬看作僅供奔走的坐騎，而是看成為可以共事業、託死生的戰友。這實實在在是駿馬的最高「品德」。如此寫駿馬，才是攝取牠的精神，顯露牠最本質的東西。否則，徒然取馬的形貌，儘管千言萬語，也是擊不中鼓心的。

畫鷹

素練風霜起，蒼鷹畫作殊。
攫身思狡兔，側目似愁胡。
絛旋光堪摘，軒楹勢可呼。
何當擊凡鳥，毛血灑平蕪。

「一幅白絹出現在我的面前，略一展眼，風霜慘淡，一片肅殺氣氛。定神細看，原來絹上畫了一頭蒼鷹。嘿！多神氣的蒼鷹呵！……」

你看，詩人為了顯示這幅畫的不平凡的技巧（所謂「畫作殊」即畫得不同一般），一開頭就使出渾身氣力。應該說，這是畫家顯示了自己的力量，用自己的藝術感動了詩人的結果。它促使詩人不能不使出相應的力量來和它角逐。這也是詩人對待創作的責任感的表現。因為，面對着一幅真能使自己感動的藝術作品，而自己又要有所議論，不管是讚美還是什麼，總不應該不付出氣力來的。

在開頭一句裏，畫鷹便已顯出真鷹的氣勢；第二句點出畫鷹的卓然不凡，隨即用真鷹來作比擬，極力讚頌畫家的高明技巧。「㩳身思狡兔，側目似愁胡」，全是真鷹的寫照。「㩳」同竦，竦身就是把身體挺起，「思」是「着意在……」的意思，不是說它在沉思什麼。全句是說，鷹的挺身姿勢使人看出來是意在追捕狡兔。「愁胡」，語出孫楚《鷹賦》：「深目蛾眉，狀如愁胡。」大抵因為鷹眼的瞳子顏色和有些胡人的相近，所以這樣說。

三、四兩句已從鷹的身形着筆，指出畫鷹的形似；但顯然，只說它徒具形似，是不夠的，下面就換了一個角度，從畫上的陪襯事物再進一步指出畫鷹具有真鷹之神。我們可以看看詩人怎樣去表達這一層作意。「絛」音韜，是絲繩子，繫在鷹的腳上的；「旋」是銅環，用來扣着繩子的。「絛旋光堪摘」，意思是絛和旋在畫上光彩煥發，逼真得很，好像可以從畫上摘（解）下來，讓蒼鷹展翅飛走。「軒楹」是蒼鷹站着的地方。全句說，只要你喊牠一聲，畫上的鷹簡直就要直撲出來了。這一聯用「絛旋」、「軒楹」從側面烘托出鷹的氣勢，也是一種值得注意的技巧。還須注意，詩人在句中放上「堪」字，又放上「可」字，正要向讀者說明這仍然是畫鷹，不過畫家的高明手法使鷹變得栩栩欲活而已。這樣就把畫鷹卻似活鷹，活鷹原是畫鷹這兩層意思都照顧到了。試想想，假如這裏換掉「堪」、「可」二字，豈不是從第三句起一連六句都在詠真鷹了麼？我們這位詩人是運用虛字的能手，這兩個字雖然不算獨創，在欣賞的時候還是不應該忽略過去的。

最後兩句，詩人又以搏擊責任，通過畫鷹而寄望於真鷹（「何當」是何時之意，有人解作安得，亦通）。也許有人會懷疑：「凡鳥」無非是借指平凡的人，難道平凡的人就應當受到痛擊嗎？我以為，這裏的「凡鳥」並非指一般平凡的人，而是暗喻那些庸懦而無所作為的封建官吏。這些人對國計民生無動於衷，什麼也不想動作，看似平庸而實惡劣，正是杜甫所厭惡的。所以有人說這兩句詩是有所寓意。如趙仿說：「末聯兼有嫉惡意。」我看是對的。可惜我們不知道這首詩到底作於何年（杜甫詩集的編年者，很多都把此首編進開元二十九年，即公元七四一年；也只是一種看法，未必是不可以懷疑的），假如詩人是在左拾遺（諫官）的任上寫的話，這兩句就不僅有着詩人自己的影像，而且以畫上的鷹自比，是頗有感慨的了。但不管怎樣，詩人奮發向上的精神，疾惡如仇的性格，仍然可以讓我們感覺得到。

同諸公登慈恩寺塔

高標跨蒼穹，烈風無時休。
自非曠士懷，登茲翻百憂。
方知象教力，足可追冥搜❶。
仰穿龍蛇窟，始出枝撐幽。
七星在北戶，河漢聲西流。
羲和❷鞭白日，少昊❸行清秋。
秦山忽破碎，涇渭❹不可求。
俯視但一氣，焉能辨皇州？
回首叫虞舜，蒼梧❺雲正愁。
惜哉瑤池飲，日宴崑崙丘❻。
黃鵠去不息，哀鳴何所投？
君看隨陽雁❼，各有稻粱謀。

❶象教，佛教。冥搜，指佛教的虛無境界。

❷羲和，古代傳說羲和是太陽神御者。見《楚辭》(王逸註)。

❸少昊，古人認為是農曆七月之神。《禮·月令》:「孟秋之月，其帝少昊。」

❹涇渭，二水名。據說涇水清，渭水濁。

❺蒼梧，山名，在今湖南南部。相傳是帝舜的葬地。

❻崑崙丘，崑崙山。《穆天子傳》記周穆王西行到崑崙山，會見西王母。《列子》又說西王母宴穆王於瑤池之上。

❼隨陽雁，舊說雁春天北去秋天南來，故稱隨陽之鳥。

七五二年（玄宗天寶十一載）秋天，長安城內傳說着「五詩人高詠慈恩塔」的逸事。

唐玄宗李隆基已經整整做了四十年皇帝了。所謂「開元盛世」，正如一杯葡萄美酒，把這位曾經奮發有為的皇帝灌得沉酣大醉，昏聵糊塗起來了。朝廷上，像楊國忠、李林甫之流，奸險詐偽；邊庭上又有一批玩弄戰爭、邀功圖賞的武將；窺伺皇位的野心家正在積蓄力量，以求一逞；農民卻在沉重的兼併、賦稅、征役的枷鎖下愁苦怨歎。階級矛盾和民族矛盾潛滋暗長，逐步激化。這是一個危機四伏的年代。但是，昇平景象還在表面上浮蕩，特別是帝都長安，仍然是一片繁花似錦，朱門歌舞，內苑笙簧，掩蓋着即將敲響的「漁陽鼙鼓」。

長安本來聚集着不少詩人詞客。他們有到此求官的、考試的，有本來就是京畿的富豪子弟，也有出於生活享受迷戀不去的，但也有忍受飢寒而等待薦舉的：其中就有求官不遂客居潦倒的杜甫在內。杜甫來到長安一住六年，歷盡辛酸，獲得的只是官場中的冷眼和貧苦無聊的歲月。生活的苦杯促使他慢慢睜開眼睛，探索着這些使人迷惑的現實。

就在這一年秋天，杜甫約同詩人高適、岑參、儲光羲和薛據，前去城東南曲江附近的慈恩寺，登上寺內的大雁塔，眺覽長安的大好秋光。

周圍七十多里的長安城，是它在歷史上最烜赫的時代。它北臨渭水，南倚終南，東西是八百里秦川，城中是鱗次櫛比的萬戶人家，樓台堆繡，車馬揚塵。登高極目，可以想像是如何繁麗雄偉。五位詩人暢遊之餘，揮毫伸紙，各撰新詞。這就是「五詩人高詠慈恩塔」的逸事。應當說，在中國詩壇掌故中，這段事跡值得大書一筆。

開元年間，王昌齡、王之渙、高適三詩人「旗亭畫壁」，固然成為歷史上的美談，然而並不能算作決定詩人高下的測驗；這一次，卻真正帶有考試的嚴肅意義。

五位詩人，除了薛據的詩失傳以外，其餘四位的慈恩寺塔詩都保存下來了。這五人中，最年輕的是三十八歲的岑參。他曾從軍到過西域，塞上風沙，軍中笳鼓，磨煉了他的詩筆，畢竟不同凡響。你看一出筆就顯得氣魄雄偉：

塔勢如湧出，孤高聳天宮。
登臨出世界，磴道❽盤虛空。
突兀壓神州，崢嶸如鬼工。
四角礙白日，七層摩蒼穹。

先把塔的形勢、氣象用濃重的筆墨淋漓盡致地描繪一番，使人為之拭目。接下去就寫他在四顧中的所見所感：

下窺指高鳥，俯聽聞驚風。

❽磴道，石砌的梯級。

連山若波濤，奔走似朝東。
青松夾馳道，宮觀何玲瓏！
秋色從西來，蒼然滿關中。
五陵❾北原上，萬古青濛濛。

後面再以個人的抒情作為收束：

淨理了可悟，勝因夙所宗。
誓將掛冠去，覺道資無窮。

「秋色從西來……」好一幅雄深蒼秀的圖畫！不愧是典型的關中秋色。儲光羲和高適都用了大半篇幅描繪寺塔和眼前景色。比起岑參來，卻不免遜色。最後四句，照例也是發抒個人的感慨。儲光羲說：

俯仰宇宙空，庶隨了義歸。
崱屴❿非大廈，久居亦以危。

高適說：

❾五陵，原是漢帝陵墓，即長陵、安陵、陽陵、茂陵、平陵，均在長安附近。這裏借指唐帝陵墓。

❿崱屴，山勢高峻貌。

盛時慚阮步⓫，末宦知周防。
輸效獨無因，斯焉可遊放。

杜甫是在讀了高、薛二人的作品之後才動筆的⓬。這位謙遜而又自負的詩人，說不定已經意識到是一場考試。但主要的正是由於生活的感受不同，對社會的局面看法不同，因而思想感情也就截然兩樣。

他一落筆，就揭出了在登臨中湧現出來的個人也是時代的感慨：

高標跨蒼穹，烈風無時休。
自非曠士懷，登茲翻百憂。
方知象教力，足可追冥搜。

這個塔，像高大的標識凌踞在高天，強勁的秋風不知疲倦地吹來。登臨高處，卻不像胸懷曠蕩的人那樣悅目放懷，反而百憂並集，感慨萬分。這時才領悟到，佛教之所以建築這樣的高塔，是要使人把思想伸到很深很遠的虛無地方的。

這樣的開頭，那氣勢便已籠罩全篇了。

⓫阮步，指晉朝人阮籍。曾為步兵校尉。

⓬杜甫此詩題下原註：「時高適薛據先有此作。」

仰穿龍蛇窟，始出枝撐幽。
七星在北户，河漢聲西流。
羲和鞭白日，少昊行清秋。

轉回頭才敍述登塔。經過曲曲折折的穿行，才離開枝撐起來的幽暗的下層；升到頂層之後，就彷彿看到北斗當門掛着，銀河也好像聽得到潺潺的聲音了——這自然是出自詩人的誇張想像，因為那是在白天。他之所以這樣寫，是為了極形塔頂之高，彷彿與天相接了。

「羲和」兩句是點出時令。由於太陽神的御者不停地鞭着白日，時光真快，一年的秋天不覺又到來了。

這一節又是六句，把登塔和秋令圓滿地交代完了。

秦山忽破碎，涇渭不可求。
俯視但一氣，焉能辨皇州？

表面看，這是描寫地面的景色。可是拿來同岑參等人的作品一比，我們不禁會發生疑問：他們把四周景物描繪得歷歷在目，杜甫卻說秦山破碎，涇渭難分，連皇城也迷蒙一片。難道杜甫的眼睛不好？有人說，「秦山謂終南諸山，遠望大小錯雜，如破碎然。涇渭二水從西北來，遠望則不見其清濁之分也。」這當然也可以。但詩人實在是借景來做比喻，是對於當時社會和政治局面表示深切憂慮的比喻。只因為借景帶出，所以才顯得含蓄不露。

回首叫虞舜，蒼梧雲正愁。

「虞舜」，在這裏應該是指唐太宗。朱鶴齡引《西京新記》說慈恩寺浮屠前階立太宗《三藏聖教序碑》，以為由此引出，但卻和「雲正愁」不合。其實杜甫是向西北角遠望，想到雲霧迷蒙中有唐太宗的昭陵。句中的「蒼梧」是帝舜的葬地，正是借用來指昭陵的。「叫」的用法和杜甫另一首詩「窮途乃叫閽」一樣，含有哀急的用意。他想起唐王朝開國的君王，和那時的「貞觀之治」，這些如今都不存在了，只能看見愁雲一片罷了。

惜哉瑤池飲，日宴崑崙丘。

從前那個周穆王，據說西遊到了崑崙山，和西王母在瑤池中日夜宴飲，國家大事都不管了。現在，玄宗皇帝不就是像周穆王迷戀西王母那樣，同楊貴妃常常到驪山的華清宮去，沉溺在酒色之中嗎！他又向東朦朧地望着驪山，發出這樣的感歎。

黃鵠去不息，哀鳴何所投？
君看隨陽雁，各有稻粱謀。

又是從眼前所見的生發開去，而又以此作為結束。前人解釋這四句說：「賢人君子多去朝廷，故以黃鵠比之；小人貪祿戀位，故以陽雁稻粱比之。」這個解釋大抵是不錯的。

把幾位詩人的作品細心讀了以後，我們不妨認為這是一場嚴肅的考試。登高作賦，即景抒情，是幾位詩人都相同的；然而思想感情的內容卻不一樣。岑參在四顧蒼茫之後，忽然覺得「淨理」（佛理）是可以參悟的，「勝因」（佛家說是善道的因素）是向來崇信的，因而打算辭去官職，趨向佛家的「覺道」了。儲光羲也差不多。他仰觀俯察，深感宇宙的空虛，悟到寂滅的意義（所謂「了義」，即世界寂滅的道理），覺得它既如此高峻而又不是大廈，待下去到底是危險的。高適雖然沒有這個意思，也不過發了一點牢騷，認為官職微小，無從施展抱負，最好還是遊山玩水罷了。

他們的歸結，都僅僅是限於個人的。

杜甫也寫出了自己的感想，然而他的「登茲翻百憂」，卻緊緊聯結着國家和人民的命運。由於他是在此時此地的切身生活感受中經過深入的體察，又有比較清醒的政治頭腦，因此能夠透過「昇平」的華麗外衣，看出了潛在的疾患，更因為他是積極入世的，所以能以衷心關切的態度加以揭露和告誡。這就和岑參等人完全不同了。可以說，杜甫不僅是登上了慈恩寺塔，而且比之同時的許多詩人詞客來說，他同時又是登上了時代思想的高處的。

對雪

戰哭多新鬼，愁吟獨老翁。
亂雲低薄暮，急雪舞回風。
瓢棄樽無綠，爐存火似紅。
數州消息斷，愁坐正書空。

查理·卓別林早期的電影《尋金熱》，有一幕描寫尋金者在冰天雪地中餓極了，拿一隻破皮鞋煮熟了吃。當熱氣騰騰的皮鞋放到盤子裏，尋金者手持刀叉垂涎欲滴的時候，畫面上的皮鞋突然變了，它不再是皮鞋，而是煮得香噴噴的一隻雞。這位藝術大師就是這樣形象地去刻畫一個餓極的人的心理狀態。人們在忍笑不住之餘，對於作者的匠心是不能不欽佩的。

卓別林想來沒有讀過杜詩，他也許不知道在一千多年前，杜甫刻畫一個在大風雪中忍凍枯坐的詩人的心理狀態時，已經用上了和他一樣的藝術手法了。

杜甫這首詩是在被安祿山佔領下的長安寫的。長安失陷時，他逃到半路就被胡兵抓住，解回長安。幸而安祿山並不怎麼留意他，他也設法隱蔽自己，得以保存氣節；但是心情的苦痛，生活的艱難，對詩人的折磨仍然是嚴重的。

在寫這首詩之前不久，泥古不化的宰相房琯率領唐軍在陳陶斜和青阪與敵人作戰，吃了大敗仗，死傷幾萬人。消息很快就傳開了。詩的開頭——「戰哭多新鬼」，正暗點了這個使人傷痛的事實。房琯既敗，收復長安暫時沒有希望，不能不使詩人平添一層愁苦，又不可能隨便向人傾訴。所以上句用一「多」字，以見心情的沉重；下句「愁吟獨老翁」就用一「獨」字，以見環境的險惡。

三、四兩句「亂雲低薄暮，急雪舞回風」，正面寫出題目。他先寫黃昏時候的亂雲，再寫出在風中亂轉的急雪。這樣就分出層次，顯出題中那個「對」字，暗示詩人獨坐斗室，反覆愁吟，從亂雲欲雪一直待到急雪回風，滿懷愁緒，彷彿和嚴寒的天氣交織融化得分不開了。

《水滸傳》寫林冲刺配滄州，發到草料場做看守。嚴寒天氣，大雪紛飛，向火也抵不住冷。於是他拿起花槍挑着葫蘆到外邊買酒。葫蘆，古人詩文中習稱為瓢，通常拿來盛茶酒的。詩人困居長安，生活比林冲還要苦。「瓢棄樽無綠」，在苦寒中也找不到一滴酒，葫蘆早就扔掉，樽裏空空如也（樽，又作尊，似壺而口大，盛酒器。句中以酒的綠色代替酒字）。「爐存火似紅」，也沒有柴火，剩下來的是一個空爐子。

但是詩人在這一句裏，偏偏不說爐中沒有火，偏偏要說有「火」，而且還下一

「紅」字，寫得好像爐火熊熊，滿室生輝，然後用一「似」字點出幻境。我們讀了，就不禁要想起上面所說的卓別林的巧妙的表現手法了。明明是冷不可耐，明明是爐中只存灰燼，由於對溫暖的渴求，詩人眼前卻出現了幻象：爐中燃起了熊熊的火，照得眼前通紅。這樣的無中生有、以幻作真的描寫，非常深刻地挖出了詩人此時內心世界的隱秘。正如皮鞋本不是雞，在飢餓者的眼中卻偏偏是雞一樣，是在一種渴求滿足的心理驅使下出現的幻象，它比之「爐冷如冰」之類，在刻畫嚴寒難忍上有着不可比擬的深刻度。因為詩人不僅僅局限於對客觀事物的如實描寫，而且融進了詩人本身的主觀情感，恰當地把詩人所要表現的思想感情表現出來，做到了既有現實感，又有浪漫感。

末後，詩人再歸結到對於時局的憂念。七五六至七五七年間（至德元載至二載），唐王朝和安祿山、史思明等的戰爭，在黃河中游一帶地區進行，整個形勢對唐軍仍然不利。詩人陷身長安，前線消息和妻子弟妹的消息都無從獲悉，所以說「數州消息斷」，而以「愁坐正書空」結束全詩（「書空」，是晉人殷浩的典故，意思是憂愁無聊，用手在空中畫着字）。表現了對祖國和親人的命運深切關懷而又無從着力的苦惱心情。

秦州雜詩（第六首）

城上胡笳奏，山邊漢節歸。
防河赴滄海，奉詔發金微。
士苦形骸黑，旌疏鳥獸稀。
那聞往來戍？恨解鄴城❶圍。

杜甫於七五九年秋天，拋棄了華州司戶參軍這個無可戀棧的微官，來到秦州（今甘肅天水縣），過着採藥賣藥的生活。《秦州雜詩》二十首，就是在這一年寫的。在這二十首詩裏，詩人對於時局的動盪，民生的疾苦，外族入侵的憂慮，個人生活的窘迫，以及山川形勢，風土人情，都委曲盡致地寫了下來，成為一組別開生面的「史詩」。

這一首詩，是詩人在秦州看見西北邊防軍隊內調時有感而寫的。

上一年十月，郭子儀等九節度使圍攻安祿山的兒子安慶緒於鄴城，相持不下。到這年春天，史思明引軍救鄴，大敗九節度使於鄴城下，唐軍戰馬萬匹，僅存三千，甲

❶ 鄴城，又稱相州，即今河南省安陽市。

仗十萬，遺棄殆盡。因此西北戍軍又須內調補充。詩人既痛感官軍的潰敗，又看到軍隊不斷內調，邊防更覺空虛，激於愛國的感情，就把這件關係重大的事情記錄了下來。

開頭兩句，寫出這座山城的戰時景象。胡笳在城上嗚嗚咽咽地響着，城內城外，到處擠滿了從西域調發回來的軍隊（句中的「漢節」，指的是將軍的旌節，不是指外交官所持的節）。

三、四兩句，說明詩人打聽得這次調動的原因，原來是為了防守黃河沿岸，阻止安、史叛軍南侵（「防河赴滄海」，這裏的「滄海」，泛指我國東部、黃河中下游一帶，因為戰爭正在這裏進行）。而這些軍隊，則是接了肅宗的詔令，從金微山（即金山，也就是新疆維吾爾自治區北部的阿爾泰山）戍地調回來的。這四句，上二句是寫景，下二句是敍事，以下才是接入抒情。

五、六兩句，詩人細心地觀察了軍容：由於在荒漠和山地上長途跋涉，軍士們一個個都弄得又黑又髒，樣子很難看；軍中的旌旗，又是疏疏落落的很不整齊。應該指出，「旌疏」下接「鳥獸稀」，這鳥獸不是真鳥獸，而是旌旗上繪畫着的鳥獸圖形。由於旌旗疏落不整，所以這些鳥獸圖形也稀稀疏疏了。戎昱《出軍》詩：「龍繞旌竿獸滿旗，翻營乍似雪山移。」鮑溶《贈李黯將軍》詩：「寒日搖旗畫獸豪。」還有杜佑《通典》載：唐軍制，「每軍有隊旗二百五十口，尚色圖禽獸；認旗二百五十口，尚色圖禽獸，與諸隊不同，各自為誌認。」都是「旌疏」句的證明。杜詩的許多版本，都寫作

「林疏鳥獸稀」，而把「旌」字作為附註。仇兆鼇的《杜詩詳註》也是如此。他並且引吳均詩「林疏風至少」、庾肩吾詩「林長鳥更稀」等作註，好像完全沒有意會到「旌」字才是正確似的。其實，按照這首詩的內容分析，「林疏」顯然是錯誤的。因為在這句詩裏，如果安上「林」字，就完全破壞了整首詩結構的完整性了。很多杜詩版本都用「林」字，這大抵因為「林疏」是習見的用語的緣故吧。

這兩句詩形象地描畫出軍隊遠程調動的辛苦勞累和軍容的委靡不振，但更主要的是抒發詩人的思想感情。通過這兩句，我們可以看出詩人出自衷心的關切國事，因此觀察得也分外仔細。他不僅看出了軍士們的外貌，甚至還捉摸到他們的內心活動。正因如此，詩人的心情是很矛盾的。他一方面覺得邊防駐軍內調很有必要，但是又同情軍士的辛勞跋涉，更擔心他們的戰鬥力會因此受到影響。兩句話裏，恰好表露出詩人愛國精神的深厚強烈，如果不是發自衷心的關懷着祖國安危和民間疾苦，詩人就無法觀察得如此細緻，而這兩句話也就無從構想出來。

就在這種憂心忡忡的心情底下，詩人忽然回想起今年春間鄴城的潰敗。由於肅宗派不懂軍務的中使（宦官）魚朝恩做九節度使的統領，以致軍無主帥，一敗塗地。想到這裏，詩人的矛盾心情就變成了一腔憤恨：「那聞往來戍？」這就是說：哪裏聽過有萬里迢迢地叫軍士往來奔戍的道理？如今卻居然出現了這種荒唐的事情。「恨解鄴城圍」，這怎能不歸咎於鄴城一役肅宗李亨的任用非人呢！在這裏，詩人的極度悲憤，集中地用一「恨」字表達出來。

這後面四句，詩人思想感情的變化真是表現得縱橫捭闔，淋漓盡致。從他對軍士生活的同情，為他們的戰鬥力擔心，到痛恨鄴城之敗，暗點出任用非人的失策，都可以看出詩人一腔熱血，全部傾注在祖國和人民的命運上面。

早就有人指出杜詩是「詩史」。所謂「詩史」，就是用詩歌形式反映了歷史的真實面貌。在杜甫的作品中，著名的像「三吏」、「三別」、《兵車行》、《哀江頭》等，都是歷史的真實與藝術的真實結合得很好的典範。同樣的，這首《秦州雜詩》也是足以補充安史之亂的史料。唐王朝在安史之亂發生以後，大量從西域調回邊防部隊，使遠戍軍士萬里奔走，疲敝不堪，在史書上只是簡單的兩句話，這首詩卻給我們提供了形象生動的材料。此後唐王朝的西北邊防空虛，引致吐蕃入侵，回紇坐大，種種史實，不難從這首詩中得到印證。

杜詩是無愧於「詩史」這個光榮稱號的。

秦州雜詩（第七首）

莽莽萬重山，孤城山谷間。
無風雲出塞，不夜月臨關。
屬國歸何晚？樓蘭❶斬未還。
煙塵一長望，衰颯正摧顏。

秦州位在六盤山支脈隴山的西邊。隴山高二千多米，群峰插天，秦州就坐落在它西面山谷的渭河上游，東通關中，南鄰吐蕃，西出西域，形勢險要，是唐代邊防上一個重鎮。這首詩一開頭就點出秦州的險要形勢：山嶺重疊，回環抱着一條峽谷，在峽谷之中，矗立起一座孤城，好像就是中外通道上放置的一重關鑰。開頭兩句起得很有氣勢，整首詩的精神都從這裏振起。我們讀了，彷彿聽到一齣戲的開場，一陣洪亮的鑼鼓鐃鈸，使人精神一振，預感到一個不尋常的場面即將開始了。

三、四兩句，承上而下，是就秦州的國防位置從眼前景物加以渲染。「無風雲出塞」，並不是故作奇語。原來高空上的雲，往往無風自動，倒不是沒有風，有時是風

❶樓蘭，漢代樓蘭國，在今新疆維吾爾自治區境內。

只在上空吹，而這裏卻是高空的風給重重山嶽阻隔住了，在山谷裏感覺不出來。這裏的雲，也不是尋常的雲，它一移動就出了塞外。可見這裏在國防位置上的重要。詩人下這五個字，固然使人看出他體察大自然景物的細緻入微，但並非如同有些專以刻畫幽微為能事的詩人那樣，只是自然主義的摹寫，而是寓以飽滿的思想內容的。

下句「不夜月臨關」也一樣，寫的不是一般的明月，因為明月照的是邊防重鎮。在那裏，重山莽莽，景象蕭瑟。人們很容易發現夜色還沒到來，月亮已經掛在天上。這句也同樣有言外之意，那意思好像是說，在這個動盪不安的年代裏，邊城的人們都在提心吊膽，連天上的明月，一早也臨照關城，好像要用它的亮光幫助這裏的戍卒，警惕着遠方烽火。這大抵不是胡猜亂想吧，因為這十個字，雖然寫的是邊景，卻完全不是隨便勾畫一下，或者如清代詩選家沈德潛所說的「二句奇語，偶然寫出」而已。其實，它和詩人憂國的感情，對外族進侵的警惕，是分不開來的。

正由於上面寫景已經隱藏着詩人憂國之情，接下兩句就顯得感情特別深厚。

五、六兩句，是詩人說出對西域局勢的可慮。由於安史之亂，河西走廊的駐軍抽走了不少，連遠在西域的軍隊也大量調派回來。這時吐蕃的勢力正在膨脹，另一個外族回紇也相當的驕橫，以至肅宗不得不把公主遠嫁給它的英武可汗。外交和軍事形勢都處在逆轉之中。因此詩人就不能不發出「屬國歸何晚？樓蘭斬未還」的慨歎。「屬國」用的是蘇武的故事，蘇武從匈奴處歸來後，被任為典屬國（外交官），因此也有人稱他為蘇屬國。這裏暗指當時有些外交人員被外邦羈留，不得返國。「樓蘭」，也是漢代的故事。漢昭帝時，樓蘭王屢次殺了漢的使者，平樂監傅介子奉命前往樓蘭，用計斬了樓蘭王的頭回來。不過這裏指的不是外交官的事，它是說，由於西域的軍事局勢逆轉，已經看不見遠戍的將士凱旋了（秦州是中國通西域必經之路，兩句都是從作者所在地區來觀察的）。這和王昌齡的「黃沙百戰穿金甲，不斬樓蘭終不還」同樣是用樓蘭典故來寫將士的事。

在結聯裏，詩人對祖國的災難表示了深切的關懷。國內的情況是戰亂未定，人民長期陷在痛苦之中；邊疆的形勢又是這樣緊急。縱眼望去，滿目烽煙，到處是戰亂景象，開元、天寶的那段盛世，早已一去不返了。想到這種種，詩人連面容也變得愁苦起來了（「摧顏」，疾首蹙額，面容愁苦）。

這又是一首充滿着熱愛祖國的激情的篇章。它由秦州的地理環境，聯想到國防的可慮，再想到軍事和外交的劣勢，憂國傷時，一齊奔集。因而山川景物，都成為它抒發愛國感情的素材。這種有血有肉的思想感情，加上高度的藝術手腕，就凝成了杜詩的沉鬱頓挫的獨特風格。

蜀相

丞相祠堂何處尋？錦官城外柏森森。
映階碧草自春色，隔葉黃鸝空好音。
三顧頻繁❶天下計，兩朝開濟老臣心。
出師未捷身先死，長使英雄淚滿襟。

律詩的格律限制比之古體詩要嚴格許多，使它在形式上受到更大的束縛；而形式的過分束縛，反過來又更大地影響到內容的表達與思想的發揮。因此它就比較難於寫好（所謂「難工」）。假如要具體加以說明，那麼，第一，律詩要求有更高度的概括力，即在極有限的文字中，要容納豐富的思想內容和生活內容。所謂「納須彌於芥子」（把一座大山放進一顆小的種子裏面），這裏有着不易統一的矛盾。第二，既要求排偶（律詩中間兩聯要使用對偶句），又要在排偶中顯出靈動變化，不為排偶所累。格式固定（如律句的講求平仄、粘、對仗、拗和救之類），卻要顯出開闔變化，不板不滯，不粘不走。這兩者也是不容易結合得好的。第三，花巧太多，則陷於軟弱；過分

❶ 頻繁，一作頻煩。清代汪師韓的《詩學纂聞》說是唐代俗語，頻煩猶言鄭重。這個解釋可作參考。

樸素，又會顯得枯淡。換句話說，它需要有較濃厚的色澤，但又不能過於雕飾。不偏不倚，實在很費斟酌。第四，由於字數限制，它要求一個字有一個字的作用，一句話顯一句話的精神（從前的人說，五律的四十個字就是四十位賢人，中間放不下一個俗子，便是這個意思）。整首詩合起來看儼然七寶樓台，而拆碎下來卻又自成片段。這種既有在片段上的獨立性，又有在整體上的聯繫性的藝術要求，也比古體詩來得嚴格。

總之，律詩不論敍事寫情，在着色的濃淡，佈局的虛實，組句的錯綜變化，用字的推敲錘煉等方面，都比古體詩更不容易運用得當。正因如此，我們可以比較容易地掌握詩的格律，而要寫出好的律詩，卻不是一件輕而易舉的事情。

作為對於律詩藝術技巧的探索，這裏選了杜甫的《蜀相》試作粗淺的分析。

這首詩是杜甫初到成都訪問諸葛武侯的祠廟時寫下來的。那一年是七六〇年，詩人由秦州來到成都，卜居在浣花草堂。成都是蜀漢的舊都，杜甫平生又是對武侯極為景仰的，諸葛武侯廟自然是詩人急要瞻仰的地方。因此詩的開頭寫法，就和一般遊山玩水之作截然不同。

你看，詩人在第一句裏，特別下一「尋」字，表明自己一心造訪，並非信步行來，偶然遇見的。這就把自己對武侯的景仰，提筆點明，把下文的高度讚頌，在此先安下了伏脈。這是極講分寸的寫法。也許有人說，「尋」字在遊山玩水的舊體詩中，也不算太少，為什麼這裏的「尋」字會另有用意？這是因為在這兩句中，特別使用一問一答的寫法，顯得此次到訪十分鄭重。也說明這個「尋」字是有力地放下去，不是泛然落墨的。

三、四兩句，要看詩人下的「自」字和「空」字的用意。時當春令，祠堂階下有迎春的綠草，森森的樹上有會唱的黃鸝。應該說，景色是動人的。為什麼在詩人的感受上，草色並不入眼，鳥聲也徒然聒耳呢？原來這兩句的目的不在於寫景，而在於抒情。它說明人物的感情和當前的景色已經發生矛盾。不過這個矛盾，並不是沒有來歷的。當詩人走進祠堂的大門，一片肅穆幽靜的景色撲人而來，一向蘊蓄已久的對這位「鞠躬盡瘁，死而後已」的先賢的強烈崇敬愛慕之情，就如波濤噴湧，不可遏止。詩人既追懷武侯的功業，又痛惜他「出師未捷身先死」，現在留下來的，徒然只有一座祠堂而已。在這種激動的感情支配底下，什麼好鳥的鳴聲，春草的幽媚，全都不在心上，只將全副心靈沉浸在追懷先哲的感情海洋裏。所以這才下了「自」字，又下了「空」字。所以這兩句才是真正抒情，而非實在寫景。

「三顧頻繁天下計，兩朝開濟老臣心」，那意思是說，劉備三次拜訪他，請他出山幫助，是為了打算重興漢室。而諸葛亮答應出山，也是為了這個目的。此後，諸葛亮輔助劉備和劉禪，兩代之中，忠心耿耿幹了許多工作，顯示一片「老臣之心」。正式說出自己對武侯景仰讚歎之意。上文一路盤旋，宛如丘陵起伏，還沒有看到主峰。而沒有主峰，這首詩就沒有多少可觀了。所以到五、六兩句，就非用濃重的筆墨着力渲染不可。現在，我們看到詩人運用高度的概括力，把武侯一生的遭際、抱負和功業，凝練成為精闢的一聯，而詩人自己的景仰之情同時也就表達出來了。在律詩中，常常需要給予所描寫的物象以典型意義，而又出之於高度的概括。這種結合是很吃重的。在杜詩中，對武侯的功業的歌頌，除了這兩句以外，如「三分割據紆籌策，萬古雲霄一羽毛」，「伯仲之間見伊呂，指揮若定失蕭曹」，都是着力地寫出來的。不過，在這當中，首先需要作者具有較高的眼光，如果沒有對被描寫的對象作出正確的、歷史的評價能力，那就既談不上典型意義，而所謂藝術概括，也將流為空談。

在詩歌的組織形式中，一起和一結都是重要的。起得不好，下面引帶不起；結得不好，上邊收束不住。尤其是收束不住，勢將使全詩大為減色。因此寫詩的人，重視起句，更重視結句。

這首詩正是收束得好的例子之一。「出師未捷身先死，長使英雄淚滿襟」，警策地寫出後人對武侯的追念和景仰。使武侯在讀者心目中的地位顯得愈為崇高了。句中的「英雄」，不但指後世英雄，並且包括詩人自己在內。這兩句話不僅概括諸葛武侯，所有為造福人民不幸賫志而歿的英雄，也全都可以借用這兩句話。因此它具有相當巨大的概括力量，成為後人常常引用的名句。

回頭再看：起聯，寫詩人專誠拜訪祠堂。次聯，寫詩人初次踏進祠堂時的感情激動。三聯，寫詩人對武侯的評價和景仰的原因。然後在結聯裏，再推出一層意思，寫出千萬後人對武侯功業的痛惜懷念。於是筆墨異常飽滿，而感情又悠然不盡。在區區的八句裏，文字的組織安排也是極費調度的。

末了，應該說明的是：杜甫這樣地評價諸葛亮，並不就是完全恰切不移的。杜甫有他本身的歷史局限與思想局限，我們當然不一定要以杜甫的評價來代替我們的評價。

江亭

坦腹江亭暖，長吟野望時。
水流心不競，雲在意俱遲。
寂寂春將晚，欣欣物自私。
江東猶苦戰，回首一顰眉。

同樣寫山水，杜甫和王維便有很大不同。王維顯出是個甘心恬退的隱士，杜甫卻往往在表面恬淡中藏着焦灼與期待，曲折地表露出對人世的無限關懷。拿「江山如有待，花柳更無私」❶（杜甫《後遊》）和「悠然遠山暮，獨向白雲歸」（王維《歸輞川作》）對比，前者含有多少世態炎涼的味道，而後者卻僅是蕭然塵外，與世無爭。這當中存在着甘心退隱與無可奈何投閑置散的區別。雖然杜甫也寫過看來完全是浸沉在眼前美景中的小詩：「遲日江山麗，春風花草香。泥融飛燕子，沙暖睡鴛鴦」，他不可能每首詩都吐出內心的隱秘，不過衡其心跡，也和王維不同。杜甫是在抑鬱無聊之中，藉此消憂，彷彿以酒澆愁的人，並非真正對酒有什麼喜愛，而且因此也容易「露

❶「江山如有待，花柳更無私」，淺一層意思是說，江山和花草都是有情之物，江山等待着詩人再遊，而花柳也對來客坦懷歡迎。但深一層用意，則是江山比之朝廷，似乎對詩人有更大的期待；而花柳與人情世態比較，則更是坦蕩無私的。

出馬腳」。例如「江碧鳥逾白，山青花欲燃」，接下去卻忽然是「今春看又過，何日是歸年」，還是無法擺脫詩人的本來面目。

《江亭》寫於上元二年（七六一年），那時杜甫居於成都草堂，生活暫時比較安定。有時也到郊外走走。表面看上去，「坦腹江亭暖，長吟野望時」，和那些山林隱士的感情沒有很大不同，然而一讀三、四兩句，那分歧就出現了。

從表面一層意思看，「水流心不競」是說江水如此滔滔，好像為了什麼事情，爭着向前奔跑；而我此時心情平靜，無意與流水相爭。「雲在意俱遲」是說白雲在天上移動，那種舒緩悠閑，與我此時的閑適心情全沒兩樣。無怪乎仇兆鼇說它「有淡然物外，優遊觀化意」（見《杜詩詳註》），但其實這只是表面的看法。

不妨拿王維的「流水如有意，暮禽相與還」（《歸嵩山作》）來對比一下。王維是自己本來心中寧靜，從靜中看出了流水、暮禽都有如向自己表示歡迎依戀之意；而杜甫這一聯則從靜中得出相反的感想。「水流心不競」，本來心裏是「競」的，看了流水之後，才忽然覺得平日如此棲棲遑遑，畢竟無謂，心中陡然冒出「何須去競」的一種念頭來。「雲在意俱遲」也一樣，本來滿腔抱負，要有所作為，而客觀情勢卻處處和自己為難。在平時，本是極不願意「遲遲」的，如今看見白雲悠悠，於是也突然覺得一向的做法未免是自討苦吃，應該同白雲「俱遲」一下才對了。

正因為這一聯的感情，是來自深沉的對身世遭逢的歎息，所以它還隱隱帶有一點自我嘲諷的味道。我們不好誤認它是閑適之作。

下面第三聯，更是進一步揭出詩人杜甫的本色。「寂寂春將晚，欣欣物自私」，上一句說出心頭的寂寞，下一句說出眾榮獨瘁的悲涼，是融景入情的手法（晚春本來並不寂寞，可是在詩人此時處境看來，畢竟是寂寞無聊的，所以才說「寂寂春將晚」。而儘管眼前百草千花爭妍鬥豔，又都顯得與自己漠不相關，引不起自己心情的活潑，所以又說「欣欣物自私」）。當然，這當中不盡是個人遭逢的感慨，但正好說明詩人此時並非是那樣悠閑自在的。讀到這裏，再來回顧上文，那麼第二聯的「水流」、「雲在」，寫的是一種什麼樣的思想感情，豈不是更加明白嗎！

杜甫寫這首詩的時候，安史之亂未平。李光弼於是年春間大敗於邙山，河陽、懷州皆陷。作者雖然避亂在四川，暫時得以「坦腹江亭」，到底還是忘不了國家安危的，因此詩的最後，就不能不歸結到「江東猶苦戰，回首一顰眉」❷了。

王維的山水詩，常是表面熱鬧而內裏恬靜；杜甫的山水詩，卻往往表面閑適，骨子裏仍是一片焦灼苦悶。這和兩位詩人的思想、生活的歧異是分不開的❸。

❷「江東猶苦戰，回首一顰眉」，各本作「故鄉歸未得，排悶強裁詩」。本文據草堂本。

❸杜甫和王維在思想感情上的歧異，明代的屠隆（長卿）已經注意到。他說：「王元美（世貞）謂少陵集中，不啻有數摩詰（王維字）。此語誤也。少陵沉雄博大，多所包括，而獨少摩詰之沖然幽適，泠然獨往。此少陵生平所短也。少陵慷慨深沉，不除煩熱；摩詰參禪悟佛，心地清涼，胸次原自不同。」

野人送朱櫻

西蜀櫻桃也自紅，野人相贈滿筠籠。
數回細寫愁仍破，萬顆匀圓訝許同。
憶昨賜沾門下省，退朝擎出大明宮。
金盤玉箸無消息，此日嘗新任轉蓬。

杜甫居住在成都，農民送給他一簍櫻桃。這本來是一件尋常的事情。如要寫成詩，按照題目裝點一番，也未嘗不可以。可是我們這位詩人對着這一簍子鮮紅欲滴的果子，忽然沉思起來。他記起往年在長安的時候，肅宗皇帝曾把禁中的櫻桃賜給群臣，杜甫自己也沾過一份。如今，這位皇帝在這一年就去世了；自己離開長安也有三四年。在西蜀重見櫻桃時，櫻桃顏色依舊，人事卻已全非了。在無限感慨之餘，他提起筆來，寫下了這樣八句。

寫詩的人，如果胸中還沒有醞釀成熟一個完整的意思，往往不免逐句拚湊，比如先得中間兩聯，再逐段往上下補湊。這固然不是完全不能容許，但是很難不顯出拚湊補綴的痕跡，更難以一氣呵成。寫得壞的，甚至就變成了一幅表情不和諧的圖畫，只努力於在眼睛、嘴巴上面着力，而忽視了其他。結果，在衝鋒的戰士臉上，我們看到了堅定的眼睛（這是好的），而在戰士的身上、手上，卻發現了雙肩鬆弛，兩手無力，腳又放得不是位置，好像是另一個人的另一種動作。於是，整幅畫都破壞了。這正是忽視了「牽一髮而動全身」的常識。這是在許多寫得不好的舊體詩中經常見到的。看了杜甫這首詩，我們更能領會「一動百動」的道理之所以必須注意。

我們試看劈頭第一句：「西蜀櫻桃也自紅」，為什麼要下「也自」二字，還要點出「西蜀」？不看後面是不明白的。第三句「仍破」，第四句「許同」，初看也很突然，詩人是和什麼對比來說的？直等到看了下面，才恍然於這些用字，原來一一有其必要的原因；也恍然於這八句詩在組織上原來如此嚴密，回環照應，鈎鎖相連，決不會有「拆碎下來不成片段」的毛病。

這首詩的着眼點在「憶昨」兩字，所以應從這裏談起。唐至德二載（七五七年），杜甫跟着肅宗皇帝返回長安，仍仕左拾遺。左拾遺是隸屬門下省的。當時有這樣的規例，每年四月初一，皇宮內苑摘了櫻桃，先向寢廟（皇帝的祖先牌位所在）供奉，然後分賜群臣。杜甫那時也分沾到一份。所以詩裏才說「憶昨賜沾門下省」。大明宮在禁苑之東，所以接着說「退朝擎出大明宮」。由於杜甫從農民贈送的櫻桃聯想到這一段舊事，詩的開頭，才下了「西蜀櫻桃也自紅」這句。在這裏，「西蜀」點明有別於長安，

「也自紅」點明是異地重逢，輕輕逗出下半段的「憶昨」。這一提筆便已充滿了撫今追昔之感，並且氣勢一直籠罩了全篇。

第二句是點明這些櫻桃是農民的，並無其他深意。第三句要略為註釋一下：「寫」，本意為「傾」，亦即是從這一個器具轉到另一個器具去的意思。因為櫻桃多漿易破，所以說，經過幾次倒來轉去，儘管十分細心，仍然恐怕弄破了它。

第四句是「憶昨」的伏線，細看櫻桃，萬顆勻圓，那樣子，那色澤，和皇宮頒賜的竟是一模一樣，因此訝它如此相同。用「訝許同」三字，於是引出下面一大段感慨。

五、六兩句已經說過了，這裏補充一點：這兩句是全篇的關鍵。前面千山萬壑，迤邐行來，無非要向這裏結穴；後面再推開一層，也是從這兩句生發開去。

結末兩句，「金盤玉箸」是不敢明指皇帝，用它來作代詞。是年玄宗、肅宗相繼去世，所以說「無消息」。於是歸結到自己「嘗新」，而自己嘗新已不再在長安，櫻桃也不再由皇帝賜贈，自己正處於「漂泊西南天地間」的時候，所以最後一句便發出「任轉蓬」的慨歎。

詩裏有幾個活字，都值得我們注意。如「也自」、「憶昨」與「此日」的關係，「細寫」與「仍破」的關係，都是值得咀嚼的。

聞官軍收河南河北

劍外忽傳收薊北❶，初聞涕淚滿衣裳。
卻看妻子愁何在，漫捲詩書喜欲狂。
白日放歌須縱酒，青春作伴好還鄉。
即從巴峽穿巫峽，便下襄陽向洛陽！

這是杜甫在代宗廣德元年（七六三年）在梓州❷寫的不尋常的詩作。安史之亂延續了七年多了。上一年冬天，唐軍收復洛陽；這一年春天，叛將史朝義自殺，他的部將李懷仙斬了他的頭來獻。從此河南、河北亂事平定。詩人這時遠居西川，聽見這個消息，不禁大喜若狂。在極度興奮中寫出了這一首詩（被後人稱為杜甫的「生平第一快詩」）。是的，這是老杜詩集中的第一快詩。我們說它快，有兩個方面的意思：先從這首詩的結構來說，從第一句「忽傳收薊北」開始。便一瀉直下，一句緊緊跟着一句，其中沒有一剎那的停頓，真可說運筆如風。一口氣讀下去，我們彷彿看見一眼鑿開了的地下噴泉，強大的挾着激流的水柱，洶湧噴薄而出。也好像看見節日的煙花，

❶劍外，梓州在劍門之南，劍門以南的西川，從關中來說就是「劍外」。薊北，即今河北。

❷梓州，在今四川省三台縣。

一衝上天之後，立即變成滿天奇光異彩，紛紛揚揚，在夜空中盡情飛舞。使人看了，感到這才是真正的噴發，真正的激蕩。這種行文上的快，正好充分表露了詩人感情上的「快」。正因為詩人自天寶之亂以來，親身感受到祖國災難和人民疾苦的深重：他曾經陷入胡人手中，目睹敵人「殺戮到雞狗」的暴行；曾經在戰區流亡，看到社會生產力受到嚴重破壞的慘像，而他自己一家的生活，也嚴重地受到影響。因此，他對於撲滅這場災難，回復安定的局面，心情是異常迫切的。現在忽然聽見敵人整個崩潰，大局從此平定，就再也無法抑制自己的激動，而需要運用像上面所說的「快」來盡量傾吐興奮難遏的感情了。從這裏可以看出，如果不是真正對自己的國家和人民有着血肉一樣的感情，要寫出一首真正有血有肉的、動人心魄的好詩，是不可能的。

這首詩除了第一句敍事外，其餘七句全是抒情。詩人一聽到薊北收復的消息，一時來不及歡喜，反而涕淚滿衣裳。這裏反映着過去幾年來祖國和個人經歷的慘痛。這句話可以說包括了老杜的《哀江頭》、《悲陳陶》、《悲青阪》、《春望》、《羌村》以及「三吏」、「三別」等等輝煌著作中所包含的種種感情在內。正因為從前親身所歷的各種艱苦，長期在心裏盤旋着的對國運的憂危，到這時忽然全都解下，除了盡情一哭之外，再也找不到別的方法了。這才是真正的喜和真正寫出了喜字。

一哭之後，心情才真正舒暢。這時，手裏亂捲着書，眼睛卻注視着妻子，喜極忘言和手足無措的神態，一時都寫了出來。然後又想起要喝酒來慶祝一番，並且一邊喝酒還一邊唱歌。然後又想到還鄉，想到現在春天正是還鄉的好季節。更想到還鄉要走最快最便捷的道路（詩人這時住在梓州，有故居在洛陽）。真是喜集一心，神馳萬里。詩人彷彿已經長上了翅膀，霎時飛到洛陽故居去了。

作為偉大的愛國詩人的杜甫，由於他的思想感情和祖國人民緊緊地血肉相連，他的脈搏和祖國的命運、人民的哀樂一同搏動，所以當人們知道那些叛變國家、引起無窮災難的安祿山、史朝義之流被消滅而興高采烈的時候，詩人的生花之筆也和廣大人民的感情一樣長上了雙翼，它來不及推敲雕琢，也用不到推敲雕琢，只是滔滔汩汩，奔湧而出，卻盡了筆歌墨舞的能事，區區的五十六個字便構成一首激動人心的勝利的頌歌。

諸將（第五首）

錦江春色逐人來，巫峽清秋萬壑哀。
正憶往時嚴僕射，共迎中使望鄉台。
主恩前後三持節，軍令分明數舉杯。
西蜀地形天下險，安危須仗出群才。

《諸將》一組詩共五首，作於大曆元年（七六六年）秋天。這組詩是作者在祖國外患未已，而地方軍閥已開始專橫跋扈的時候，表露了對於大局的關懷和期待的。這裏選的是第五首，是詩人懷念嚴武的才略，隱示蜀中還未消弭的危機，希望朝廷委任賢能，使處在國防前線的西川獲得鞏固。

開頭兩句，初看好像只是追憶成都的春光和傷歎夔州的秋色，其實用意並不在此。這要從杜甫當時的經歷，尤其要從蜀中的政局來看，才能夠了解這兩句的真正含義。嚴武在劍南節度使任內，和杜甫交情很好，賓主唱酬，十分投契，這是個人感情方面。更重要的是嚴武很有將略，兼之治軍嚴明。他曾打敗吐蕃，收復一些失地，在他治理下，地方秩序也比較安定。因之「錦江春色逐人來」，寫的就是詩人從公從私兩方面的親切感受，而不是徒然追想成都的春天。可是，自從七六五年嚴武死在任上以後，由郭英乂繼任節度使，情況就大起變化了。郭英乂為人暴戾，殘害士卒，漢州刺史崔旰因此率兵攻郭，郭逃到簡州被殺；而邛州牙將柏茂琳、瀘州牙將楊子琳等又聯合起來討伐崔旰，引起蜀中大亂。到次年，朝廷派杜鴻漸為劍南東西川副元帥，要他安撫地方，杜卻一意息事寧人，主張和解，給內訌的雙方來個升官了事。軍閥專橫，引起人民的苦難，杜甫是十分憤慨的。他那時已由成都經雲安來到夔州，夔州附近就是長江的巫峽。因此詩的第二句「巫峽清秋萬壑哀」，也不是寫巫峽的秋景，而是暗指自己在夔州時所聞所見的使人喪氣的事實。通過這兩句，詩人對嚴武早逝的傷悼，同時也就表露出來了。

因為一、二兩句只是虛虛喝起，所以三、四兩句就進一步實寫嚴武。嚴武死後，追贈尚書左僕射，故稱嚴僕射；望鄉台在成都之北；中使，指皇帝派到地方去的宦官。這裏選取嚴武和他迎接中使這件事來寫，也有用意。它正面之意，自是頌揚嚴武對中央政府的服從和尊重，而深一層去看，我們就不難發現詩人還在反襯出嚴武死後蜀中軍閥的跋扈專橫，具體指的就是崔旰、柏茂琳等輩。不然的話，嚴武生平可寫的事實不少，單獨拈出「共迎中使」這件事，就沒有太大的必要了。在這裏，詩人用筆雖然曲折了些，但用意還是可以看得出來的。

這四句詩，要細看才看出它的好處。前人曾把一些好的詩句喻為玲瓏寶塔。外層的瑰麗不用說，還有裏層的光彩也分明透出外面。人們很難分辨這些光華到底從哪一層閃進眼裏。細看這四句詩就會有這種感覺。

「主恩前後三持節」，既寫出朝廷對嚴武的倚重，又襯出嚴武安邊的才略；「軍令分明數舉杯」，既寫嚴武善於治軍，而且還能好整以暇，從容不迫，大有儒將風度。這兩句，洋溢着對於嚴武的懷念之情，並且把自己在他幕下時賓主投契的情景也輕輕捎帶了出來（嚴武初以御史中丞出為綿州刺史，遷東川節度使，再擢成都尹、劍南節度使，後又以黃門侍郎任劍南節度使，故稱三持節。杜甫出任節度使署參謀，檢校工部員外郎，是由於嚴武的推薦。「數舉杯」，指賓主經常聚會談天）。

結末兩句，詩人表露了對朝廷的期望：西蜀是個險要的地方，關係國家安危，必須任用像嚴武這樣的出群之才，才能對國家對地方有好處。言下之意，對於杜鴻漸之流深致不滿。

杜甫對嚴武的懷念是深刻純摯的，但又不僅僅出於個人懷舊的情感，更主要的是從嚴武的治績聯繫到祖國安危和地方治亂。因而詩人對宿將飄零的感歎，最後歸結到對朝廷選才的期待上。這是出自深厚的愛國之情，已不止於知己之感了。

江漢

江漢思歸客，乾坤一腐儒。
片雲天共遠，永夜月同孤。
落日心猶壯，秋風病欲蘇。
古來存老馬，不必取長途。

在艱難窘迫的環境裏，一個有抱負的人，應該怎樣處理自己？是長嗟短歎，怨天尤人，喪失鬥志，平日的抱負從此付諸流水；還是忠於自己的為祖國為人民的理想，頑強地戰鬥下去？兩種不同的態度，反映出兩種不同的世界觀、人生觀。

杜甫從四川漂泊到湖北的時候，是在大曆三年（公元七六八年），人已經五十七歲了，不僅年老多病，而且環境十分惡劣。他到了荊州的時候，雖然堂弟杜位在荊南節度使幕下做行軍司馬，鄭虔的弟弟鄭審也做着江陵少尹，杜甫和他倆都有相當關係，可是得到他倆的幫助實際不多。在《秋日荊南詠懷》詩中，杜甫這樣寫下了當時的生活：

苦搖求食尾，常曝報恩腮。
結舌防讒柄，探腸有禍胎。
蒼茫步兵哭，展轉仲宣哀。
飢借家家米，愁徵處處杯。

這種可憐的生活，對於抱着「致君堯舜上，再使風俗淳」的志願的他來說，該是多麼辛辣的諷刺。當然杜甫也發出過「我行何到此，物理直難齊」和「百年同棄物，萬國盡窮途」的疑問和哀歎，這也是可以理解的。然而杜甫卻並不是個「窮途惟慟哭」的人。即使在老病交侵、走投無路的逆境中，仍然沒有放棄自己的抱負，不僅依舊處處關心祖國的命運，依舊「窮年憂黎元，歎息腸內熱」；而且雄心壯志仍舊隨處觸發。除了本詩之外，後來他在公安縣憑弔呂蒙營和劉備城的遺址時，就寫道：

灑落君臣契，飛騰戰伐名。
維舟倚前浦，長嘯一含情。

對於前人君臣之間的投契和他們建立的功業，依然心焉嚮往。在泊舟岳陽城下時，他又寫道：

留滯才難盡，艱危氣益增。
圖南未可料，變化有鯤鵬。

並不認為自己從此就沒有希望了。這種為祖國為人民堅持戰鬥的精神，是值得我們崇敬的。

這首詩分前後兩大段。前四句寫思歸之情，後四句申明思歸的用意。

「江漢思歸客，乾坤一腐儒」，上句說自己已經漂泊到荊州。從全詩看來，句中「歸」字不應解作還鄉，切當地說，是想回到朝廷，為國家盡一點力量。因此下句點出「乾坤一腐儒」。「儒」在某種含義上說，代表入世的積極態度，「乾坤」兩字，又很有點自負，可以反證「歸」字並不是歸鄉隱逸，而是要有所作為。不過，「乾坤」下面接「一腐儒」，仍然不能不是透露了詩人對於流落不遇的命運的感歎。

「片雲天共遠，永夜月同孤」，寫出目前處境，是緊接上兩句而來。自己像一片孤雲，對朝廷來說，有如天樣遙遠。在這長夜之中，自己的孤獨又有如一輪天上的月亮。

「落日心猶壯，秋風病欲蘇」，卻又陡然振作精神，表示了自己「烈士暮年，壯心不已」的態度。雖然日子不長，有如西傾的落日，可是心裏還想着幹一點事業，不要因年老而頹唐下去。何況在秋涼的時候，自己的病好像又有點好轉，這就更應該振作一番了（「落日」二字，只是形象的比喻，指自己垂暮之年，不能認為杜甫恰才寫了永夜的月，忽然又寫黃昏落日是自相矛盾）。

末後兩句，也是承老病而來。那意思是說，有人以為我老了，並且生病，恐怕幹不了什麼事情了。可是，古人不肯把老馬拋棄掉，正是因為老馬還有別的用處，不一定要它長途奔走呵（這是暗用《韓非子》「老馬識途」的典故）！在杜甫說，這是一句謙辭，也是最低的期望；然而李唐王朝對於這位偉大詩人的滿腔熱血卻終於加以漠視，他終於無人理睬，直到客死江南。因而這兩句詩也就無異於對那個從此一步步走向破敗沒落的封建王朝的強烈諷刺了。

登岳陽樓

昔聞洞庭水，今上岳陽樓。
吳楚東南坼❶，乾坤日夜浮。
親朋無一字，老病有孤舟。
戎馬關山北，憑❷軒涕泗流。

這是杜甫晚年流寓湖南時的作品。那時他已經五十七歲了。正值國家多難，個人境遇又異常困苦，加上既老且病，心情是很悒鬱的。然而杜甫晚年在律詩的創作上是更趨成熟了，他曾自稱「晚節漸於詩律細」。這一首五律，可以顯明地看出詩人晚年的藝術造詣。

岳陽樓在岳陽縣城西門上，面對的洞庭湖，這中國南方的大湖，詩人自然久已聞名。因此開頭兩句，就道出了渴欲一見而素願終償的欣悅心情。在律詩中，開頭兩句本來可以不必對仗的，如今卻也作成一聯，那是為了加強對比今昔兩者的緣故。

三、四兩句極力描寫洞庭湖的景色。在整首詩裏，僅有這兩句是景色的描寫，因

❶坼，裂開。
❷憑，唸平聲，不唸仄聲。

此它的要求異常嚴格。在十個字裏，必須典型地概括地寫出洞庭湖的雄偉氣勢。這首詩的成功或失敗，在很大程度上就繫在這十個字身上。這好像面對一場嚴格的考試。尤其是在老杜之前，孟浩然已經寫下了「氣蒸雲夢澤，波撼岳陽城」（《望洞庭湖贈張丞相》）的名句，更使後人不容易措手。此中的關鍵，在於詩人的胸襟懷抱與熔鑄萬物的藝術才華。然而老杜在這方面，的確是一個高手，因而他就能夠比他的先輩開拓得更遠。

「吳楚東南坼」，是說洞庭湖汪洋萬頃，好像把處於它東方的吳和南方的楚這片大原野，打開一個大缺口一樣。「乾坤日夜浮」，是說太陽和月亮好像就在這湖裏升降出沒。這十個字，就把洞庭湖的壯偉開闊，異常生動地寫出來了。寫景，看來每個詩人都會，其實它和詩人的胸襟氣度的大小、思想性的高下極有關係，有些詩人就只能寫身邊的小事，而不能瞻矚得更遠。《北夢瑣言》曾經嘲諷唐求（唐末的隱士）的詩，說它從來沒有走出二百里路以外（指詩的思想境界）。這話很值得詩人們體味和警惕。

五、六兩句，轉到自己身上。杜甫從七六〇年開始，就度着「漂泊西南」的艱苦歲月，到現在已經整整八年了。從四川經湖北到了湖南，漂泊的生活使他和親朋的書信來往完全斷絕；加上一身多病，正如隨處漂流的孤舟一樣，自己一路上只有以舟為生，如今看了這樣開闊的天地，就不能不陡然想起自己。天地是如此廣闊，可是自己的處境卻狹窄到這種地步，兩相對比，更為難堪。這是詩人此時的實際感受，所以上面寫得極開闊，這裏就寫得極黯淡，前後映襯，愈顯得兩者的矛盾。而詩人的無窮感慨，也就不難從這裏看得出來。

詩寫到這裏，要收煞是很不好辦的。難道還要為個人的境遇怨艾下去嗎？不，杜甫是個始終關心祖國安危和民間疾苦的偉大詩人，就是在這種境遇底下，他還是沒有忘記國家大局。這一年（七六八年），吐蕃進攻靈武和邠州，京師戒嚴，白元光等率兵擊破吐蕃於靈武，郭子儀又親率朔方兵防守邠州。祖國的西北邊防正處在多事之秋。「戎馬關山北」，指的正是這些事。然而通過這一句，我們卻猛然感覺到詩人的「憑軒涕泗流」，不僅不是光為個人身世而悲慟，而且上面的「親朋……」兩句，也並非單純是個人流落的感歎。正因為國家多難，詩人卻無從盡一點綿薄的力量，昔年抱負，都成泡影，這才在登臨之際，引起家國身世的重重感觸而忍不住老淚交流了。「戎馬關山北」五字，綰上結下，在這裏起了極其重要的作用。

我們又一次看到老杜詩律的精嚴，它每一個字都不是隨便安下去的。

嚴武

七二六～七六五

字季鷹，華州華陰人。以破吐蕃功，進檢校吏部尚書，封鄭國公。與杜甫最友善。杜甫稱讚嚴詩說：「詩清立意新。」《全唐詩》中錄存六首。

軍城早秋

昨夜秋風入漢關，
朔雲邊月滿西山。
更催飛將追驕虜，
莫遣沙場匹馬還！

嚴武，在安史之亂前後，是一員有名的將領。我們在分析杜甫的《諸將》那首詩裏已經談過他了。嚴武又是一位詩人，留存下來的詩雖然不多，但是從這首詩來看，思想水平和藝術水平都是不差的。他和杜甫的交情很好，說不定文字上的相知也是一個原因吧！

安史之亂以後，吐蕃成為迫近唐帝國心臟的強敵。他們知道河西走廊的駐軍內調，邊防空虛，就乘機向東侵入。河隴一帶（今甘肅東部），相繼淪陷。廣德元年（七六三年），破涇邠二州，佔領首都長安十三天，曾改立李承宏為帝。聽說郭子儀率引大軍開到，這才匆匆退走。第二年，叛將僕固懷恩再引吐蕃、回紇兵十餘萬眾入寇，亦被郭子儀擊退。那時嚴武是劍南節度使。劍南和吐蕃的東境接壤，也是敵人矛頭指向的地方。嚴武這一年和吐蕃作戰，擊破吐蕃七萬餘眾，攻克當狗城（今四川阿壩自治州境內），跟着又收復鹽川城（甘肅省漳縣西北）。這一首詩，就是在這一年寫下來的。

節度使是鎮守邊疆的主將，擔負着國防重責。這首詩很能夠顯出作者這種身份——寫出一個身負國防安全之責的邊關主將，在對敵鬥爭中的高度警惕性和責任感，具有豐富的思想內容。

先對開頭兩句話作如下的藝術分析：一個早秋的晚上，蕭瑟的秋風從西北吹到邊關來了。如果是一般詩人，他想到的也許是個人的什麼，但是在這位將軍看來，秋風一起，就意味着這是敵人進行入寇活動的有利季節，因而馬上警惕起來。於是他登上城樓，放眼遠望。那時月亮正高高懸在天空，遠處的西山（四川西部的大雪山），寒冰映月，射出一片迷茫的慘白；給冷空氣凝聚起來的雲彩，也變得十分沉重地壓在大地上。周圍的景色是如此嚴肅靜默，彷彿就在兩軍相鬥的前夕。他眼裏觀察着，心中盤算着：怎樣應付突然出現的敵人？怎樣解除隱伏的威脅？是消極守備還是主動出擊？……這些要解決的問題都在他心頭反覆激蕩。這就是開頭兩句的複雜的內涵。它是邊關的秋夜景色，然而景中有人物，更有人物的思想感情。而這種思想感情，和作為邊關主將的嚴武的身份又是融渾一體的。題目是《軍城早秋》，詩一開頭就下「昨夜」二字，可見這位將軍對秋天的反應是如何的敏銳、迅疾。「秋風入漢關」着一「漢」字，含有帶來警耗的意味，因而下文「朔雲邊月滿西山」，就使人有戰雲密佈的感覺。這些都是從主將眼中看出，心底湧出，於是下面兩句，就異常豪邁地有力地迸射出來了。

「更催飛將追驕虜，莫遣沙場匹馬還！」這是像斬釘截鐵似的決心。他已經得到情報，前鋒和敵人遭遇上了，並且殺退了來犯的敵人。於是他發出命令：不能就此停止下來，必須徹底乾淨地把敵人消滅掉，不讓敵人一個人一匹馬逃回去！

這是一篇洋溢着愛國激情的詩歌。作為邊關主將的警惕性與責任感，他對軍事形勢的果斷的決定，以及蔑視敵人的豪邁氣概，都在四句詩中集中地形象地表現出來。無怪杜甫讀了之後，忍不住也來和了一首❶，表達出同樣激昂奮發的心情。

❶杜甫的詩，題為《奉和嚴鄭公軍城早秋》，詩云：「秋風裊裊動高旌，玉帳分弓射虜營。已收滴博雲間戍，更奪蓬婆雪外城。」

劉長卿

?～約七八九

字文房，河間（今屬河南）人。官至隨州刺史。詩多寫仕途失意之感，也有反映離亂之作，善於描繪自然風物。風格簡淡。長於五言，稱為「五言長城」。有《劉隨州詩集》。

別嚴士元❶

春風倚棹闔閭城，水國春寒陰復晴。
細雨濕衣看不見，閑花落地聽無聲。
日斜江上孤帆影，草綠湖南萬里情。
東道❷若逢相識問，青袍今已誤儒生。

❶此詩題目又作「送嚴員外」。作者一說是李嘉佑。

❷東道，東去的路上。嚴士元所去的湖南，地處我國東南，故稱為「東道」。一本作「君去」。

唐代詩人送行贈別的詩很多。翻開一部《全唐詩》，送客、贈別的題目，簡直會使你眼花繚亂。這大抵是時代風氣使然，朋友遠行，賦詩為別，成為少不了的節目。就因為這樣，應酬勢所必然，而平庸的作品也就很難避免。便是名家裏手，一旦碰上人和事都不很湊合的時候，寫出來的詩大失水平，例子也不是很少見的。

為了避開令人厭煩的應酬濫調，有些詩人就從技巧上多下工夫。這不能不說是一種苦心。同是送行贈別的題目，或以警句洗刷平庸，或以構思出奇制勝，或以藻麗表現所長，或以鮮新動人耳目。因此，在這一類作品中，別的且不談，它的技巧卻蔚為五花八門的大觀。

在這裏，談談這樣一種技巧：運用一連串「景語」來敍述事件的進程和人物的行動。換句話說，寫景是為了敍事抒情，其目的不在描山畫水。然而，畢竟又是描寫了風景，所以畫面是生動的，辭藻是美麗的，詩意也顯得是濃厚的。詩人借助於形象的作用，把陳腐平凡化為優美。這樣，它就和敍事的文體有明顯的區別，也不會受到「押韻之文」的指摘了。

劉長卿，字文房，大約和杜甫同時，但他的創作活動主要卻在天寶之後。他曾做過肅宗的監察御史，轉運使判官，又曾被貶為潘州南巴尉，官終於隨州刺史。他在當時詩名頗高。《唐詩紀事》說他「以詩馳聲上元、寶應間」。皇甫湜也推崇他，曾說：「詩未有劉長卿一句，已呼宋玉為老兵矣。」嚴士元是吳（蘇州）人，曾官員外郎。寫這首詩的年代和寫詩的背景，因為不見記載，無可稽查。從詩的內容看，兩人是在蘇州偶然重遇，而一晤之後，嚴士元又要到湖南去，所以劉長卿寫了詩作為贈別。

闔閭城就是江蘇的蘇州城。從「倚棹」（把船槳擱起來）二字，可以知道這兩位朋友是在城外江邊偶然相遇，稍作停留。時節正值春初，南方「水鄉」還未脫出寒意，天氣乍陰乍晴，變幻不定。我們尋味開頭兩句，已經知道兩位朋友正在岸上攜手徘徊，在談笑中也提到江南一帶的天氣了。

三、四兩句是有名的寫景句子。有人說他觀察入微，下筆精細。話是說得很對。可是我們從另一個角度去看，卻分明看見兩人正在席地談天，也許還是打開酒榼，喝起酒來。因為兩位朋友同時都接觸到這些客觀的景物：正在笑談之際，飄來了一陣毛毛細雨，雨細得連看也看不見，衣服卻分明覺得微微濕潤。樹上，偶爾飄下幾朵殘花，輕輕漾漾，落到地上連一點聲音都沒有。這並不是單純描寫風景。因為我們已彷彿看見景色之中複印着人物的動作，領略到人物在欣賞景色時的愜意表情。我們這種聯想是有必要的，不然的話，這兩句詩就變成純粹的描寫風景，而整首詩的內在聯繫就脫了節，成為一堆散落的沒有意義的材料了。

「日斜江上孤帆影」這句也應該同樣理解。一方面，它寫出了落日去帆的景色；另一方面，又暗暗帶出了兩人盤桓到薄暮時分，嚴士元起身告辭，詩人親自送到岸邊，眼看着解纜起帆，船兒在夕陽之下漸漸遠去的一段情景。七個字同樣構成景物、事態和情感的交錯複迭。

以下，「草綠湖南萬里情」，補充點出嚴士元所去之地。景物不在眼前了，是在詩人想像之中。但也摻雜着遊子遠行和朋友惜別的特殊感情。

「青袍今已誤儒生」，是一句牢騷話。唐代，貞觀四年規定，八品九品官員的官服是青色的。上元元年又規定，八品官員服深青，九品官員服淺青。劉長卿當時應該是八九品的官員，穿的是青色袍服。他認為這就是失意了。

詩中的「景語」，不應該是單層的。應該有一定的深度，即幾個層次，讓情、景、事同時在讀者眼前出現。唐代詩人運用這種手法的很不少。我覺得這是很值得我們借鑒的。

碧澗別墅喜皇甫侍御相訪

荒村帶返照，落葉亂紛紛。
古路無行客，寒山獨見君。
野橋經雨斷，澗水向田分。
不為憐同病，何人到白雲！

詩人住在碧澗的一所別墅裏，他的老朋友皇甫曾（字孝常，官殿中侍御史）來探望他，並且贈給他一首詩（見《唐詩紀事》卷廿七），詩人也就寫了這首詩作為酬謝。

這裏八句詩應該分兩段來讀，前四句是一個段落，後四句又是一個段落。

詩一開頭寫出村居的荒寂。本來已經十分荒涼的山村，加上又是黃昏景色，那種冷落就格外沉重了。附近看不到一個行人，有的只是沙沙作響的、在地上翻來擁去的落葉。這兩句描寫不簡單，它暗藏了一段情節在內，說明詩人是預先知道這位朋友今天要來，可是盼了一整天，直看到太陽下了山，餘光返照，仍然不見朋友的蹤影，在焦灼盼望中，聽到風吹落葉的聲響，就以為朋友來了。這樣的開頭很巧妙，它是帶着詩人此時此際的感情一同出現的，不是隨隨便便的描畫一幅晚景。下接兩句，情節進了一步。在「古路無行客」這句裏，說明詩人在屋子裏待不住，於是走出屋子來，沿着荒徑，希望在半路上迎住這位客人。可是路上仍然看不見一個行客，心裏就愈發焦急。轉入「寒山獨見君」句，朋友終於來了。在蒼茫的山色中，彼此欣然會面。詩人此時的喜悅，可以從句中的「獨」字看出來，他這時好像什麼也沒有看到，也不在話下，眼中獨獨只有這位朋友。所以「獨」字下得很傳神。

以上是一段。我們要看他怎樣通過景色的描寫，來暗示自己思想感情上的逐步變化。他起初是盼望了又盼望，心情焦急，連落葉的聲響也疑作朋友的腳步（「月移花影動，疑是故人來」，比這個就裸露得多了），然後再迎出路上去，一路上仍然心神不定，以為朋友也許不會來了，然後才是半路相遇，有點意外地握手喜慰。二十個字，曲曲折折，歷歷落落，情景兼至，把題目的「喜」字烘染得生動有神，完全不落俗套。

下面四句是敍述會面以後一對老朋友感情上的無比親切。「野橋經雨斷」，是兩人繞過了給大雨沖斷的小橋；「澗水向田分」，是指點着流向田野中的澗水，議論着這裏的景色。通過這兩句，我們彷彿看見這對親密的朋友，正在攜手漫遊，欣賞着這個被命名為「碧澗」的山光水色。同時，作者對於老朋友不辭跋涉跑到這個荒村，也顯然表示了喜慰。這兩句，景中顯出了人物，而且顯出人物的動作和感情。然而這只有把整首詩聯繫起來看才捉摸得到，如果單獨摘出這兩句，或者把它換到另外一個位置上，就會變成另外一種意義了。這種個別與整體的關係，在律詩中特別顯得重要。在創作處理上固須嚴謹，我們領會它，也絲毫不能含糊馬虎。

末兩句固然是題中應有的話：不是你我同病相憐，你怎會老遠跑到這個荒村來啊！但是話中好像還隱隱有另外一層含意，那意思是說，像我這個隱居在荒村中的人，早就給朝廷裏面的達官貴人忘掉了，只有你這個重視朋友交情的人，才肯老遠的跑到這兒來。言外之意，是多少有點對人情世態的感慨的。我們回看「古路無行客」和「野橋經雨斷」兩句，也多少可以體味出作者這層含蓄的用意。

生卒年不詳。字懿孫，襄州（今湖北襄樊）人。天寶進士。詩多登臨紀行之作，風格清遠，不事雕琢，《楓橋夜泊》最有名。有《張祠部詩集》。

楓橋❶夜泊

月落烏啼霜滿天，
江楓漁火對愁眠。
姑蘇城外寒山寺❷，
夜半鐘聲到客船❸。

❶楓橋，在今江蘇省蘇州市閶門外。

❷寒山寺，蘇州名勝之一，在楓橋附近。

❸根據後人的許多考證材料，證明唐代的佛寺，確有半夜敲鐘的習慣。

張繼的《楓橋夜泊》，在題山賦水的詩作中，好像是在楓橋側畔建立起一座豐碑。此後一千多年的封建社會，再也沒有人在同樣的地點跨越過他了。為了這一首詩，楓橋、寒山寺和寺裏的大鐘都成為國內外知名的勝跡或古董了。

古代詩人之所以不能跨越過他，這是可以理解的。當抹上中古時代色彩的楓橋景色沒有發生根本變化以前，這二十八個字無疑已佔盡風光，使後來的人無從措手。崔顥寫了《黃鶴樓》詩，竟使李白有「眼前有景道不得」之歎，這是很多人都知道的。同樣的情況如張祜的《題金陵渡》：「金陵津渡小山樓，一宿行人自可愁。潮落夜江斜月裏，兩三星火是瓜洲。」假如金陵渡和它對岸的瓜洲，依然大體上保持着這種風貌，那麼，要跨過張祜，同樣也是一種極大的困難。而我們今天的詩人無疑是異常幸運的，在新的經濟結構中，新的建設，新的人物，給每一個角落帶來了新的景象和迥然不同的風貌，比過去巍峨壯偉得多的詩的豐碑，將會遍地湧現，從而讓前人建立起來的東西成為今天的對照，成為記錄歷史的一段往跡。

這首詩為什麼會成為膾炙人口的名作呢？仔細地對它的藝術技巧進行尋味，我想還是可以獲得解答的，雖然這並不是一件很容易的事情。這裏就嘗試探索一下看。

首先，我們看到了由遠而近的景物層次，彷彿在一個透明的水晶球裏出現。這裏面有秋夜的霜天，天腳的殘月，老樹上的棲鴉，樹梢頭還隱約出現寺宇的輪廓；然後，在近處是江畔的楓樹，漁舟的火光，橋下就是夜泊的客船。它們綜合起來，便已初步構成楓橋的夜景。但光是這樣，色彩仍然不夠強烈，我們發現詩人在設色方面也下了一番工夫。試看這裏面，霜天和殘月是「冷色」，江楓和漁火卻是「暖色」，它們分別交織在樹、橋、漁舟、山寺的暗影之中，各自顯出或明或暗，或迷蒙或鮮亮，或平靜或搖曳的不同色彩。彷彿有哪一個天才畫家舉起淋漓的彩筆，給予這些色彩以跳動着的生命似的，令人對各種形象平添了一層鮮明的立體的感覺。

但這幅彩畫之妙似乎還不止於此，你再仔細看看，那麼，霜天那種透明似的明亮，和漁火的鮮豔的明亮是一種強烈對照，同時又是一種和諧。而霜天的清淡和殘月的迷蒙，它們既和諧而又有層次。再往近處看，漁火和江楓彼此映照，又另具一種明暗濃淡的情態，襯托着橋、樹和船的剪影。於是由遠景到近景之間，就出現了多樣化的色彩和情調，使楓橋夜色顯得無比的幽美起來。

不過，僅僅這些色澤和光影，詩人認為還不足以盡楓橋夜泊之妙，於是他又寫出音響和沒有音響的冷寂，從而就點出了「夜泊」的特有氛圍。本來，從上面那些景色中，夜泊的旅客已經感到羈旅的難堪，而棲鴉的夜啼，卻又加深了深夜孤寂之感，使羈旅之情更為深重。就在這難堪的情緒中，不遠的寒山寺裏，鏗然發出震盪着夜空的鐘聲，隨着音波的顫動，彷彿一下一下都敲在滿懷愁緒的旅客心上，而且彷彿還一下一下地敲在每一個讀者的心上。我們此時好像也到了楓橋夜泊之處，和詩人一起諦聽，並且勾引起同樣的心事了。

可以看到，在這首詩裏，形象、色彩、音響的交織融會，以及在交織融會中的遠近、明暗、位置、層次是如何巧妙地和諧。而這些又都要和夜泊的旅人的心情融成一片，不能顯出割裂的痕跡，何況它還必須符合格律詩的安排和規範。現在詩人卻能夠運用高度的藝術手腕去渲染表現。它之成為名作，就並不是偶然的了。

郎士元

生卒年不詳。字君胄，中山（今河北定州）人。天寶進士，官至郢州刺史。大曆間與錢起齊名，並稱「錢郎」。詩多酬贈送別之作，詩風清麗閑雅，以五律見長。有《郎士元詩集》一卷。

送楊中丞和蕃

錦車登隴日，邊草正萋萋。
舊好隨君長，新愁聽鼓鼙。
河源飛鳥外，雪嶺大荒西。
漢壘今猶在，遙知路不迷。

《唐才子傳》記載了這樣一段話：「（郎士元）與員外郎錢起齊名。時朝廷自丞相以下，出牧奉使，無兩君詩文祖餞，人以為愧。其珍重如此。」這樣，難免使人覺得郎士元是個「應酬專家」。他的作品價值如何也就可想而知。這位詩人現存詩只一卷，從這部分詩來看，好的作品實在不多，並且應酬也是事實；不過，這當中也要有具體分析，籠統地說所有贈行送別之作，都是毫無內容的泛泛應酬，卻未必能使作者心服。比如，這首《送楊中丞和蕃》，內容就並不泛泛。

天寶以後，吐蕃乘唐王朝的衰弱，侵奪了河西、隴西大片土地，唐王朝無力收復，只好和吐蕃談判屈辱性的和平。吐蕃卻一面談和，一面繼續侵擾（代宗、德宗兩朝，吐蕃四度和唐會盟，卻又無歲不來侵襲）。唐王朝這種和蕃政策，實質上變成一種屈辱妥協的政策，那是不難想見的。作者送這位楊中丞和蕃時，不能不有所感慨，因此在送行惜別之際，他就曲折地表達了自己的心情。

開頭兩句，點明楊中丞出發的地點和時間，同時也帶出作者送別之情。「又送王孫去，萋萋滿別情」，是慣用的惜別之詞。這是題中應有之筆，毋庸深論。

三、四兩句用意就深了一些。「君長」，是古人稱外邦或藩屬的君主的習慣用語。「舊好」，點明這不是第一次的兩國修好，而是過去就有的了。然而句中卻着一「隨」字。這個字很有講究，它點明唐帝國雖與吐蕃修好，但是主動權其實不在唐帝國這邊，而是在吐蕃那邊。吐蕃一面也談和好，一面又不斷進行侵略，唐帝國完全處在被動地位。這就是「舊好隨君長」要下個「隨」字的理由。正因如此，對句的「新愁聽鼓鼙」，既是事實，也是這種屈辱政策勢所必至的結果了。這兩句概括了當時整個西北局勢的可悲可慮，並不是泛泛應酬的話。

五、六兩句，包含兩層作用。一層作用是點出楊中丞去國之遠和旅途的艱苦。黃河發源地當時屬於吐蕃，詩人形容其邊遠，用「飛鳥外」三字，意說這是鳥飛不到的地方。雪嶺即今四川省大雪山，當時亦屬吐蕃。說「大荒西」，也是點明所去地方之遠（雪嶺，泛指西藏高原也可以）。言下便含有旅程艱苦的意思。但這兩句又為末句的「路不迷」伏下一筆。或者換一個說法，從路途的遙遠引出結聯的那層意思來。

「漢壘今猶在，遙知路不迷」，初看上去，無非在說：路途雖然像上面說的那樣悠長、艱苦，但是一路上還留下漢代建築的許多堡壘，可以作為標記，我知道你是不會迷路的。這樣理解，自然也很說得通，不過，作者的真意並不在此。作者是從「漢壘」二字生發出自己的感慨，那意思是說：你看！漢代的堡壘伸展到如此邊遠的地方，它們的存在，說明那個時候漢朝國力是強盛的，對付外敵侵略是有辦法的，它們曾經有力地拱衛着邊疆國防，發揮過重大作用。如今，這些堡壘依然存在。然而使人慨歎的是，它們的作用卻完全不同了，那一個接一個地伸向遠方的堡壘群，對於唐帝國來說，已經淪落到成為屈辱求和的使臣的指路碑的悲慘地步了！——十個字裏，原來包含着深沉的感慨的。

這樣的贈行詩，就有較深刻的思想內容，就不是泛泛應酬之作。

錢起

約七二〇～約七八二

字仲文，吳興（今浙江湖州）人。天寶進士，官至考功郎中。「大曆十才子」之一。詩以五言為主，多送別酬贈之作。有《錢考功集》。

省試湘靈鼓瑟

善鼓雲和瑟❶，嘗聞帝子❷靈。
馮夷❸空自舞，楚客不堪聽。
苦調淒金石，清音入杳冥❹。
蒼梧來怨慕，白芷❺動芳馨。
流水傳湘浦，悲風過洞庭。
曲終人不見，江上數峰青。

❶雲和瑟，雲和，古山名。《周禮．春官大司樂》：「雲和之琴瑟。」
❷帝子，屈原《九歌》：「帝子降兮北渚。」註者多認為帝子是堯女，即舜妻。
❸馮夷，馮，音「憑」，傳說中的河神名。見《後漢書．張衡傳》註。《山海經》又作冰夷。
❹杳冥，遙遠的地方。
❺白芷，傘形科草本植物，高四尺餘，夏日開小白花。

試帖詩開始於唐代，是科舉考試時拿來測驗士子的一種詩體。它的格式，通常是五言六韻（偶爾也可以用四韻或八韻）；既要按照官定的韻部押韻，中間幾聯又要對仗工穩；既須扣緊題目，還不許詩中有重複的字。考官出的題目是漫無邊際的，可以出經、史、子、集裏的一句話，也可以出前人的詩句、典故，還有天文、地理、花木、蟲魚都可以做題。士子事先預製是不可能的。反正它是束縛思想的「八股」。如今早已成為歷史陳跡了。

但是既然談到唐詩，這種體格少不得也要涉及一下。錢起這首《省試湘靈鼓瑟》，倒算得上是代表作。

本來寫詩作文，限制太嚴不好，但事實上也不能把人都限制住。魯迅先生說過：「想從一個題目限制了作家，其實是不能夠的。假如出一個『學而時習之』的試題，叫遺少和車夫來做八股，那做法就決定不一樣。」（見《准風月談·前記》）《省試湘靈鼓瑟》不僅限制不了錢起，反而讓他寫出一首傳誦不衰的好詩，這就可見。

「湘靈鼓瑟」這個題目，是從《楚辭》摘取出來的。屈原的《遠遊》裏面有「使湘靈鼓瑟兮，令海若舞馮夷」的句子，所以考官就出了這個題目。

詩的開頭兩句只是點題。點出既是湘靈，她又正在鼓瑟。在試帖詩裏，這叫做概括題旨。是很重要的一筆。那麼，湘靈又是什麼人呢？有人說她是湘水之神，也有人說就是舜帝的兩位妃子。楚國從古就有許多神話傳說，你說舜帝的妃子死後化成湘水之神可以，說湘水本來自有一位女神也可以。考證不是這兒的事，也不必去追問她到底是娥皇還是女英。

湘水女神在彈奏仙樂，詩人於是就展開自己一雙想像之翼，往返盤旋在仙樂的氛圍之中。那瑟曲是多麼動聽呵！它首先吸引了那個名叫馮夷，又叫冰夷的河伯，讓他忍不住在水上跳起舞來，並且引得大大小小的各種各樣的水族們都一齊歡欣跳躍起來了。可是，它們似乎沒有真正聽懂隱藏在美麗的樂聲中的情緒，這種歡舞其實是徒然的。因為，她在樂曲裏表達的是哀怨淒苦，寄託了懷人思遠的感情。

但聰明的人是懂得湘靈的心意的。尤其是那些「楚客」。這應該包括漢代的賈誼和歷代被貶謫南行而經過湘水的人吧。從廣義來說，這些人都可以稱為「楚客」。他們聽到這些哀怨的樂聲，怎不感到十分難過呢！

你聽，那些清亢響亮像金屬或者堅勁有力像磬石❻的聲音，加上淒苦的情調，從水上遠遠飄開去，一直飄到很遠很遠，漸漸沉沒在無邊無際的蒼穹的遠方。

詩人的想像如今伸展得更廣闊了。他想到，如此優美而哀怨的樂聲，一定把遠在蒼梧之野、也就是九嶷山上的舜帝之靈都為之驚動了，連他都引起懷舊的愁情了。他也許會飄到湘水上空來傾聽吧！至於近在湘水之旁，曾經因屈原的品題而著名的香草——白芷，更會受到樂曲的激動，因而愈發吐出它的芳香來的。

樂聲在水面上飄揚，順着湘江兩岸的黃沙碧草，順着那清澈見底的流水，一直傳

❻磬石，安山岩之一種，色黑，質密緻，可製磬，聲音響亮。

遞開去，讓整條湘江，包括廣大的湘江兩岸都沉浸在優美的旋律之中。可是在湘水上空，空氣卻挾着哀怨的樂音，化成一股悲風，這股悲風瀰漫開去，擴散開去，飛過了整個八百里的洞庭湖。

中間這四韻，共是八句，詩人就是憑藉他驚人的想像力，極力描繪湘靈的瑟曲的神奇力量。讓我們看到了音樂的詩，也同時聽到詩的音樂，從而獲得美的滿足。

然而更妙的還有最後兩句：「曲終人不見，江上數峰青。」上文緊扣題目，反覆渲染，已經把湘靈鼓瑟描寫得淋漓盡致了。如今剩下只有一韻，便是整首詩的收束。這可不是容易下筆的。一首詩鋪不開固然不好，收不住同樣也不行。你看詩人真是胸有成竹。他緊緊扣住「湘靈」，絲毫不走。湘靈既然是女神，她可以出現形象，也可以隱去形象。在鼓瑟的時候，詩人想像她的形象隨同樂聲出現，而一曲既終，女神的形象與樂聲同時消失，當然也在意料之中。所以「曲終人不見」，真可說是神來之筆。但更為難得的是，「人不見」以後卻以「江上數峰青」收結。這五個字之所以下得好，是因為由湘靈鼓瑟所造成的一片似真如幻、絢麗多彩的世界，卻在一眨眼間一齊收拾乾淨。收拾乾淨以後，馬上就讓人回到了現實世界。這個現實世界還是湘江，還是湘靈所在的山山水水。只是，一江如帶，數峰似染，景色如此恬靜，讓人在回到現實世界以後，仍然留下悠悠的思戀。

我不想再囉唆下去，恐怕會破壞讀者的美好的想像。但是，順便提一下有關這首詩的一件趣事還是應該的：

那是大中十二年（八五八年）。正在舉行一次進士考試。宣宗皇帝忽然拿起一張試卷，問考官李藩：士子寫的試帖詩，如果有重複的字，能不能錄取？李藩回答說：從前錢起試《湘靈鼓瑟》就有重複的字，偶爾也可以破例吧。宣宗聽了，笑了一笑：這個人的詩哪能同錢起相比。卷子終於落選了。大中十二年離錢起考試的天寶十載（七五一年）已經一百多年，在試帖詩中，它仍然是公認的範本。

贈闕下裴舍人

二月黃鸝飛上林，春城紫禁曉陰陰。
長樂鐘聲花外盡，龍池柳色雨中深。
陽和❶不散窮途恨，霄漢常懸捧日心❷。
獻賦❸十年猶未遇，羞將白髮對華簪❹。

錢起這首七律是很著名的。開頭四句描寫長安宮苑的春天景色，渲染得何其濃麗，讀了真使人為之神往。

但是也不免有點兒可惜。詩人既如此興致勃勃地濃染了長安宮苑之春，怎麼一轉筆就嗚嗚咽咽訴起苦來，讓人覺得很不對勁。這是詩人的敗筆，還是有別的原因？

這個問題提得好。因為探討起來饒有趣味。

詩人寫風景，常常是為了寫人。寫人的言談舉動，甚至是寫人的隱微的內心世界。這在前面分析劉長卿《別嚴士元》詩中已經說過了。但錢起這首詩卻有點不同，他是抱着另外的目的來寫景的。

❶ 陽和，春天的溫暖。
❷ 捧日心，指對帝王的愛戴心情。
❸ 獻賦，指參加科舉考試。
❹ 華簪，指顯貴的官員。句意是慨歎自己沉淪於下僚。

我們先戳穿來說：錢起寫這四句「景語」，目的是在頌揚。但不是讚頌皇家宮苑的美麗堂皇，向皇帝討好一番，而是目標向着姓裴的舍人，讓裴舍人讀了這四句詩會飄飄然覺得高興，如此而已。但我卻想藉此談談詩中的形象思維的另一個作用。那就是：它可以用來表現某種人物的身份地位。懂得的人，一看就知道你是在有意討好，但又不着痕跡。因為你筆下描寫的是美媚的景色。

自然，想說明某人的身份地位，假如你喜歡「打開天窗說亮話」，徑直地指出你某人是什麼官職，擔任些什麼工作，那也行。在唐詩中就有例子。比如姚合的《寄裴起居》：

千官曉立爐煙裏，立近丹墀是起居。
彩筆專書皇帝語，書成幾卷太平書。

所謂「起居」，就是起居舍人。他的職守是「掌修記言之史，錄制誥德音，如記事之制」。（《新唐書·百官志》）這就是說，他是專職記錄皇帝的言語、行動，並且把它整理成書的。所以姚合給姓裴的起居舍人寄詩，就把他的職守如實地敍述一番，算是頌揚這位皇帝身邊的官員了。但是，從詩的藝術來看，我們顯然不能滿意這種寫法。因為實在是了無詩味，使人意興索然。

錢起也是寫詩給一個姓裴的舍人。他在長安的時候，為了向裴舍人請求援引，所以詩的後半，全是申述自己的不幸境遇和憂鬱心情。但詩的前半，一連四句寫的都是春天的美景。前後好像截然無關。

且看開頭四句的描寫：

早春二月，在上林苑裏，黃鸝成群地飛鳴追逐，好一派活躍的春的氣氛！紫禁城中更是充滿春意，拂曉的時候，在樹木葱蘢之中，灑下一片淡淡的春蔭。長樂宮的鐘敲響了，鐘聲飛過宮牆，飄到空中，又緩緩散落在花樹之外。那曾經是玄宗發祥之地的龍池，千萬株春意盎然的楊柳，在細雨之中愈發顯得蒼翠欲滴了。

這樣演述這四句詩，並沒有走失作者的原意。可是，只這樣演述，能夠說已經把作者的意思都表達出來了嗎？顯然不能夠這樣說。甚至應該尖刻地批評一句：這樣的演述，只不過是把皮毛重描了一下，根本沒有深入到它的內裏去。批評得其實算不得過分。

自然界的風景是夠多的了。就算在長安，可以描寫的難道還會少嗎？為什麼他在給裴舍人的詩裏偏要集中描繪上林、紫禁、長樂和龍池的春色？這樣問不是無理取鬧。你不能拿「隨隨便便湊合一下」這類的遁詞來搪塞了事。

先翻開書查一查幾個地名吧。上林苑是漢武帝時根據舊苑擴充修建起來的，是歷史上著名的御苑。讀過司馬相如《上林賦》的人都能領略其豪華的概貌。紫禁後來又叫紫禁城，它是臣民們對皇宮的敬稱。長樂宮在長安城內，原是漢高祖根據秦時舊宮改建的。至於龍池，則是唐玄宗登位以前他那王邸中一個小湖，王邸後來改為興慶宮，玄宗曾在宮中聽政。詩人沈佺期寫的「龍池躍龍龍已飛」，就是指的這個地方。這幾處宮苑，名字雖然新舊夾雜，卻都是皇帝日常遊幸或聽政的宸居。錢起挑選這幾個地方加以描寫，難道只是隨手拾來，沒有他認為必要的緣由？回答當然是否定的。

問題至此還沒有到底。既是贈詩給裴舍人，為什麼一定要牽扯到這些景物上面去？這就須進一步看看舍人到底是什麼官職。

唐代，除了上面提過的起居舍人，還有中書舍人和通事舍人。其中的中書舍人，職務是「掌侍奉進奏，參議表章。凡詔旨制敕璽書冊命，皆起草進劃，既下則署行」。原來臣下的奏章，皇帝的詔旨，都要通過他的手；軍國大事他都有權參加討論，提出建議；詔書頒佈時，還得由他簽字畫押。這種「侍從之臣」每天都要隨侍皇帝左右，過問機密大事，其實際權力也就可想而知。

於是我們就不難理解，詩人描寫這些宮苑風景，並不是為寫景而寫景。他的目的，是在烘托出裴舍人的特殊的身份地位。因為裴舍人天天隨侍出入，所以上林苑的花鳥，紫禁城的曉陰，長樂宮的鐘聲以及龍池一帶的柳色，無日不迴旋縈繞在他的視聽之中。只要寫出這些典型是帝居色彩的景物，也就等於寫出裴舍人的不同尋常的身份了。

現在，不妨再回頭對比一下姚合那首七絕。誰的描寫手法更高，更含蓄，更耐人尋味，更富於詩的意境？恐怕不需要再多說什麼了吧！

歸雁

瀟湘何事等閑回？
水碧沙明兩岸苔。
二十五弦彈夜月，
不勝清怨卻飛來。

好些詩人都有他們自己偏愛的字眼兒。杜甫的「乾坤」、「百年」、「萬里」之類，大家早已熟知。明代有些詩人學杜甫的，連這些詞兒也照搬過去，不管是不是合用。於是也引起一些詩評家的不滿，認為他們只是襲取了杜甫的皮毛，不當用的地方也硬套上去。可見對於名家慣用的詞彙，固然未嘗不可以適當汲取，使它受己驅使；如果只襲形式，不問恰當與否，反而會變成寫作上的一種毛病。

為什麼要說這段閑話？因為這位中唐詩人——錢起特別愛用鴻雁來造句，在他的詩集裏，如「雁拂天邊水」、「客心湖上雁」、「寒雁別吳城」、「共羨雁南飛」、「孤雲帶雁來」、「雁宿常連雪」、「回雲隨去雁」、「數雁過秋城」等等，帶「鴻雁」字樣的句子，不下三十餘處。甚至既已用了「傳書雁漸低」，卻又再用「天遙雁漸低」；既有「數雁過秋城」，又有「數雁起前渚」，不避雷同重複。很可以看出這位詩人對雁有特別的喜愛與敏銳的感受。

這首《歸雁》詩以雁為題，但是它和一般就題鋪演的「詠物詩」有所不同。比如說，鄭谷的《鷓鴣》，固然一向著名，然而別無寄託，僅以切合鷓鴣的生態和有關的典故見長。這首《歸雁》卻並不如此。

古人對於雁的生活的了解，一般來說還比較粗淺，以為雁在南方的歸宿地是洞庭湖一帶。所以雁和瀟湘（瀟水與湘水匯合處，在洞庭湖南）經常連在一起提。衡陽回雁峰的得名，也和這種認識有關。詩的開頭，正是說雁要回到瀟湘的老家去。因為捨不得牠走，所以用了「何事等閑回」的疑問語氣（「等閑」，平白無端或隨隨便便的意思）。

第二句，詩人就替雁作了答覆。是因為那邊「水碧沙明兩岸苔」，風光明媚，水草豐美，不像北方的冬天冰封千里，難於安頓。杜牧《早雁》詩：「莫厭瀟湘人少處，水多菰米岸莓苔。」也指洞庭、瀟湘一帶是適合雁群過冬的所在。

應該注意，這兩句是作者假設的一問一答，並且是在追憶的時候，而不是在當場分手時候。這一層弄清楚了，下面兩句才好理會。

三、四兩句，正寫雁南歸以後詩人對它的憶念。「二十五弦彈夜月，不勝清怨卻飛來」，表達了這樣一個意境：

一個明月之夜，詩人在月下徘徊，忽然從什麼地方傳來一陣樂聲。傾耳靜聽，原來有人在附近彈瑟（瑟有二十五弦），瑟聲抑揚疾徐，調子傳出了一片悲涼怨抑的情調。仔細傾聽，才聽出是一曲《歸雁操》。我們完全可以這樣想像，正如在廣東音樂《賽龍奪錦》裏領略到端陽競渡的熱鬧場面，在《春郊試馬》中聽到馬蹄嘚嘚，想像出一片明麗春光那樣，在《歸雁操》裏，詩人也同樣聽到嘹唳的雁聲，想像牠橫空飛掠的身影。於是，詩人陡然覺得向瀟湘南飛的歸雁，又翩然回到自己身旁，並且向自己傾訴着什麼心事了。

詩人從一曲樂章中勾起了這樣的幻象，並非沒有緣由。如果不是懷着對於這位「南歸的朋友」的深摯思念，一曲樂章怎麼能夠引起如此悠遠的聯想，產生如此強烈的共鳴呢！

寫到這裏，如果讀者提出這樣的疑問：詩裏的歸雁，也許並非指真的鴻雁，而是比擬詩人的朋友吧？這個猜想不能說是毫無根據的。借物喻人，詩家常用，詩中既是如此深情款款，想來也應該是懷人之作了。

韋應物

約七三七～約七九一

京兆萬年（今陝西西安）人。歷官滁州、江州刺史，左司郎中、蘇州刺史。其詩以寫田園風物著名，寄情悠遠，語言簡淡。涉及時政和民生疾苦之作，亦頗有佳作。有《韋蘇州集》。

寄全椒❶山中道士

今朝郡齋❷冷，忽念山中客❸。
澗底束荊薪，歸來煮白石。
欲持一瓢酒，遠慰風雨夕。
落葉滿空山，何處尋行跡？

❶全椒，縣名，屬安徽省，在滁縣之南。

❷郡齋，州郡的衙署。韋應物曾任滁州刺史，這裏指滁州的衙署。

❸據王象之《輿地紀勝》，全椒縣西三十里有神山，有洞極深。韋應物《寄全椒山中道士》詩，即指此山道士。

這首詩向來被稱為韋應物的名作，前人對它有很高的評價。有人說它「一片神行」，有人說是「化工之筆」。又有人說它「代表韋應物的藝術特色」。可是，怎叫「神行」，怎叫「化工」，又如何代表了作者的藝術特色？還有待於進一步的探討。

這首詩乍看無甚驚人之句。打個比喻，好像一潭秋水，冷然而清。品評起來，也不那麼容易着筆。正如飛瀑千丈，不妨作種種形容和想像，而澄綠一湖，卻沒有多少色相可求。

題目叫《寄全椒山中道士》。既然是「寄」，自然是吐露對山中道士的憶念之情。這點還容易明白。但憶念只是一層，還有更深的一層，卻需要我們細心去領略。

它的關鍵在於那個「冷」字。全詩所透露的也正是在這個「冷」字。它既是寫出郡齋氣候的冷，更是寫出詩人心頭的冷。詩人由於這兩種冷而忽然想起山中的道士。山中的道士在這寒冷氣候中還要到澗底去打柴，而打柴回來卻是「煮白石」。這裏用「煮白石」三字妙在包含了兩重意思：一是指出他們道士的生活。葛洪《神仙傳》說有個白石先生，「嘗煮白石為糧，因就白石山居」。二是說他們要修煉道家的「煮五石英法」。原來道家修煉，要服食所謂「石英」。方法是用薤白、黑芝麻、白蜜、山泉水和白石英五樣東西，在齋戒之後的農曆九月九日，起建爐灶，把五樣東西放進鍋裏熬煮（見《雲笈七籤》卷七十四）。這種服食法當然是道家的迷信玩意，無須深論。

既然道士在山中艱苦修煉，詩人就想到要給他們送一瓶酒去（「瓢」，就是裝東西的葫蘆），好讓他們在這秋風秋雨之夜，得到一點友情的安慰。不料再想進一層，他們都是逢山住山、見水止水的人，今天也許在這塊石岩邊安頓，明天恐怕又遷到另一處洞穴裏安身了。何況秋天來了，滿山落葉，連路也不容易找到，他們走過的腳跡自然也給落葉掩沒了。那麼，到何處去找這些「浮雲柳絮無根蒂」的人呢？

我們於是看到，詩人心頭上有種種反覆，情感上有種種跳蕩。開頭是由於郡齋的冷而想到山中的道士，再想到送酒去安慰他們，終於又覺得找不着他們而無可奈何。而自己心中的寂寞之情，也終於無從消解。

但是詩人描寫這些複雜的感情，卻是通過感情和形象的配合。「郡齋冷」兩句抒寫，可以看到詩人在郡齋中的寂寞。「束荊薪」、「煮白石」是一種形象，這裏面有山中道人的種種活動。「持酒」和「風雨夕」又是一種感情抒寫，詩人有送酒的心理活動，雖然事實上酒並沒有送出去。「落葉空山」卻是另一種形象了，是秋氣蕭森、滿山落葉、全無人跡的深山。這些形象和抒情串連起來，便構成了帶有獨特感情的意境，很耐人尋味。

形象思維的運用，可以構成一個廣大的空間，讓讀者置身其中，感到有廣大的迴旋想像的餘地，也可以構成一種感情色彩，讓讀者受到它的暗示、啟發，引起自己的感情活動。我們讀許多唐人的詩，都能體味到這種效果。而韋應物這首詩，畫面構成的是一幅蕭疏淡遠的景，啟人想像的卻是表面平淡而實則深摯的情。在蕭疏中見出空闊，在平淡中見出深摯。這樣的用筆，就使人有「一片神行」的感覺。說穿了，是形象思維的巧妙運用。

自然，細讀這詩，也還可以看出作者的另一層用意，那就是對於宦情的冷淡和對於隱士品格的欣慕。《唐詩紀事》說他「性高潔，所在焚香掃地而坐」。這種性格也常常反映在他的詩歌裏面。這裏就用不着去細論了。

初發揚子寄元大校書❶

淒淒去親愛，泛泛入煙霧。
歸棹洛陽人，殘鐘廣陵❷樹。
今朝此為別，何處還相遇？
世事波上舟，沿洄安得住！

韋應物離開廣陵（今江蘇揚州市）回洛陽去。他在船中懷念在廣陵的朋友元大（大是排行，其人名字已不可考）。詩中用「親愛」稱他，可見彼此友情頗好，所以韋應物在還能望見廣陵城外的樹和還能聽到寺廟鐘聲的時候，就想起要寫詩寄給他了。

這首詩是以「歸棹洛陽人，殘鐘廣陵樹」十個字著名的。為什麼這十個字能膾炙人口呢？詩人和這位朋友分手，心情很有點悲傷。可是船終於開行了。船兒漂蕩在煙霧之中，他還不住回頭看着廣陵城，還可以看見城外的樹林子。他想起在廣陵和元大校書這段友誼，心情正在覺得難受，就在這個時候，忽又傳來了在廣陵聽慣的寺廟的鐘聲，一種不能不離開而又捨不得同朋友分離的矛盾心情，隨着這散落在江上的鐘

❶校書，官名。唐代的校書郎，掌管校勘書籍，訂正訛誤。

❷廣陵，揚州的古稱。在唐代，由揚州經運河可以直達洛陽。

聲，和在迷蒙中的樹色而更加激化起來了。廣陵的殘鐘扣動了詩人的心弦，也扣進了讀者的感情之中。這正是通過形象進行抒情，並且讓形象的魅力也感染了讀者。「殘鐘廣陵樹」這五個字，感情色彩是異常強烈的。

然而，假如我們追問一下：「殘鐘廣陵樹」五個字，只不過寫了遠樹和鐘聲，何以便產生這樣的感情效果？這一問是不可少的。因為光看這五個字，實在不一定能表示什麼感情，更不用說是愁情了。而它現在之能夠表現出這種特殊的感情，是和上文一路逼攏過來的詩人告訴我們的感情分不開的。這便是客觀的形象受到感情的色彩照射後產生的特殊效果。

詩人筆下的山水樹木或其他客觀事物，往往帶上詩人本身的感情，但是到底是什麼感情，卻不一定都能明確地知道。清初的吳喬（修齡）論詩，曾舉出自己寫的兩句《燈花》詩：「脂浮初夜根無托，灺❸落三更子不成。」他說這兩句詩「有我自己在」。是什麼的我呢？他說他自己沒有個好兒子，所以看見燈花就想到「根無托」、「子不成」了（燈花當然是不能結子的）。這雖然也是物象中藏有詩人的感情，可是他自己不說，旁人怎能猜出這層意思來？可見「以景喻情」不是沒有條件的。正如矛盾着的雙方互相轉化一定要有條件一樣，這個條件就是要讓讀者看得懂（當然看得懂可以通過不同的途徑或方法。如李白詩：「此夜曲中聞《折柳》，何人不起故園情？」我們只有知道古人有過折柳贈別的風俗，才理解到《折楊柳曲》能引起思憶故鄉的感情。但這在古

❸灺，燭心的灰燼。

人卻是不言而喻的。這僅是一例）。

為了讓別人看懂，詩人「以景喻情」時，既有明點，也有暗示。明點的像孟浩然的《宿建德江》：「移舟泊煙渚，日暮客愁新。野曠天低樹，江清月近人。」「野曠……」的景色，本來無愁可言，但由於詩人在日暮泊舟之中，眼見野曠天低，江清月近，一種蒼茫寥廓、旅途寂寞之感，一時襲上心頭，才把這種景色寫下來。然而若不是有了「客愁新」的引逗，這兩句怎會帶上這種特定的感情色彩，並為讀者所領略呢？

韋應物這首詩，開頭的「淒淒去親愛，泛泛入煙霧」，就已透出惜別友好之情。接以「歸棹洛陽人」（自己不能不走），再跌出「殘鐘廣陵樹」，這五個字便如晚霞受到夕陽的照射，特別染上一層離情別緒的特殊的顏色。這就比許多難捨難分的徑情直述，那感情還要耐人體味。

下面，「今朝此為別」四句，一方面是申述朋友重逢的不易；一方面又是自開自解：世事本來就不能由個人做主，正如波浪中的船，要麼就給水帶走，要麼就在風裏打旋，是不由你停下來的。這樣，既是開解自己，又是安慰朋友。表面平淡，內蘊深厚。韋應物就是擅長運用這種藝術手法。

盧綸

七四八～約七九九

字允言，河中蒲（今山西永濟）人。「大曆十才子」之一。官至檢校戶部郎中。詩多送別酬答之作，也有反映軍事生活者。有《盧綸詩集》十卷。

塞下曲（錄四）

（一）

鷲翎金僕姑，燕尾繡蝥弧❶。
獨立揚新令❷，千營共一呼。

（二）

林暗草驚風❸。將軍夜引弓。
平明尋白羽❹，沒在石棱中。

（三）

月黑雁飛高。單于夜遁逃。
欲將輕騎逐❺，大雪滿弓刀。

（四）

野幕敞瓊筵，羌戎賀勞旋❻。
醉和金甲舞，雷鼓動山川。

❶鷲翎，指箭上的羽毛。金僕姑，古代一種箭的名字。《左傳》：「公以金僕姑射南宮長萬。」蝥弧，音「矛胡」。《左傳》：「潁考叔取鄭伯之旗蝥弧以先登。」句中「燕尾」指旗末作燕尾狀。

❷這句指將軍獨自高高站着，發佈新的軍中命令。

❸句中指將軍夜間外出，風吹草動，把石頭誤認為虎。

❹平明，早晨。白羽，箭。

❺將，讀平聲，率領的意思。騎，讀去聲。逐，追趕。

❻羌戎，唐代居住在今河北省北部的少數民族。賀勞旋，慰勞將士凱旋。

這四首詩，可以完整地作為一組來讀。詩人在這裏用了昂揚歡樂的調子，有力地描寫了這位保衛國防、擊退外敵侵犯的邊關將帥，讚頌了保家衛國的英雄。是一組思想性、藝術性都很高的歌頌正義戰爭的詩章。

在組詩的第一首裏，我們看到一支紀律嚴明、士氣奮發的部隊，同時也看到一位受到戰士愛戴的主帥。

開頭兩句的描寫是巧妙的。本來，「鷲翎金僕姑」，不過是一支上好的箭；「燕尾繡蝥弧」，不過是一竿中軍大旗。即使在字面上加上裝飾，也還是箭和旗子罷了。但是，當詩人把兩者聯繫起來之後，通過讀者推想作者運用典故的用意，再加以想像和補充，就分明看見這兩者並不是箭和旗子，而是一位勇猛善射（從人物性格看）、掌握一軍之權（從人物身份看）的主將。這正是形象性的語言的妙用。作者的用意也正是這樣，他避開許多煩瑣的刻畫，只是單獨選取了最能代表將軍性格的金箭，和最能說明將軍身份的繡旗，一番點染，便把一位軍中主將烘托出來了。在中國傳統的詩的技巧中，這種手法並不是少見的。它的好處是使所描寫的對象，形象凝練而又突出，並且服從了詩的規範。但是，這並不同於純然的賣弄技巧。這種技巧必須服從於形象思維的規律才行。「金僕姑」和「繡蝥弧」，不是平白地安上去的，而是為了表現這位將軍的最主要的特徵，是有需要這樣地寫的。如果脫離了主題的內容，技巧就會喪失了本身的生命力，甚至產生相反的效果。

「獨立揚新令，千營共一呼。」乍一看，只是一個發佈號令的場面，但是細看下去，還會發現並不如此簡單。它其實是要寫出軍中的號令嚴明，戰士的紀律性強。「千營共一呼」五字，形容一陣震天動地的吶喊，還使人感到軍中士氣的昂揚奮發，和萬眾一心的團結力量。而這樣一個場面，反過來又加強了這位將軍在性格上的色彩，顯得他正是善於「將兵」的統帥。所以全詩雖然寥寥二十個字，卻包含了豐富的內容和藝術暗示。

在第二首裏，詩人抽出部隊生活中一個側面——將軍誤石為虎，一箭射去，結果把箭深深地插進石頭裏。這是一個富於戲劇性的場面。初看這四句，也許以為不過是作者隨手引了李廣射石的故事，略加點染罷了（選註這首詩的選家，也是舉出這個故事作註的）。但是作者的用意也並不這樣簡單。固然，由於在第一首中，作者點出了「金僕姑」，已經暗示了這位將軍是善射的，第二首就用李廣的故事點染一番，也可說順理成章。不過僅僅這樣，還遠不是作者的真正意圖。文學作品自然要通過形象來感染讀者，問題是如何創造有血有肉的藝術形象，使它產生感染的力量。詩人在這裏選取「射虎中石」的場面，通過這個戲劇性的行動，使這位將軍的善射，他的勇敢，以及他那過人的膂力，也就是說，他個人的特徵，更加濃烈地浮現在人們眼前。這是容易理解的。然而，更重要的是，詩人之所以加重筆墨來讚美將軍，正是為了讚美這支衞國的部隊，使人覺得這支隊伍有充分的信心和力量擊敗敵人，這才是作者深刻的用意。這話不是憑空牽扯。從藝術形象的典型意義來說，在一定的條件底下，歌頌領袖人物，也就等於歌頌了集體。正因為這個領袖人物是集體意志和集體利益的代表者、體現者。從這一意義看來，這首詩強調將軍的勇武，就完全不是多餘的或者可有可無的，而是缺少了就不完整。至於這位將軍是不是真和李廣一樣，有過同樣的「射虎中石」的經歷，或者可以換上另外一個場面，那倒不重要。即令是詩人在虛構吧，它也是根源於生活，根源於這位主將的性格特徵，而不是主觀上的向壁虛構。因此他寫來就能夠使人信服，使人感覺到形象所具有的力量。

在第三首裏，詩人寫出一幅追奔逐北的動人景象。為什麼不寫兩軍相搏？我看詩人是經過再三思考的。也許他認為描寫正在浴血苦戰、勝負未決的場面沒有必要，用不着浪費筆墨；也許認為前面兩首早已充分寫出了我軍勝算在握的形勢，再寫戰鬥過程就會成為「蛇足」。因而詩人着重從側面落墨，着重刻畫敵人的總崩潰和我軍乘勝追擊的場景。這樣寫，我看更顯出詩人運用手法的高明，不單筆墨乾淨明快，而且我軍所向披靡的英雄氣概也烘托得特別鮮明，使人更容易感到作者的着力點是對衞國戰士的歌頌，而不是徒然只寫一場戰爭。

這一首詩的調子也是極其昂揚的。「月黑雁飛高」，已經暗示了在荒漠沙磧中敵人連夜退卻，所以連鴻雁也受驚而高高飛起。「單于」在這裏指當時北方外族的總頭領，點出「單于」夜遁，等於說敵人已經總崩潰。下面兩句，寫乘勝追擊，極形象，也極有光彩。月黑無光，鴻雁哀鳴，將軍親自帶着輕裝的騎士，在大雪紛飛中追殲殘敵。這時，滿目只見刀劍和弓箭的冷光，和漫天的飛雪交織閃耀。作者是把勝利的喜悅作了形象化的描繪。月黑和大雪，不在於顯示作戰的艱苦，而是在於反襯主將的堅決、果斷和士氣的激昂奮發。句子裏充滿一片崇高的讚頌。

第四首寫凱旋慶功的熱鬧場面。曠野裏張起了帳幕，排開了酒席，全軍舉行一個盛大的慶功會。這時候，當地的少數民族（所謂「羌戎」），過去曾經飽受「匈奴」侵凌壓迫的，如今知道將軍打了勝仗，「匈奴」遠遁，從此地方安寧，人民生活有了保障，他們都紛紛牽羊擕酒，前來祝賀和慰勞。漢族和「羌戎」之間，出現了一片民族團結的動人景象。這時，到處是歡歌樂舞，鼓聲震天。將軍在興高采烈中，也就帶着醉意，和大家一齊起舞，連身上披着的鎧甲也忘記解下來了。

為了結束這一組詩，在這裏，作者不僅僅限於以凱旋作結束，還特別寫出了「羌戎賀勞旋」這一動人的事實，突出了擊敗外來侵略者對於加強民族團結的重大作用，這就把這一場戰爭的正義性更加明顯地體現出來。不但全詩收束得異常飽滿，而且更增強了這一組詩的主題思想的積極意義。

盧綸是「大曆十才子」之一，現存詩中，他應酬贈別的作品較多，有積極意義的作品較少。但是這一組詩無論從思想性、藝術性去看，都不愧為上乘之作。

李益

七四八～約八二九

字君虞，隴西姑臧（今甘肅武威）人。大曆進士。官至禮部尚書。詩音律和美，為當時樂工所傳唱。長於七絕，以寫邊塞詩知名，情調感傷。有《李君虞詩集》二卷。

聽曉角

邊霜昨夜墮關榆，
吹角當城漢月孤。
無限塞鴻飛不度，
秋風捲入小單于。

古人的作品能夠流傳下來，不外是傳抄、刻印和傳唱傳誦三種途徑。而這三者都有出現錯誤的可能。文字出現的錯誤是因為抄寫或刊刻的不慎，口頭出現的錯誤是因為音同或音近。但還有一種是後人胡亂改動致誤的。為了補救前人的疏失，於是出現了校勘學。有據古抄古本來校正的，也有據文意而改正的。這當然替後來讀者增加了方便。但這種學問也真難說。不論抄本和刻本，清人多數認為愈古愈好，其實往往不見得。拿唐詩來說，近年在敦煌石室中發現的唐寫本《唐人選唐詩》，可以說是最古的吧，它只有二十頁，抄了七十三首詩（其中兩首殘缺）。作者是李昂、王昌齡、丘為、陶翰、李白、高適六人。字句和《全唐詩》及專集比較，有許多不同，這且不說，最奇怪的是一向傳為孟浩然的《望洞庭湖贈張丞相》，它卻夾在王昌齡的作品之中，題目是《洞庭湖作》，而且僅得開頭四句，自「欲濟無舟楫」以下都不見了（見中華書局版《唐人選唐詩》十種之一）。這就真是叫人迷惑得很了。拿這個否定那個，或拿那個否定這個，都很困難，只好暫時兩者共存，等到再找到有力的證據，才作出最後決定。

舊體詩這種東西，文字出現歧異固然很費一番校正的工夫；便是文字並無歧異，但解釋起來，常常會出現不同看法。碰到這種情況的時候，那又該怎麼辦呢？

不妨拿這首《聽曉角》作為例子談談。

這首詩的一起一結，至少有兩種不同的見解。

本來，解釋前人的詩是一件不容易討好的事情。雖不能說「詩無達詁」，但有些詩的確不易解釋清楚，有些詩則又「見仁見智」，各不相同。倘因如此就取消了這一門，又未免因噎廢食。處理之道我看不外乎兩者：一是經過仔細考察，反覆研討，定為一解；一是不勉強求同，並存其說。

先看它的第一句：「邊霜昨夜墮關榆」。原是交代時間、節令和環境背景，以便引出下句的「吹角當城」。可是「關榆」一詞卻不大好解。有些書引今陝西榆林縣的榆林關作註，認為「關榆」是榆關的倒文❶。此是一解。但也有人釋這句為「嚴霜一夕，榆林萬葉，飛墮關前」❷。那麼「關榆」又成為關前的榆葉了。這該怎麼解決？

釋「關榆」為榆林關並非全無道理。因為李益是到過河朔（陝北綏南一帶），漫遊過長城內外的。榆林關是他曾駐足過的地方，這點可說毫無疑問。「榆關」倒作「關榆」，例子雖少，也並非絕無可能。但這終究是據作者的行蹤來解釋此句。如果再翻開《唐詩紀事》卷三十，這首詩第一句卻作「邊霜一夜落平蕪」，那麼，把「關榆」解為榆林關就頗有站不住腳的危險了。

解這句詩，我以為應當聯繫第二句，作為整個意境來尋味，才容易接近作者的意思。詩的開頭兩句着重描寫邊關秋晨的冷寂淒清氣象，從中烘托出聽曉角的環境。特別應當看到「墮關榆」和「漢月孤」的內在聯繫。正因為昨夜邊霜嚴烈，關上榆葉紛紛墜落，所以晨起一望，月亮才顯得非常孤單。否則，這個「孤」字就顯得突如其來，構成的意境也不夠飽滿了。「孤」字之所以下得好，正由於榆葉飄零，關前景物忽然變

❶見高步瀛《唐宋詩舉要》卷八。

❷見俞陛雲《詩境淺說》續編。

得淒清。這是從詩的藝術表現方法及句子的結構關係來判定的❸。

上兩句是聽曉角的環境背景。下兩句是正面寫聽曉角。這兩句的意思是，當畫角吹奏起「小單于」樂曲的時候，那聲音嗚咽悲涼，忽亢忽墜，在山谷裏引起迴響，顯出一片戰鬥殺伐之氣。這本來就夠使人聽了感到蒼涼的了。不料強勁的秋風捲地而來，那呼嘯的風聲又參加了「小單于」的合奏，於是角聲就更增強了它的力量，不但詩人引起許多感觸，就連本來由塞北向南飛翔的鴻雁，聽了這片異常的聲響，也嚇得不敢度過關城再向南飛了。這正是極力寫出畫角聲響的力量，同時也暗示了秋風的強大。

但也有不同的解法，一種是說：「無限塞鴻，聞角聲悲奏，回翅南翔。」這是把鴻雁飛翔的方向弄錯了。又說：「地處極邊，更北則為小單于之境。塞鴻避其嚴寒，至此不能飛度；惟有嗚咽角聲，隨秋風遠送，吹入單于。」❹這又把秋風說成是由南向北吹的風，而且把「小單于」說成是少數民族了。但另一種解釋卻指出，「小單于」本來是唐代大角曲中的一種，有《樂府詩集》（卷廿四）為證。

我認為，應該是從詩人構成的整個意境來理解這首詩：邊霜墮葉，晨月孤懸，城頭吹角，嗚咽淒清，秋風漫天捲來，角聲更為淒厲，鴻雁為之回翅北飛。在這樣一幅圖畫，這樣一種意境中，便透出人在清曉之際傾聽畫角的神味。詩人是通過這些形象來傳達畫角的樂聲，傳達吹角者的心情，並且傳達聽到畫角聲的人的感受的。而這，才是這首詩的最主要的內容。

❸或問關前有無榆樹？接李益《回軍行》：「關城榆葉早疏黃」可以為證。

❹俞陛雲《詩境淺說》續編。

柳中庸

?～約七七五

名淡，河東（今山西永濟）人。大曆年間進士。與盧綸、李端為詩友。其詩以寫邊塞征怨為主，然意氣消沉，無復盛唐氣象。所寫《征人怨》流傳最廣。《全唐詩》存詩僅十三首。

征人怨

歲歲金河復玉關，
朝朝馬策與刀環。
三春白雪歸青塚，
萬里黃河繞黑山。

同一主題的詩，有各種不同的寫法，所使用的藝術手法，自然也會因之不同。我們在欣賞別人的詩歌的時候，除了注意它的思想性之外，當然也會注意它的藝術性。一談到藝術性，就牽涉到讀者本人的藝術傾向、理解、趣味之類的問題，於是就難免意見分歧了。有些是對一首詩的理解有分歧，有些又是對一位詩人和他的整個作品的評價有分歧。「李杜優劣論」就是一個明顯例子。

且說柳中庸的《征人怨》，也是唐人七絕中一首比較有名的作品。但詩選家有人選它，有人就不選它。即使有幾家都選了，可是為什麼要拿它入選，恐怕彼此看法也不盡相同。一盤菜端上來，有人說，好處在香味；有人說，好處在爽脆；有人說，好在容易消化。因為口味不同，甚至要求不同。讀詩和談詩，也不免如此。我在這裏談《征人怨》在形式方面的特點，正是就着個人的口味來談的。

開頭讀這首詩，覺得它音調鏗鏘，形式整齊，字句工麗。再讀之下，就發覺有一連串地名跳進眼裏：金河、玉關、青塚、黃河、黑山。它們都是唐代邊塞詩裏常見的名字。可是到底在什麼地方？要弄清底細，就不得不去翻書。翻書的結果，知道金河又叫伊克土爾根河，在今內蒙古呼和浩特市之南，唐代設有金河縣。青塚也在呼和浩特之南，是王昭君的墓地。黑山，雖說有好幾個，但呼和浩特附近的殺虎山也叫黑山。從呼和浩特向西南走百多里，便到達黃河邊上。看來好像很清楚，這幾個地名，集中在今山西省長城以北一帶，即漢代的雲中、定襄地區，唐代為單于大都護府統轄之地。這首詩所描寫的自然也是這個地區的征人了。可是，這麼一估計，問題就跟着來了：玉關自然指的是玉門關，它卻遠在甘肅西部，離呼和浩特有三千多里。遠戍的士兵，豈能「歲歲金河復玉關」，幾千里路奔來跑去。何況又不是歸一個都護府管轄呢。

有些詩選家作了解釋：「金河復玉關，意謂來往於最邊遠的地區。」意說不能實指，也無須實指。可惜還不夠徹底。應該補充一句說，連青塚、金河、黑山、黃河也都不必實指，所有這些名字，都是泛指邊塞，是不管它們的位置在哪一條經緯線上的。

這話乍聽起來有點費解。黑山不止一處，還可以說難以實指；黃河綿亙數千里，不定它的哪一段，也還罷了；難道青塚、金河也不可以實指麼？其實，問題不在這上頭，問題在於作者是在什麼樣的創作要求底下去運用這些地名的。

我們首先研究一下這首詩的藝術形式。從形式看，它有幾個特點：第一，一、二兩句構成一聯，三、四兩句也構成一聯，全首對仗。第二，起聯敍事，結聯寫景，直起直收，中間不作轉折。第三，金河、玉關，馬策、刀環，處處對仗工整。白雪、青塚、黃河、黑山，連用四個顏色字，色澤十分講究。第四，在音節上，四句都採用「二——五」的句式（在第二字略作停頓）。可見作者有意把這首詩弄得對仗工整，色調華美，平仄妥帖，音韻鏗鏘。總的來說，要顯出形式之美。

我們進一步研究作者的寫作意圖。從內容看，作者並沒有打算把描寫對象限定在某一地區。所以金河和玉關距離很遠，不妨說是歲歲往來。黃河本不圍繞黑山，又不妨說成是繞。其實詩中所下的「金河」、「玉關」、「黃河」、「黑山」等字樣，範圍包括中國整個北部邊疆，並不限於其中一個小角落。根據此詩十分講究形式之美這點來分析，「金河」、「玉關」、「青塚」、「黑山」、「黃河」，都是服從於形式美這個要求而配置上去的。

作者既要將綿延數千里的河山作高度的藝術概括，提煉典型，突出主題，那麼，金河和玉關雖然相隔數千里，不妨把它們拉近；青塚和黑山即使很近，又不妨把它們推遠。因此可以這樣說：詩中的這些地名，都不必看作專有名詞。詩中的山、河、關、塚，配上了金、玉、青、黑等字，都是抽象化的地名，不必硬向地圖找它們的實在經緯線。這樣才是活解而不是死解。

再就四句詩串解：「歲歲金河復玉關」，說年年戍守在北邊要塞之地。「朝朝馬策與刀環」，說每天不是馳馬，就是弄刀，過着軍中生活。「三春白雪歸青塚」，時已三春，歸於青塚的只是白雪（不是花）。「萬里黃河繞黑山」，路行萬里，繞着那些黑山的還是黃河（可見「黑山」無非是邊塞的山的泛稱）。在四句中，寫「怨」字隱隱約約，不能說是刻畫深刻，但有很寬的概括力量。

最引人注意的還是它那形式之美。當然，形式是為內容服務的，這首詩的題旨自然是在一「怨」字，但寫怨也有各種不同表現手法。柳中庸這首詩，是以它那引人入勝的形式烘托內容來打動讀者的。

孟郊

七五一～八一四

字東野，湖州武康（今浙江德清）人。早年隱居嵩山。近五十中進士。其詩感傷遭遇，多寒苦之音。用字造句力避平庸淺率，追求瘦硬。與賈島齊名，有「郊寒島瘦」之名。有《孟東野詩集》。

怨詩

試妾與君淚❶，
兩處滴池水。
看取❷芙蓉花，
今年為誰死！

❶這句話的意思是：試把我和你的眼淚。
❷看取，看一看。

抒情詩，可以寫成長篇巨制，有如屈原的《離騷》；也可以寫成短章，幾句話就說完。在有才能的詩人看來，字數的多寡並不構成太大的限制。然而，像一首僅僅二十個字的五言絕句，要深刻完整地寫出一種感情，卻就不是那麼容易了。問題還不在於語言的精練，語言精練當然是重要的，比較能掌握詩的技巧的人，一般都具有駕馭語言的藝術才能，使自己的作品不流於冗長拖沓，弄成一盆加水的牛奶，但僅僅如此還遠遠不夠，作者如果沒有對現實的深刻的洞察力，中肯地抓住問題的最本質的一點的本領，沒有把複雜的客觀現象或思想感情通過詩人的「篩眼」加以選擇、過濾的才能，那麼，要在一首二十個字的短詩中反映出深刻而又完美的思想感情，我看是不可能的。

有個法國文藝評論家說過：「我們只說藝術的目的是表現事物的主要特徵，表現事物的某個突出而顯著的屬性，某個重要的觀點，某種主要狀態。」「藝術家（為了表現重要的特徵）為此特別刪節那些遮蓋特徵的東西；挑出那些表明特徵的東西；對於特徵變質的部分加以修正；對於特徵消失的部分加以改造。」（丹納：《藝術哲學》第一章）孟郊這首詩正可以作為這個論點的印證。

這一首題目叫《怨詩》，寫的是一種閨中怨婦的情思。她的丈夫遠遠到異鄉去了，時間過了很久，總是沒有回來。她丈夫也曾來信說自己也思念着她，而事實是這位遠行人在異鄉中另有尋歡取樂的去處，他信裏說的多半都是假話，因而閨中少婦的怨憤也就更難禁受了。詩裏的二十個字，無異是一封投向她那無情的丈夫的控訴書。她要求和丈夫賭一個咒：把你和我的眼淚各自滴到一個池子裏吧，試試看，哪一個池子的荷花今年長不起來，看它是為誰而死的？那你就知道我為你流下多少思念和怨恨的眼淚了（當然，同時也就會證明你說的眼淚都是假話）。

你看，僅僅二十個字，多麼深刻地刻畫了這個少婦的怨憤之情；它抵得上千言萬語，而千言萬語未必比這二十個字更強勁有力，更深刻動人。這是因為詩人的確是從大量的「礦石」中經過篩選又篩選，凝練再凝練；渣滓去盡，精華獨存，然後得出如此精練的一小塊。我們可以想像詩人在刻意表現這個主題的時候，在題目的前前後後，裏裏外外，花費過多少思考。他甚至可能虛擬一個長篇的輪廓，然後逐步濃縮，最後才僅僅剩下這麼的二十個字。

孟郊字東野，一生窮苦，五十歲才中進士。和韓愈交遊，極為韓愈所推重，有「孟郊死葬北邙山，日月風雲頓覺閑」的話。當時有人說他「苦思奇澀」，這四個字似褒似貶。而我則認為儘管有人「七步成章」有如子建，或「八叉成詠」有如飛卿❸，作詩到底還是需要多花一點力氣的。比如寫一家人的貧寒，孟郊只用「借車載傢具，傢具少於車」，而貧寒之態就不言而喻。這絕不是信口而出所能辦到的。

為了進一步說明這首詩構思的深刻有力，不妨拿唐初詩人崔國輔的《怨詞》作為對比：

❸晚唐詩人溫庭筠，字飛卿，寫詩很敏捷，據說只費叉手八次（叉手是一種敬禮的動作）的時間他就寫成一首小賦，因此被稱為「溫八叉」。

種棘遮蘼蕪，畏人來採殺。
比至狂夫[4]還，看看幾花發？

以花寄意，崔國輔和孟郊是一樣的。可是崔國輔的「怨」是膚淺的。詩中的蘼蕪，借用古詩「上山採蘼蕪，下山逢故夫」的意思。蘼蕪在農曆七、八月開碎白花。她是種下荊棘把蘼蕪遮蔽起來，希望丈夫至遲在秋天能夠回家，好看看蘼蕪花開了多少罷了。比起孟郊這首詩，那動人的力量不是相差太遠了嗎！

金代詩人元好問（遺山）沒有理解到孟郊創作的艱苦的意義，輕率地詆毀他為「詩囚」，是很不公平的。當然「苦思」並不是故意搜求奇險艱澀的句子，除了講求思想內容之外，還須善於抉擇，善於把捉，善於精練，這在上頭已經說過了。

[4] 比至，及至。狂夫，指丈夫。

洛橋晚望

天津橋下冰初結，
洛陽陌❶上人行絕。
榆柳蕭疏樓閣閑，
月明直見嵩山❷雪。

有人認為孟郊這首詩是一般的風景詩，其實不然。它是一首內容頗不簡單的風景詩。作者的思想傾向隱蔽在平凡的字句中。

一個冬天的晚上，詩人站在洛橋上（橫跨洛水的浮橋，又名天津橋），默默地望着眼前的一幅冬景。這個時候，橋下已經結了薄冰，平日喧鬧的街道變得非常冷落，行人都已絕跡；夾道的榆和柳，剩下光禿的枝幹，在嚴寒中瑟縮可憐；至於富家大宅的樓閣，此時也好像忽然閑起來了，冷冷清清，完全失掉平時的光彩⋯⋯可是，就在這一片陰冷、枯寂之外，湧出了另一片光輝燦爛，它彷彿要在別人都對嚴寒屈服閃避的時候，特別顯出平常不容易給人發現的美。

❶陌，道路。

❷嵩山，在今河南登封縣北，古稱中嶽。在洛陽也可以看見它的雄姿。

到底是什麼樣的一片光輝燦爛呢？詩人提筆大書特書道：「月明直見嵩山雪。」在嚴寒之中，冰初結，人行絕，樓閣閑，榆柳歇。然而，天空的明月卻比平時加倍地發出光華；高聳在東南的嵩山，雪鋪萬丈，在月光之下也好像更加活躍起來。正如王國維把「明月照積雪」的境界稱為「千古壯觀」那樣，在孟郊的眼前，雪月冷光相射，搖魂炫目，構成了洛城冬景中的異彩。看來，在洛陽的冬天，這種景象並不是特別罕見的；但是在詩人的筆下，它卻帶上了異樣色彩。可以看出，詩人在晚望之際，產生了一種並不尋常的感受，從而在嚴冬常見的景物上賦予它並不簡單的思想內容。

「月明直見嵩山雪」——也許是詩人以此比喻自己，或比喻一種什麼人物（比如愈處在艱苦的環境中，有人愈能夠發出光輝來），也許只是一種偶然的感觸，我們無從加以揣測，其實也無須硬作猜測（不過，仍然值得一提的是孟郊的為人，《唐才子傳》說他「裘褐懸結，未嘗俯眉為可憐之色」）。詩人面對眼前景物，有自己的特殊感受。他看到了平時熱鬧而此時冷寂的一面，也看到了相反的一面，好像並不過分吃力地把這種感受寫了出來；但又不是跳身出來向讀者解釋什麼哲理。他只是通過藝術的篩選、概括，把所看到的景色介紹給讀者，其實他已經把自己的感受告訴讀者了。說這裏面有比喻，可以；說沒有比喻，也無損於這首詩的價值。反正，讀者不能不為詩中的意境所吸引，受到感染，並且引起了相應的思想活動。

此詩第一句，橋下結冰，是寫景；第二句，路絕行人，是寫景；第三句是寫景；

第四句「月明直見嵩山雪」，依舊是景。一般地說，平列四景，容易弄成堆垛冗雜，使人生厭，其原因常常是缺乏藝術結構上應有的考慮。比方用四句詩寫出四種景色，像令狐楚的《宮中樂》:「月上宮花靜，煙含苑樹深。銀台門已閉，仙漏夜沉沉。」(五首之一)儘管用力刻畫宮中夜景，卻只是現象的羅列。孟郊這首《洛橋晚望》，初看也似是平列四景，可是仔細尋味，就可以看出前三句是一種境界，最後一句又是另一種境界，而前者是為了映襯後者，加強對比，突出主題而出現的。它們彼此所處的位置不同，作用各異，因而就不是四景平列，堆垛成篇，相反，還正好體現了作者在結構經營上的細密。

臨池曲

池中春蒲葉如帶，
紫菱成角蓮子大。
羅裙蟬鬢倚迎風，
雙雙伯勞飛向東。

如果我們輕於相信「郊寒島瘦」四字評語，以為孟郊的作品，它的內容和風格都只是一個「寒」字，讀了這首《臨池曲》，也許不會想到孟郊身上。這首詩不僅設色強烈，畫面濃麗，並且含思宛轉，看不出半點「寒傖」。說它風格近似李白，也能使人相信。可見一字之評，未必便可以認為恰切的。

從每句押韻，兩句一轉韻，以及詩題來看，《臨池曲》屬於樂府體裁。要讀懂這首詩，並且領略它和樂府民歌的繼承關係，我們最好能夠對漢魏六朝的樂府民歌多少有些認識。

樂府民歌，常常採用即景起興或託物寓意的手法，就是現代的民歌也不例外。我們翻閱《樂府詩集》，有幾首題為《青陽度》的樂府詩，其中一首說：「青荷蓋綠水，芙蓉發紅鮮。下有並根藕，上生並頭蓮。」又有兩首《拔蒲》，其中一首說：「青蒲含紫茸，長葉復從風。與君同舟去，拔蒲五湖中。」寫的都是青年男女的戀愛。前一首通過蓮花、蓮藕喻意，後一首則從青蒲起興，同樣抒述相愛之情。孟郊這首《臨池曲》，在構思方法上和詞語的運用上和它們都很接近，差別的是它並非抒寫男女之間的情愛，而是描寫一個年輕的姑娘在「臨池」時湧現的一種感情。

池子裏雜亂地長着菖蒲❶，彎彎的葉子伸展得很長，挺像衣袍上的帶子。時光已是接近秋初，正是收菱的季節，菱莖上綴着一顆顆紫色的菱實，角兒尖尖，成群地藏在三角形的葉片下面。還有蓮花也大都凋謝了，露出光禿禿的青色的蓮蓬，每個蓮蓬都蹲着好幾顆蓮子，可以看出這些胖胖的小個兒把子房擠得滿滿的。詩的開頭兩句，寫的是池中這些景象。說實在的，我們不曉得詩人想要說些什麼。它在寫景嗎？有這個意思，可是又遠不止這個。正如上面引錄的民歌，不能單從開頭看出它的用意一樣。

要到第三句，詩人才點出了池子裏有人。「羅裙蟬鬢」，是個年輕的姑娘。「倚迎風」，這個姑娘停下了操作，定神看着眼前的景色。但是我們仍舊猜不透詩人在說些什麼。比如，這個姑娘的出現，我們大體可以知道是採摘菱角和蓮蓬，也許還要把蒲葉割下來準備編織，或是把蒲白拔下來準備做菜。至於為什麼又說她「倚迎風」，就摸不出道理了。

❶ 蒲，多年生水生草本植物。花為蠟燭形。葉互生，長約一米多，可供編織之用。蒲席、蒲團之類，用它作為原料。蒲白可食。

我們還得研究研究第四句，並且由此對全篇加以尋味。

「雙雙伯勞飛向東」。伯勞是一種比麻雀大些，黑尾黑翼，長着灰褐色的背羽，茶色的胸毛的鳥兒。古書上說牠「性好單棲」。這麼說，伯勞雙飛，在古人也許就認為是罕見的事情了。然而，「雙雙伯勞飛向東」，在作者的構思中，看來又有這樣一種根據：梁簡文帝有兩首《東飛伯勞歌》，其中一首有句說：「少年年紀方三六，含嬌聚態傾人目。餘香落蕊坐相催，可憐絕世誰為媒？」因此，作者很可能借用「東飛伯勞」的詩意，使得這句詩不是寫一般的眼前景色，而是寫出這位姑娘眼中所見、心中有感、帶有特殊的情感內容的景色。

我們不妨作出這樣的推測：

這位在池子裏勞動着的姑娘，她割着蒲葉，採着菱角，或許還摘下來蓮蓬。時光過得是那樣快，不久之前它們還是一些嫩苗，如今都到了可以收穫的時候，再也不是小娃娃了。可是，對比起來，儘管姑娘年紀也不小，卻依然還是個姑娘。眼前，像衣帶似的蒲葉，長了雙鈎的菱角，以及活像個胖小子藏在母親懷裏的蓮子，對她來說，好像都有點嘲諷的味道。後來，她禁不住停下了手，彷彿靠在風的懷抱裏，發怔地沉思起來。正在這個時候，天空裏傳來幾聲鳥叫，一抬頭，只見雙雙伯勞掠過頭上，牠們快活地互相追逐着，鳴唱着，迎着風向東方飛去……

至此詩意就顯然了，詩裏寫的是一個農村姑娘面對眼前景物產生的青春易逝、年華不再的感觸。在當時，它是帶有普遍的社會意義的。正如晚唐詩人邵謁在《寒女行》裏指出的：「家貧人不聘，一身無所歸。……青樓富家女，才生便有主。……他人如何歡，我意又何苦？」這是封建時代隨時隨地都存在的社會命題，尤其在時荒世亂的年代更加是這樣。

邵謁的詩直攄胸臆，從正面落筆，讓我們一看就明白。孟郊不然，他這首詩採用民歌常用的比興手法，從側面烘托。但民歌往往把主題隨手點破，孟郊在這裏卻並不點破，而是通首含蓄，讓讀者自己去想，去尋味。他既汲取了樂府民歌的神髓，又能化成自己的血肉，帶有自己的風格。整首詩顯示了詞句凝練、意境深沉的美。

韓愈

七六八～八二四

字退之，河南河陽（今河南孟縣）人。自稱郡望昌黎，世稱韓昌黎。唐宋八大家之一。德宗貞元八年進士。做過吏部侍郎，死謚文公，故世稱韓吏部、韓文公。詩力求險怪新奇，雄渾重氣勢。有《昌黎先生集》。

秋懷詩（錄一）

秋氣日惻惻，秋空日凌凌。
上無枝上蜩，下無盤中蠅。
豈不感時節，耳目去所憎。
清曉捲書坐，南山見高稜。
其下澄湫水❶，有蛟寒可罾❷。
惜哉不得往，豈謂吾無能！

❶ 湫水，祝充註《韓文公文集》以為是長安附近的炭谷湫。

❷ 罾，用網捕捉。

韓愈於元和元年（八〇六年）任國子博士。這是一個專為貴族官僚子弟服務的閑官。這種冷淡生涯，和韓愈的生平抱負距離之遠，是可以想見的。這年秋天，他寫了《秋懷詩》十一首，表述了自己抑鬱不平的心情。這裏選的是其中一首。

從詩歌中，不但可以看出詩人的思想傾向，並且往往可以看出他的性格。以唐詩來說，同是一首《長門怨》，有些詩人就只能唱出自怨自艾的哀歌，把責任都歸到被迫害者的身上；但也有人寫出「珊瑚枕上千行淚，不是思君是恨君」的憤激之詞。同一情況，對於秋天，有人就離不開日月易逝、人生幾何的傷感；韓愈十一首《秋懷詩》中，偶然也有一些類似的調子，但是這首卻完全不同。在這首詩裏，我們聽不到淒淒涼涼的淺吟低唱，有的卻是愛憎分明的鮮明態度，不甘示弱的進取精神。如果說詩如其人，從這首詩裏，也可以看到韓愈後來冒着生命危險，在《諫迎佛骨表》中直批憲宗李純的逆鱗的果敢行動，並不是偶然的。

詩分兩大段，上六句是一段，下六句又是一段。

「秋氣日惻惻」，秋天氣候逐日濃重，人們已經感到蕭蕭的涼氣。「秋空日凌凌」，仰望天空也使人覺得寒冷。這兩句是從身邊的感受和眼中的景象寫出秋天來臨。從前劉辰翁說，惻惻和凌凌，也是詩人給自己的評價。這恐怕是猜測得太遠了。

「上無枝上蜩……」四句，從身邊的事情生發開來。「蜩」是一種大蟬。秋天一來，聒耳的蟬聲聽不到了，整天在菜盤飯缽裏打轉的蒼蠅，也消失得無影無蹤。於是詩人說：難道我不感覺到時節在變換嗎？只是我並不傷感。相反的，還覺得耳目一清，那些討厭的傢伙統統都給秋天攆個一乾二淨了。在這裏，除了寫眼前事物外，似乎還有一層用意，就是用蟬和蠅來比喻那些政治上的小人物和小壞蛋。這些人看來無足輕重，但一樣對人有害，把他們驅逐開去，才能夠耳清目淨。

上面這六句，只是就題目輕輕蕩開，所以僅就身邊的事情來鋪展。下面六句，就再進深一層。

「清曉捲書坐，南山見高稜」。南山即長安以南的終南山。此時，詩人的注意力已從身邊瑣事脫出，轉向那更遠大的地方。清曉時分，秋空格外清爽，窗外的終南山，高高矗立。詩人放下書卷，默默地望着它。我們讀到這裏，不禁想起李白的「相看兩不厭，只有敬亭山」的境界。韓愈在這個時候，同樣也進入這樣的境界：由終南山的嶙峋傲岸，挺立不拔，想到了自己，又將自己的精神性格，賦予了終南山。這樣，詩人的思想活動就跨上了另一個高度。我們從「上無枝上蜩」開始，讀到這裏的「南山見高稜」，詩人的思想脈絡由近而遠，由低而高，是十分清楚的。

「其下澄湫水，有蛟寒可罾」。這個蛟不會是傳說中的蛟龍，也許只是少見的魚類或兩棲動物（韓愈《南山》詩有「凝湛閟陰獸」句，陰獸指的正是這一類動物）。這句仍是比喻的說法。這些害人的傢伙——蛟，不是別的什麼，而是在朝中弄權的奸臣和在地方跋扈的軍閥。對於這些「害獸」，詩人是堅決主張加以剷除的，並且認為是可以剷除的（在憲宗一代，的確殺了幾個軍閥，迫使一些軍閥歸順中央，曾被過去的歷史學者稱為「元和之治」）。

最後，詩人忽然發覺自己的處境和抱負完全是兩回事。韓愈是以儒家傳統的繼承者自命的封建階層知識分子，他的思想只能局限在「忠君愛國」的圈子內，他那清除朝中奸臣和地方軍閥的抱負，也只能歸結到鞏固中央政權方面。在當時來說，仍然有着進步意義。然而一個國子博士的冷官，對政局能夠起什麼作用呢？所以他最終只好發出「惜哉不得往，豈謂吾無能」的喟歎了。但即使如此，詩人不肯消極、不甘示弱的進取精神，依舊明顯看得出來。這正是和一般平庸詩人的「秋懷」不同的地方。

聽穎師彈琴

昵昵❶兒女語，恩怨相爾汝❷。
劃然變軒昂，勇士赴敵場。
浮雲柳絮無根蒂，天地闊遠隨飛揚。
喧啾百鳥群，忽見孤鳳凰。
躋攀分寸不可上，失勢一落千丈強。
嗟余有兩耳，未省聽絲篁❸。
自聞穎師彈，起坐在一旁。
推手遽止之，濕衣淚滂滂。
穎乎爾誠能❹，無以冰炭置我腸！

讀過《老殘遊記》的人，都會覺得第二回描寫王小玉唱梨花大鼓的那一段實在寫得好。他用「一線鋼絲拋入天際」形容歌聲的高亢清亮，用一重一重地攀登泰山形

❶ 昵昵，形容聲音細碎纖膩。

❷ 這句是說，青年男女為了小恩小怨而互相埋怨吵嘴。

❸ 絲篁，指琴瑟之類的樂器。

❹ 誠能，實在有本領。

容歌聲的層層翻起，又用飛蛇在黃山環繞來形容它的迴旋悠蕩，更用「像放那東洋煙火，一個彈子上天，隨化作千百道五色火光，縱橫散亂……」來形容歌聲的繽紛錯落，這種形象性的摹寫，很耐人尋味。

對音樂的形象化的摹寫，在我國文學史上已經來源久遠。不但在辭賦、散文上運用這種手法，在詩歌中也運用這種手法。以唐代來說，詩人就在這方面爭奇鬥勝，各有勝長。像李頎，用「空山百鳥散還合，萬里浮雲陰且晴。嘶酸孤雁失群夜，斷絕胡兒戀母聲。……」來追摹董大的胡笳聲。李賀用「昆山玉碎鳳凰叫，芙蓉泣露香蘭笑。……夢入神山教神嫗，老魚跳波瘦蛟舞。……」來形容箜篌（豎琴）的彈奏。又如李商隱用「重衾幽夢他年斷，別樹羈雌昨夜驚」來描寫笙的動人音韻：這些都是著名的例子。

韓愈這首詩尤其是刻意地使用形象，它一開頭就把讀者引入樂曲所佈置下的特有境界，先讓人們盡量去呼吸它那美妙的芳香，然後才點出這是琴曲，並且以自己的感受高度地加以揄揚。這樣，似乎更能增強感染讀者的效果。

這首詩一向就著名，它使得大詩人蘇軾也在它跟前認了一次輸。蘇東坡有一闋《水調歌頭》，開頭就是「昵昵兒女語，燈火夜微明。恩怨爾汝來去，彈指淚和聲」。正是把韓愈這首詩照搬過來的，不過他卻說這不是聽琴的感受而是聽琵琶的感受罷了。

由「昵昵兒女語」到「失勢一落千丈強」，是此詩的第一大段。通過各種形象來摹寫琴聲的起落變化。

琴聲開頭的時候顯得輕柔細碎，就像年輕的孩子們輕聲地笑着，低聲地談着，忽而又小聲地吵起嘴來。可是，正當人們要去仔細尋味它，它卻突然變了音調：「劃然變軒昂，勇士赴敵場。」一下子把人帶進一個完全不同的境界去了。

再下去，琴聲又變得悠揚起來，彷彿散開在天空裏，有點像浮雲，也像柳絮，漫無邊際地浮蕩着，浮蕩着，要把人帶到遼遠遼遠的地方……

正在悠悠忽忽的時候，耳邊緗又響起了一群鳥叫；而且在繽紛的鳥聲中，還分明使人感覺到一隻鳳凰在引吭長鳴，音色清亮，壓倒眾響……

如今，琴聲愈來愈高了。它一層又一層的向上翻，在翻到接近頂峰的時候，簡直就像同高度作一分一寸的爭奪。人們簡直不是在聽，而是注視着攀登世界最高峰的健兒，看他們爭持在離開目的地僅僅幾米的地方，緊張得連氣也透不過來。不料，就在這最高之處還沒有停留得緊，卻見它陡然往下一落，彷如有誰滑了一腳，從半空中墜下千丈深淵。愈落愈低，愈低愈細，那聲音就頓然終止了。

這一段摹寫，陰開陽合，騰挪變化，把樂曲的感人力量，充分形象化地展示出來。然後，以下一段，轉到說自己感受之深和對穎師的讚歎。

這一段是說，雖然自己向來不懂音樂，可是聽了穎師的演奏，卻感動得坐也不是，站也不是，終於流淚滿襟，只好猛地伸出手去攔住他，請他不要再彈奏了。結末兩句說：穎師你真是有本領的人，可是我受不了，因為你就像一會兒拿冰、一會兒拿炭放進我的腸子裏那樣（這也是形象化的寫法，意思說，自己一會兒滿胸火熱，一會兒又像掉進冰窖裏）。

這一段既說明自己所受感動之深，也為了襯出穎師技巧的高明；並且使開頭那一大段描寫，有了使人信服的根據。

把樂聲化成各種各樣事物的形象，這當中當然帶上濃厚的個人的主觀感受，這種感受並不能人人完全相同。所以自從歐陽修、蘇軾提出意見，認為這首詩的形象，更近於琵琶的樂聲而不像琴聲以來，就引起了許多爭論。筆者不懂音樂，無從妄議，但卻有一些感想：這種形象化的描寫，終究只是一種比喻，既是比喻，自然不是被喻者的本身，不可能完全相似。對它作過分的苛求，實在沒有必要。這是就評論者方面來說的。至於創作者，卻須力求正確地理解樂曲的內容，不應以此作為藉口，東牽西扯，反而破壞了原來樂曲的美感。這又是不能不注意的。

山石

山石犖确❶行徑微，黃昏到寺蝙蝠飛。
升堂坐階新雨足，芭蕉葉大梔子❷肥。
僧言古壁佛畫好，以火來照所見稀。
鋪床拂蓆置羹飯，疏糲亦足飽我飢❸。
夜深靜臥百蟲絕，清月出嶺光入扉。
天明獨去無道路，出入高下窮煙霏❹。
山紅澗碧紛爛漫，時見松櫪❺皆十圍。
當流赤足蹋澗石❻，水聲激激風生衣。
人生如此自可樂，豈必局束為人鞿❼？
嗟哉吾黨二三子❽，安得至老不更歸！

❶犖确，形容石頭凹凸不平。

❷梔子，茜草科常綠灌木，夏天開白花，六瓣，極香。果實可製黃色染料。

❸疏糲，粗糧、糙米。

❹煙霏，指山中的雲霧氣。

❺櫪，同櫟。落葉喬木，高可達二十五米。樹皮粗厚，葉可飼野蠶。有麻櫟、白櫟等數種。

❻蹋，同踏。

❼鞿，馬絡頭。

❽《論語．公冶長》：「吾黨之小子狂簡。」又《述而》：「二三子以我為隱乎？」作者合用，指志同道合的朋友。

韓愈這首詩，題目叫《山石》，內容卻不是詠山石。他不過拿詩的開頭兩個字做題目，差不多等於無題。所以這首詩是在什麼地方、哪一年寫的，人們的意見很不一致。有人說是在洛陽寫的，也有人說是在廣東寫的，又有人說是在徐州寫的。沒有定論。不過，我們欣賞這首詩，倒不一定非把這些都考證清楚不可，置之不論竟也無妨。

從詩的內容看，韓愈是在旅途中經過一座山，時已傍晚，就在一間佛寺裏投宿。第二天他又要上路了。行色匆匆，事後才寫這首詩。但當時的印象是深刻的，所以寫得層次井然，筆墨生動，有如圖畫。

一開頭，他就已置身在一條狹窄的山路上。這是在岩石上鑿出來的小路，石頭高低不平，很不好走，有時僅僅看到一些路的痕跡罷了。到傍晚時分，才來到一間佛寺。太陽下山不久，蝙蝠已經出來了，就在頭頂四面亂飛。

他拾級走上佛堂，坐在階前，拿眼睛四面一瞧：幾棵芭蕉展開闊大的葉子，潔白的梔子花襯上深綠葉子，開得十分飽滿。原來新下過一場透雨，怪不得花呀葉呀都長得胖胖的了。

一位和尚出來歡迎客人，談不了幾句就誇起佛寺的壁畫來了，說是古代什麼名家手筆。還拿着燈火硬拉他去參觀。只好也跟着參觀了一下。可是光線太暗，實在看不見多少東西，於是扭頭就退出來了。其實他對這個本來就沒有興趣——他原是反對佛教的。

走了一天路，肚子委實餓了，人也很累。就看見小和尚忙着端上飯菜，還給他打掃床鋪，準備讓他歇息。他坐到桌子邊，看見粗糙的米飯，還有素菜。他拿起碗筷，居然吃得飽飽的。

轉眼便是深夜時分。躺在床上，四面非常幽靜，連蟲聲鳥叫都聽不見，只有一輪明月，從嶺上升起，把它的清光灑進屋子裏。

他也不知道自己是什麼時候睡着的。忽地一睜眼，天色已經大亮。想到今天還得趕路，慌忙起來，洗漱過後，馬上辭行。和尚也沒有給他帶路。他自個兒（說不定有個別僕童跟着，但那時是不作數的，所以還是說「獨去」）再沿着山邊走，有時連路也找不着。只是出一崖，入一澗，高高下下，在晨霧和雲氣之間穿來穿去。

然而這裏的景色還是美的。時而山上開着整片鮮紅的花，時而澗底隱着一彎碧綠的水，奇花野草，東一叢，西一簇，長得簡直燦爛極了。就在這些花花草草之間，連天聳起許多高松巨櫟，每一棵都是幾個人合抱不過來的。

終於來到一道石澗面前。水不深，流得卻很急，就在大石的光面上，像一幅銀紗從上頭直鋪着下來。不脫下鞋子可沒法過去。琢磨了一下，還是打赤腳走過去吧。呵，真涼快！那水就在腳下飛起來發出嘩嘩的叫聲。風在這兒也特別吹得起勁，彷彿就在自己的衣裳底下颳出來……

這種山裏的生活也是夠快樂的——他忽然感慨起來了。想起平日奔波勞累，就像一匹馬籠上了絡頭，在不盡的風塵中奔走。如果有幾位志同道合的朋友，一起在山裏生活，不是可以到老都不用回鄉了嗎！

他不是對身旁的朋友說的，因為身旁並沒有朋友。他是對自己說的。

現在可以看清楚了，韓愈是在一次趕路的中途，匆匆在佛寺宿了一晚，過後才寫下這首詩。它不是閑適的遊山玩水，也不是同朋友在一起。最後那幾句感慨的話，正是在「王命在身」的情況下發出來的。

詩裏給我們展示了一幅幅的圖畫。畫中攝取了生動的景物，有遠景、中景、近景，還有特寫鏡頭，互相穿插。安排佈置很有分寸。運用詩的語言，又不像他在別的詩裏那麼僵硬難讀，因而它是受到讀者喜愛的。

這首詩使用的全是「賦體」，是照事直書，人們不可能也不必要從他描寫的景物中捉摸出什麼別的用意來。

柳宗元

七七三～八一九

字子厚，河東解（今山西運城西）人，世稱柳河東。貞元進士。官終柳州刺史，又稱「柳柳州」。與韓愈倡導古文運動，同列「唐宋八大家」。其詩風格清峭，與韋應物並稱「韋柳」。有《河東先生集》。

酬曹侍御過象縣見寄

破額山前碧玉流，
騷人遙駐木蘭舟。
春風無限瀟湘意，
欲採蘋花不自由。

舊體詩很講究「製題」，也就是下工夫安好一個題目。因為這是要給人讀懂你這首詩的一條線索。固然也有人寫「無題詩」，或隨便安上兩個字，等於無題❶，那往往是出於一種特殊情況：他本來就想隱去本事，不讓人家拿來做把柄。

讀詩也要事先好好琢磨一下詩題。

難道讀詩會不先讀詩題的麼？有人會這樣奚落。其實，話不是那麼簡單。有些詩，你要是把題目一覽而過，保證你弄不懂詩裏說的是什麼。

柳宗元這首詩就是一個明證。

看題目，「酬」是寫詩回答人家；「見寄」是這位曹侍御寄了一首詩來（侍御是唐代侍御史的簡稱）；「象縣」即今廣西壯族自治區的象州；曹侍御路過象縣，是暫時停留，故稱為「過」。這樣，我們才有了一個線索，柳宗元寫這首詩，是酬答他的朋友曹侍御的。因為曹侍御路經象縣，寄給他一首詩。如果我們已經知道柳宗元做官的經歷，那麼很容易就想到，柳宗元任柳州刺史前後歷十四年，曹侍御過象縣寄詩，一定是在柳宗元任柳州刺史期內。

以上是我們看了詩題以後所能知道的基本情況。這很重要。因為作者寫詩的動機，寫詩的大體年代和環境背景，都是從這裏獲得的，丟掉這些，詩就根本讀不懂了。

如今我們再來讀詩。

「破額山前碧玉流」——我們只知道湖北黃梅縣西北有個四祖山，又叫破額山。可

❶如韓愈的《山石》，李商隱的《錦瑟》，不過是隨手把詩中開頭兩個字作為詩題。這一類情況並不太少。

是這和詩中的破額山不相干。因為從詩題我們知道，曹侍御是路過象縣，他寄詩給柳宗元也在象縣。和湖北黃梅縣渺不相涉。所以這裏的破額山，該是象縣附近一座山。儘管如今地理書上找不到，也不妨這樣肯定下來。「碧玉流」好懂。碧玉不過是綠水的代詞。這一句是說：破額山前，江水宛如碧玉，風景幽美。但也已暗暗點出曹侍御所經過的象縣了。

「騷人遙駐木蘭舟」——這句是應着題中的「曹侍御」。「騷人」原是因屈原寫了《離騷》，後人藉此泛指在政治上失意的文人。「遷客騷人」在古文中常常連用，正是為此。但也可以作為詩人文士的代稱。本句的取義是屬於後者。「駐」是暫時住下來。「遙」是從柳宗元這方面來講，不是說曹侍御對木蘭舟怎麼遙遠。「木蘭舟」，用木蘭樹造成的船。這是修辭上的誇飾，用意只在同「騷人」身份相配，不一定實物如此。這一句說明曹侍御南來，泊舟象縣；意中又推崇他是一位高雅的詩人。

「春風無限瀟湘意」——這句正面點出「見寄」。「春風」喻指曹侍御寄給自己的詩。「瀟湘意」指詩的內容、感情。但是整句又不可以生硬割裂開來。整句的意思該是這樣：讀了曹侍御寄來的詩，使人彷如置身於瀟湘兩岸，春風淡蕩，芳草新鮮，一種高尚優美的境界，令人挹取不盡。

為什麼說「春風」指的是曹侍御的寄詩？因為題中明有「見寄」字樣，「春風」便不好作別的解釋。詩人並不是在遊山玩水中的感受，而是在讀了曹侍御寄來的詩以後的感受。很可能，曹侍御是剛從湖南的瀟湘地區來的，他的詩裏描寫了春風中的瀟湘美景（但也許柳宗元是拿屈原的詩歌比喻曹侍御的詩）。不過，對於我們理解這首詩關係不大，可以不必深論。

「欲採蘋花不自由」——白蘋是一種水草。這句點出題中的「酬」字。意思是說，您寄來這樣美好的詩篇，照理應該用同樣美好的來酬答。可惜我職務拘身，想採摘香草送您也辦不到，實在十分抱歉。假如再挖深一層，也許還有這個意思：遠謫南州，心情不好，所以也寫不出好詩來。

拿「蘋花」象徵詩篇，根據何在呢？

且不說屈原的「採芳洲兮杜若」。《古詩十九首》中就有這樣幾句：「涉江採芙蓉，蘭澤多芳草。採之欲遺誰？所思在遠道。」「芙蓉」（荷花）可以作為酬答的事物的代詞。然而還不是「白蘋」。六朝柳惲的《江南曲》：「汀洲採白蘋，日暮江南春。洞庭有歸客，瀟湘逢故人」就已經使用「白蘋」了。到了唐初，駱賓王有一首《在江南贈宋五之問》詩：「秋江無綠芷，寒汀有白蘋。採之將何遺？故人漳水濱」就更明顯了。所以把「蘋花」釋為酬答的詩篇，是有根據的。柳宗元也正是這樣使用。

這四句詩，是仔細琢磨了它的題目以後才如此作出解釋的。當然，有些古人的詩便是再三研究它的題目，也仍然不好懂。這除了開頭說的類似「無題詩」的情況之外，還有別的原因。這就不是拿幾句話說得清楚的了。

飲酒

今旦少愉樂，起坐開清樽。
舉觴酹先酒❶，為我驅憂煩。
須臾心自殊，頓覺天地喧。
連山變幽晦，綠水函晏溫❷。
藹藹南郭門，樹木一何繁！
清陰可自庇，竟夕聞佳言。
盡醉無復辭，偃臥有芳蓀。
彼哉晉楚富❸，此道未必存。

人人幾乎都知道柳宗元是寫散文的能手，其中描寫山水景物的小品，例如《永州八記》❹，尤其著名。你看他寫石頭的奇形怪狀：

❶先酒，本註：「始為酒者也。」就是首先發明釀酒的人。

❷晏溫，指太陽出來一片暖意。《史記．孝武紀》：「至中山，晏溫，有黃雲蓋焉。」

❸晉楚富，《孟子．公孫丑》：「晉楚之富，不可及也。」指代財雄一方的富豪。

❹《永州八記》，見《柳河東集》卷廿九，即由《始得西山宴遊記》至《小石城山記》八篇。

其嶔然相累而下者，若牛馬之飲於溪；其沖然角列而上者，若熊羆之登於山。

你看他寫游魚的飄忽無定：

潭中魚可百許頭，皆若空游無所依。日光下澈，影布石上，佁然不動，俶爾遠逝（或安然地完全不動，或突然遠遠竄去）。往來翕忽，似與遊者相樂。

再看他寫風中的花草樹木：

每風自四山而下，振動大木，掩冉眾草，紛紅駭綠，蓊勃香氣。

真是形象生動，色味俱全。

柳宗元的小詩也很有特色。人人熟知的《江雪》、《漁翁》和《雨晴至江渡》、《雨後曉行獨至愚溪北池》之類，描寫景色都有他獨特的風格。

但我覺得他這首較少為人提及的《飲酒》詩，同樣值得向讀者介紹。

這首詩是他謫去做永州司馬的其間寫的。柳宗元在永州一住十年❺，留下了許多給後人憑弔的遺跡，這且不說。他在謫居生活中，心情時好時壞，也是常情。而這首《飲酒》卻不像他的「城上高樓接大荒……」或「零落殘魂倍黯然……」那麼衰颯，而且描寫手法也自有獨到的情趣，和一般只見其閑適的飲酒詩大有不同。它能寫出本人在某種情況中的特有醉態，而且把從清醒到微醺再到大醉的過程，細緻描出，不失為「自畫像」中的一幅佳作。

詩是從一個早晨寫起的。

柳宗元到永州後，就找到龍興寺一個西廂。這座佛寺地勢較高，西面有湘江繞岸而過；隔江便是一列群山，萬木森森，風景絕好。他給西廂寫了一篇《永州龍興寺西軒記》，定居下來了。但這首詩是否即在西軒寫的，如今無從考究，姑且按下。

這天他早晨起來，忽覺得無事可做，獨自一人，心情寂寞。不免拿出一瓶酒，洗淨杯子，再把酒斟得滿滿的，然後舉起杯來……

眼前沒有一個朋友，這一舉杯，向誰打招呼呢？

腦子一轉，忽然想起第一個造酒的人——他稱他為「先酒」，也許便是那個傳說的杜康吧。「喂！杜老先生，我先祝您一杯。多虧了您，才給我趕走許多苦惱哩！」

於是朝地上澆了些兒酒，他就自個兒喝起來了。

酒這東西也真怪。他喝了還不夠那麼一丁點兒工夫，就覺得整個世界都不同了。

❺ 柳宗元由八〇五年謫為永州司馬，至八一五年春離開。永州即今湖南永州市零陵區。

到底是心情起變化呢還是什麼，只覺得四面八方頓時熱鬧了起來。眼前所有的東西全都改了個樣兒。

抬眼往遠處一看，連綿不斷的群山，剛才還是那麼昏沉黝黑，如今卻是一派明朗鮮翠了。

那繞山而過的滔滔江水，正反射出萬道金蛇似的陽光，一片暖和從水面蒸騰起來，全不是剛才蕭瑟淒冷的樣子。

扭頭再向南面，那是永州的城南門。這一帶長着許許多多又高又大的樹，松、柏、梗、楠，名堂真多。它們把枝條葉子盡量向四邊伸展，好一派蓬勃的生機呵！

「清陰可自庇，竟夕聞佳言」——他忽然想起古書上的話來了：

> 葛藟猶能庇其本根，故君子以為比❻。

這話多有意思。這些無知草木都懂得把自己保護得好好的，所以從前的君子拿它來比喻人事。是個好比喻呵，為什麼有些人連保護自己也不懂得呢！

他又想起這些樹木，整夜吵吵嚷嚷好像向他訴說些什麼。如今才省悟過來，原來它們要說的正是這些有啟發性的話。

看起來，這位詩人已經醉了，可又沒有醉得昏沉。他想到這些年來的謫宦生涯，

❻語見《左傳．文公七年》。葛藟，一種藤本植物。

覺得自己真不行，還不如眼下那些會照管自己的草木。

哎！想這些幹什麼——他又拿起酒壺，給自己斟滿了一杯。應該喝個痛快，盡量痛快。走不動了，就在腳下這草地上一躺，那還不夠舒服嗎！

「彼哉晉楚富，此道未必存」——他又自言自語起來：你們這些錢多得用不完的傢伙，算得了什麼東西！你們也喝酒，可你們能知道喝酒的真正趣味嗎？才不見得哩！

他畢竟真是醉了……

你看，這不是把酒寫出來，把醉態寫出來，把人的性格也寫出來了嗎！這真是有個性的飲酒詩，不是一般的飲酒詩。我們分明看見了在此情此景中一個活躍可愛的柳宗元，不是模糊的影子，更不是一個籠統的概念。

呂溫

七七二～八一一

字和叔，一字化光，河東（今山西永濟）人。貞元進士第，累官左拾遺。善詩文，文體贍逸，多言當世之務。有《呂和叔文集》十卷傳世。

劉郎浦❶

吳蜀成婚此水潯❷，
明珠步障幄❸黃金。
誰將一女輕天下？
欲換劉郎鼎峙❹心！

❶劉郎浦，又稱劉郎洑。其地在今湖北石首縣。《通鑑》卷二七六：後唐天成三年「至劉郎洑」註：「江陵府石首縣沙步有劉郎浦，蜀先主納吳女處也。」

❷水潯，水邊。

❸步障，古代貴族女子外出時用的障蔽物。幄，室內的帳子。

❹鼎峙，像鼎的三足互相對峙。這裏指魏、蜀、吳三國。

這首詩是作者經過劉郎浦時，聽說此地是三國時劉備到東吳迎親的地方，有所感觸而寫的。它是屬於詠史詩這一類。

詠史詩有二難：一是難於有卓越的對歷史事件的見解，二是難於不是史論而是詩。前者關鍵在於作者所站的思想高度；後者關鍵在於能否很好地掌握藝術技巧。

初唐有個于季子，寫了一首題為《漢高祖》的五絕，給清初王夫之在《夕堂永日緒論》中罵得狗血淋頭。詩是這樣的：

百戰方夷項，三章且易秦。
功歸蕭相國，氣盡戚夫人。

王夫之說：「恰似一漢高帝謎子。擲開成四片，全不相關通。如此作詩，所謂佛出世也救不得也。」

指出它只能算是一則謎語，真是擊中要害。因為消滅項羽，入秦約法三章，認為蕭何守關中有功，以及無法立戚夫人的兒子為太子，是互不相干的四件事。硬湊在一起，有什麼意思呢？

晚唐的胡曾也寫了不少詠史詩。其中一首題為《南陽》：

世亂英雄百戰餘，孔明方此樂耕鋤。
蜀王不自垂三顧，爭（怎）得先生出草廬？

不僅議論平淺，而且也不能算是詩，只能叫做毫無高見的論史韻文罷了。

詠史詩難在是議論而又不用議論。這在名家也不一定能掌握得恰好。怎叫「是議論」？因為沒有作者的見解，僅僅將史實重複一番，就不成其為詠史。怎叫「不用議論」？因為純是議論就變成一篇史論文字，不成其為詩了。「詠史詩」三字，本身就包含着「史」與「詩」的矛盾，如何使兩者圓滿地統一起來，這要講究高明的技巧。

我們試一解剖呂溫這首詩，就會看出它與那些平庸之作有多麼的不同。

「吳蜀成婚此水潯，明珠步障幄黃金。」初看時，上句是敍事，下句是想像中的物象。似乎沒有什麼議論在內。我們翻開《三國志》的記載，當時孫權對於劉備，一方面是害怕——所以《先主傳》說：「（孫）權稍畏之，進妹固好。」但另一方面又想收買或麻痹他——所以周瑜曾經建議：「愚謂大計，宜徙（劉）備置吳，盛為築宮室，多其美女玩好，以娛其耳目。」這場政治婚姻，在孫權是包含兩層用意的。

可是作者在寫詩的時候，並沒有把上面這兩段話簡單概括一下完事，而是運用令人可以觸摸的藝術形象，把這場婚姻的政治用意隱寓其中。請看「明珠步障幄黃金」這句，既寫出孫、劉結親時那種豪華場面：孫夫人使用的步障，是綴滿了明珠的，新婚夫婦居住的地方，連帷幃也用黃金來裝飾。然而我們深入加以尋味，會發覺詩人這種描寫，不僅僅是為了鋪敍結婚場面的豪華，還含有這種豪華所隱藏的政治用意。正因為孫權是有「進妹固好」的政治作用，想對劉備給以「娛其耳目」的享樂來消磨他的豪情壯志，所以才會在劉郎浦上出現了「明珠步障幄黃金」的盛況。我們說詩人是運用形象的描述來發表議論，不是沒有根據的。不難看出，詩人把「史」和「詩」很好地統一起來了。

再看下面：「誰將一女輕天下？欲換劉郎鼎峙心！」分明是對孫權的嘲笑。看來已顯出議論的面目了。但是細看之下，它又和一般論史不同。一般論史可以是這樣平直地寫：「劉備以天下事為重，不因一女子而易其志。」說得準確，沒有味道。這裏卻以唱歎出之。正如李商隱的《賈生》：「可憐夜半虛前席，不問蒼生問鬼神！」風神搖曳，韻味深濃，是詩化了的議論。再次，作者的意中，原在於指出這場政治婚姻必然落得個悲劇收場。後來孫夫人大歸，吳蜀展開一場決戰，就是明證。可是作者並未直接點破，只是婉轉地說：你想用一個女子去換劉備三分天下的決心嗎？這是從側面來取影，讓人們自己去尋思和領悟它的正面意思。這樣，它同史論就有靈活與板滯的區別了。

總之，詠史詩最忌寫成押韻的史論。至於論史而又缺乏史識，觀點含糊，議論迂腐，那更是非徒無益，而又害之了。

李賀

七九〇～八一六

字長吉，福昌（今河南宜陽西）人。其詩長於樂府，多表現政治的悲憤，世事滄桑，生死榮枯，感觸頗多。善於熔鑄詞采，馳騁想像，運用神話傳說，創造出新奇瑰麗的詩境，在詩史上獨樹一幟。有《昌谷集》。

馬詩二十三首（錄四）

（一）

臘月草根甜，天街❶雪似鹽。
未知口硬軟，先擬蒺藜銜。

（二）

大漠沙如雪，燕山❷月似鈎。
何當金絡腦❸，快走踏清秋？

（三）

催榜渡烏江❹，神騅泣向風。
君王今解劍，何處逐英雄？

（四）

武帝愛神仙，燒金得紫煙。
廄❺中皆肉馬，不解上青天。

❶天街，通常是指京都的街道。

❷燕山，指燕然山，今名杭愛山，在蒙古人民共和國境內。

❸何當，何時。金絡腦，用黃金裝飾的馬籠頭。

❹榜，指船。烏江，在安徽和縣東北。

❺廄，馬房。

李賀通常給人以通眉長爪、弱不禁風的書生形象，活了二十多歲，然而從創作上來說，他卻是唐代詩壇中的卓越人物。他那嫉恨醜惡的性格，要求用世的熱情，憧憬光明的理想，洋溢於字裏行間。不管人說是鬼才也罷，奇才也罷，他自是一個有政治見解，有功業抱負的人。

李賀寫了《馬詩二十三首》，清人方扶南認為「皆自喻也」；姚文燮則只說「首首寓意」，並非都是比喻自己。見解雖然不同，認為寓意，則是一致的。

我以為這二十多首馬詩，有自喻的，也有諷刺時事的，也有替他人慨歎的，不能一概而論。但作者通過馬的不同遭遇，對馬的不同描寫，集中地反映了他對中唐封建社會許多現狀的不平和憤懣，則是無可置疑的。

這裏只選四首來談。

「臘月草根甜」這一首，清人王琦對它頗有誤解，認為是「蓋為困餓而不能擇食者悲歟？」是一種乞憐的口氣。我的看法卻不同。這首詩應是借馬來反映詩人敢於向醜惡現象進行鬥爭的倔強性格。

寒冬臘月，長安的天街下過大雪，草苗枯槁，連草根也給大雪深深掩埋了。馬要找吃，也知道草根是甜的，但是藏在雪下的既有可口的草根，也有帶刺的蒺藜。也就是說，牠碰上的既可能是美好的東西，也可能是醜惡的東西。在這兩種可能性面前，牠怎麼想呢？詩人藉馬的口吻說：我不知道自己的嘴有多硬，可是我有思想準備，準備着第一口咬到的恰是帶刺的蒺藜。我倒想看看是我的牙齒硬，還是蒺藜的尖刺厲害。

第三句「未知口硬軟」是理解全詩的關鍵。這裏面透出一副敢於鬥爭的精神。牠當然要找吃，但不是飢不擇食，而是準備掂量一下自己的本領，即向醜惡的事物進行鬥爭的本領。這種頑強精神是同李賀在創作詩歌時「語不驚人死不休」的頑強精神基本一致的。

第二首「大漠沙如雪」，是一匹具有雄心壯志要在沙場上建功立業的駿馬。牠需要的環境不是柳蔭花下，不是殿陛宮階。牠要以黃沙萬里漠漠如雪的不毛之地，要以漢將軍竇憲刻石紀功的燕然山，作為牠活動的背景。牠要在如鈎的月色底下振鬣長鳴，在風沙撲面的秋空中迎風疾走。然而，眼下僅僅是一種願望。這種願望何時才能實現？何時才能戴着黃金的絡頭在沙場上馳騁呢？

這一首自然也是以馬喻人。這匹駿馬藏着作者自己的形象。為什麼詩人會產生這種想法呢？它是有時代背景的。

中唐時代，唐王朝的聲威比起盛唐是大大不如了。在西面，吐蕃的勢力一直伸展到今四川、甘肅一帶，北面又有回紇、奚、契丹的興起。而盤據地方的藩鎮，又只知發展私人勢力，爭權奪利，各霸一方。在這種局面下，李賀雖然明知自己是個文弱書生，也禁不住要以馳騁沙場的駿馬自居，想替國家立功了。

「催榜渡烏江」一首，寫的是起義滅秦的英雄項羽的坐騎——一匹烏騅馬。這匹馬，項羽對牠的評價是：「吾騎此馬五歲，所當無敵，常一日行千里。」垓下一役，項羽失敗了。連夜突圍來到烏江岸邊。烏江的亭長給項羽準備了一條船，對他說：「江東雖小，地方千里，眾數十萬人，亦足王也。願大王急渡！」可是項羽拒絕了。他感謝亭長這番好意，指着烏騅，把牠送給亭長。自己拿短兵作戰，身受重傷，自刎死了。

這就是歷史上著名的烏騅馬的下落。

詩人有感於這段史事。他設身處地替這匹「所當無敵」的駿馬着想。他認為，項羽自殺以後，亭長就把馬拉到船上，向烏江對岸划過去了。這時候，烏騅會是怎樣呢？牠在慘烈的北風中禁不住痛哭起來了。為什麼痛哭？因為這匹馬知道，自己的主人拔劍自殺以後，要再找一位這樣的英雄同牠一起馳逐在疆場之上，是沒有可能的了。

歷史上有過許多才智之士，他們追隨領袖人物多年，一旦這位領袖人物逝去，他們都會痛感到是一種無法彌補的損失。這種悲哀，有時甚至還可以出現在朋友之間。

戰國時代的哲學家莊子對於惠施的逝世就有這種深沉的哀歎。他打了一個比喻：一位手藝非常高明的匠人，看見他的朋友鼻子尖上沾了一抹石灰，不過蟬翼那麼薄薄一片。他就掄起自己的斧頭，像旋風一樣砍向他朋友的鼻子。鼻子上的石灰全都削掉。而他的朋友呢？鎮定地站着，神氣就像什麼都沒有發生。莊子講了這個故事以後，慨歎說：自從惠子死後，我再也找不到能夠同我合作得這樣美滿的對手，像匠人同他的朋友這樣的對手了！

事情往往是這樣：沒有鋒利的矛也就顯不出堅固的盾。

這是駿馬的悲哀，才智之士的悲哀，還是詩人李賀的悲哀？讓我們讀者自己去尋味吧。

自從秦始皇愛好神仙、追求長生以來，漢武帝算得是第二位以此著名的皇帝了。他一生上了許多方術之士的大當，卻又依然執迷不悟。在歷代文學作品中，漢武帝和神仙常是同時出現的孿生詞兒。然而，迷信世界上有長生不死之藥的皇帝，遠遠不止秦皇和漢武。唐代就是讓仙丹弄得烏煙瘴氣的社會。好幾個皇帝都是吃了大量仙丹而得病不救的，怪不得招來了李賀的冷嘲。

「武帝愛神仙」這首詩，構思實在新奇。許多人都曾諷刺過求仙的愚蠢，但都沒有從馬的身上着筆。李賀偏是從馬想到人。他頗帶點幽默地說：漢武帝拚命追求神仙，把黃金都燒成紫色的煙了，仙丹還是毫無蹤影。其實麼，就算煉成功了仙丹，吃下去又可以升天，可哪裏找來會上天的馬讓他騎坐升天去呢？難道這位皇帝打算一步步走到天上去嗎？他又拚命從西域找來許多千里馬，在馬房裏養得胖胖的。但愈是長膘的馬，愈不好上天，他為什麼沒有考慮到這個難題呢？李賀本來就寫過「幾回天上葬神仙」的警句，在這裏，他又轉成冷嘲了。

我們僅僅從這些馬詩就可以看出，單純用「鬼才」二字來概括李賀，是多麼的不公平。

清人宋琬《昌谷集註序》有幾句話寫得好：「賀，王孫也。所憂，宗國也，和親之非也，求仙之妄也，藩鎮之專權也，閹宦之典兵也，朋黨之釁成而戎寇之禍結也。」只活了二十七歲的李賀，一身錦繡，滿腔抱負，然而又是帶着沉重的憂世之情死去的。所謂「天上白玉樓」的傳說❻，好像是要歌頌他的文采，其實只能起着歪曲詩人形象的不良作用。

❻李商隱《李長吉小傳》記載了這樣的傳說：李賀將死之前，看見一個穿緋衣的人到來，說上帝建成一座白玉樓，要召他上天去寫一篇《白玉樓記》。於是李賀就咽氣了。

夢天

老兔寒蟾泣天色❶，雲樓半開壁斜白。
玉輪軋露濕團光，鸞珮相逢桂香陌❷。
黃塵清水三山下，更變千年如走馬。
遙望齊州九點煙，一泓海水杯中瀉。

《夢天》，也許是詩人有過這樣的夢境，也許純然是浪漫主義的構想。一開頭，詩人向我們展示的是這樣一個夢境：幽冷的月夜，凍雨飄灑，雲開半壁，詩人翩然在太空遨遊，進入月宮，遇見了徘徊在桂樹下的仙女。

下面試逐句加以解釋：「老兔寒蟾泣天色」——有人解釋說：「月明如水的天色，彷佛是被兔蟾泣成那樣。」個人的看法卻有點不同，貫串着下文來看，這句話的意思應該是這樣：本來月色很明亮，突然陰雲四合，灑下來一陣冷雨。天色的變幻，彷佛是月裏的蟾和兔突然哭泣起來一樣。「雲樓半開壁斜白」——雲樓也不是指月宮裏的樓台，而是說，雨灑了一陣，忽然又停住了，黑雲裂開，幻成了一座高聳的樓閣；月亮

❶古代傳說，月裏有玉兔和蟾蜍。見《五經通義》。這是古人看到月亮上的陰影所產生的幻想。

❷桂香陌，指桂花散滿香氣的路。古人傳說月中有桂樹，高五百丈，有個叫吳剛的人，常用斧頭砍它。但拔出斧頭，樹創又合上了。見《酉陽雜俎》。

從雲縫裏穿出來，光芒射在雲塊上，顯出了一道白色的輪廓，有如屋牆上受到月光斜射一樣。「玉輪軋露濕團光」——下雨以後，水氣未散，天空充滿了很小的露點子，玉輪似的月亮在它上面碾過，把一輪圓光都打濕了。這三句，都是詩人漫遊天空所見的景色。然後，第四句寫到詩人自己進入了月宮。「鸞珮」是雕着鸞鳳的玉珮，在這裏是仙女的代詞。在桂花飄香的路上，詩人和一位仙女碰上了。

以上這一段，是比較晦澀的，但是不能說它「欠理」。詩人敞開了他寬廣的想像力，把月夜的冷雨幻想為蟾兔的眼淚，把天空的積雲想像成為樓閣，「玉輪軋露」、「鸞珮相逢」，也都是夢境中應有的景象。所以我們說它是合理的。但是開頭那三句卻不能說它不晦澀，因此後人的解釋便有了分歧。

下面四句，可以分作兩段。「黃塵清水三山下，更變千年如走馬」，是寫詩人和仙女的談話。這兩句可能就是仙女說出來的。「黃塵清水」，換句常見的話就是「滄海桑田」;「三山」，原指蓬萊、方丈、瀛洲三座神山，這裏卻是指東海上的三座山。它原來有一段典故：葛洪的《神仙傳》有一段關於麻姑的神話。麻姑對王方平說：「接待以來，見東海三為桑田，向到蓬萊，水又淺於往日會時略半耳。豈將復為陵陸乎？」這就是說，大地上滄海桑田，變化很快。讀了這兩句，我們會很快聯想到「山中方七日，世上已千年」的話頭。古代的人往往以為「神仙境界」就是那樣，所以詩人以為月宮也當然如此。人們上到月宮，回過頭來看人世，就會看出「千年如走馬」的迅速變化了。最後兩句，是詩人「回頭下望塵寰處」所見的景色。「齊州」指中國，中國古代分為九州，所以詩人感覺得大地上的九州有如九點煙塵。「一泓」等於一汪水，這是形容東海之小，如同一杯水打翻了一樣。

以上這四句，詩人盡量馳騁了自己的幻想，彷彿他真的已經飛進了月宮，看到了大地上的時間流逝和景物的渺小。浪漫主義的色彩是很濃厚的。

很早以前，人們對於時間和空間的問題，就持有兩種截然不同的態度。他們都認為時間過得非常之快。正因如此，一種人覺得時間不會等人，一定要抓緊時間，不讓它平白地從自己的手裏溜走。另一種卻覺得反正是「千年一瞬」，生命有限，而事物無窮，拿有限的去追逐無窮，不會有什麼結果，於是就陷進頹廢的一路。這兩種態度，在我國先秦時代就有代表人物。

對於空間同樣如此。一種認為天地是非常之大的，人卻異常渺小，所以人只好順從「天命」。另一種卻不然，認為大小是相對的，在這方面看來它很大，在另一方面看來卻很小。大不一定就是了不起，小也不一定就無所作為。這兩種世界觀，在先秦時代也出現過代表人物。李賀在這首詩裏，對時間和空間問題也提出自己的看法。他看出時間是「千年如走馬」，也看出「齊州九點煙」，東海不過像一杯水。他到底是屬於哪一派，沒有說出來。但從他把立足點升得很高——從月亮裏下看世界這一點看來，他是很憎惡那些把個人利益看得很重，拚命爭名奪利之徒的。時間把一切都迅速改變，空間又使個人顯得如此渺小，為了自己鼻子尖底下的事，鬧得不可開交，不是非常可笑麼！看來詩人是藏着這層意思的。

不過他到底沒有明白說出來。

金銅仙人辭漢歌（並序）

魏明帝青龍元年八月，詔宮官牽車❶西取漢孝武捧露盤仙人，欲立置前殿。宮官既拆盤，仙人臨載乃潸然❷淚下。唐諸王孫❸李長吉遂作《金銅仙人辭漢歌》。

茂陵❹劉郎秋風客，夜聞馬嘶曉無跡。
畫欄桂樹懸秋香，三十六宮❺土花碧。
魏官牽車指千里，東關酸風射眸子。
空將漢月出宮門，憶君清淚如鉛水。
衰蘭送客咸陽道❻，天若有情天亦老。
攜盤獨出月荒涼，渭城❼已遠波聲小。

曹丕的兒子魏明帝曹睿，即位後第十一年，即青龍五年（二三七年，是年三月改元景初。序中青龍元年，誤），派官員到長安去，拆卸漢代遺留下來的金銅仙人和承露盤，準備運回京都，在宮殿前面豎立起來。曹睿的意思是要表示壯觀還是謀求長

❶牽車，有人認為是「舝車」之誤。理由是「舝」同轄，即車軸頭，作駕駛解。但牽車未嘗不可通，不應拘泥於官員不會親自牽車，就改動了它。

❷潸然，流淚的樣子。

❸唐諸王孫，李賀是唐高祖之子元懿的後裔，所以自稱王孫。

❹茂陵，指漢武帝陵墓，在今陝西興平縣東北。

❺三十六宮，東漢張衡《西京賦》中提到長安有離宮別館三十六所。

❻咸陽道，咸陽在長安西北渭水北岸。但這裏只是指長安城外的大路。

❼渭城，秦代的咸陽，漢代改稱渭城。

生，我們已經弄不清楚。但他曾經「大治洛陽宮，起昭陽、太極殿」❽，拆銅人恐怕與此不無關係。

承露盤原是漢武帝劉徹建造的，目的在於承接天上的仙露，讓他喝了可以長生不老。所以特別鑄了一個銅製的仙人，雙手捧着，站得高高的，來迎接上天的恩賜。

仙露不曾延長漢武帝的壽命，承露盤和銅仙卻巍然站在風露之中。到魏明帝時，已經過了三百多年，變成一件古董了。

據說，魏國的官員到長安進行拆卸的時候，盤是拆下來了，可是銅人龐大而又笨重，無法運走，官員們就把它丟在霸城，單把銅盤拿走。又據說，拆卸的時候，銅人因悲傷而哭泣了。它是抗議人們把它搬走還是懷戀漢武帝的恩情呢？誰也不知道。

這個故事，成為李賀筆下的題材，讓他寫出了震驚千古的名句——「天若有情天亦老」。

詩是從漢武帝寫起的。

「茂陵劉郎秋風客」，這個劉郎就是漢武帝。有人認為拿「劉郎」稱呼一個古代帝王，未免太不客氣。其實，唐代詩人沒有那麼多顧忌。呂溫就拿「劉郎」稱呼蜀先主劉備，顧況也有「王母欲過劉徹家」的句子❾。封建帝王雖然可以規定本朝的避諱，卻不能限制以後的人也一律非遵守不可。只有清高宗弘曆才那麼小心眼兒，特別下了一道諭旨，把史書和前人詩文中的「劉徹」一律改為「漢武」❿。

❽見《三國志．明帝紀》青龍三年。

❾見《全唐詩》，顧況《梁廣畫花歌》。

❿見《四庫總目提要》卷首。

「劉郎」一出場，就不在皇宮，而在他的葬身之地茂陵，已經成為「秋風客」了。「秋風客」是秋風中的過客，也許就是幽靈的意思。他未能成為長生不老的仙人，可是據詩人說，他的鬼魂還是有的。他在夜裏還騎着駿馬在長安一帶閑逛，人們聽到他的馬在嘶叫。不過太陽一出來他就隱沒不見了。

漢武帝的鬼魂能看到些什麼呢？他生前建築的三十六所離宮別館，都已長滿了碧綠的土花（青苔）；殘破的畫欄還倚着桂樹，桂花在秋風中仍然散發着香氣，但也掩飾不了那一片荒涼。

在上面這四句詩裏，劉漢王朝已經滅亡，另有一個曹魏王朝代之而起，這一層意思，在景物中便已暗暗傳遞出來了。

下面就描寫魏國官員拆取承露盤的事實。

「魏官……」兩句是說那些官員千里迢迢跑到長安去。他們到了長安的東門，迎面是強勁的西風，西風把他們的眼睛弄得酸溜溜的，好不難受（「酸風」，解作西風的聲音使人聽了酸心，也未嘗不可。但魏國官員似乎不至於有心酸的感情）。

「空將……」兩句就轉到銅人身上來說。銅人手裏的承露盤眼看保不住了，自己也給人移出宮門。這時候，它看到地上原來的東西都離開它身邊，只有天上一輪明月，還戀戀不捨，一直跟它出到宮門。這是它幾百年來看慣了的月亮，是漢朝的月亮。漢朝的東西，如今只剩下它和月亮了。

銅人想起把它塑造出來的漢武帝。這位君王早已不喝承露盤裏的仙露，如今，連銅人也不能保護了。它想到這些，眼淚就像淌水一樣流下來。詩中用了「鉛水」二字，是因為它是銅人。銅人流下來的自然是金屬的眼淚呵。

下面，銅人已經來到長安城外的大路上。沿路到處長着野生的澤蘭。澤蘭是菊科植物，秋初開着白色的排成傘房狀的花。它們在大路兩旁搖擺着，顯出衰弱悲傷的樣子，就像捨不得這位標誌着過去那段烜赫歷史的人物離開似的。這種淒慘蒼涼的情景，要是老天爺也有情感，它也會悲痛得立刻衰老了。

「天若有情天亦老」，真是石破天驚、出乎意外的奇想！從來只有人說天是不老的，誰曾見過天會衰老呢？可是這位詩人僅僅下了「若有情」三個字，天就變得不同了，它活過來了。活過來當然很好，可是也有不好。因為生命總有衰老的一天，何況還是有感情的生命呢！這真是絕頂聰明的想像力。雖然宇宙不是生命，宇宙畢竟也在不斷運動變化，星球也有年輕期和衰老期，分子天文學家已經在探討星際分子是不是生命前分子了。那麼，誰說天絕對不會衰老呵！

「攜盤……」這句，有兩種解釋。一說這是金銅仙人連同它的露盤都離開長安。因為「獨出」自然指的是金銅仙人，不是指魏國官員，何況詩題又明明說是「仙人辭漢」，序言中又有「仙人臨載」的話。一說「攜盤」者是搬走承露盤而丟下銅人的官員。理由是史書上明明說「銅人重不可致，留於霸城」⓫。詩中的「攜盤獨出」可以

⓫見《三國志．明帝紀》引《魏略》。

解為單獨攜盤而去。兩說各有理由。我是傾向於前一說的。因為拿金銅仙人作全詩的收束，情韻是遠勝於用魏國官員作收束的。

「渭城已遠波聲小」——好像金銅仙人正在豎起耳朵，要最後聽一聽渭水的奔流似的。一種戀戀不捨的感情撲面而來，使人有徒喚奈何之歎。這也是很高超的手筆！

羅浮山人與葛篇

依依宜織江雨空，雨中六月蘭台風❶。
博羅老仙持出洞❷，千歲石床啼鬼工。
毒蛇濃吁❸洞堂濕，江魚不食含沙立。
欲剪湘中一尺天，吳娥莫道吳刀❹澀。

李賀的一位朋友，居住在廣東羅浮山，給詩人捎來了一匹葛布。這首詩就是讚美這種葛布的。

南方的葛布從古就有名。《詩經》已經提到它，稱為「絺綌」。廣東出產的葛布，在漢代就有記載，成為達官貴人饋贈的佳品。直到唐代，廣東出產的葛布也還是很有名。杜甫有一首《送段功曹歸廣州》詩就說：「交趾丹砂重，韶州白葛輕。」李賀這首詩更是極力讚賞廣東的葛布，使這種產品顯得加倍出色了。

此詩一共八句。前四句極力描寫葛布織工的精細，後四句表示在暑天裏他正急需這種布料裁製衣服。

❶蘭台風，宋玉《風賦》：「楚襄王遊於蘭台之宮。宋玉、景瑳侍。有風颯然而至。王乃披襟當之，曰：快哉，此風！寡人所與庶人共者耶？」

❷博羅，縣名。在廣東省東南。羅浮山跨博羅、增城二縣間。持，各本均作「時」，從元校本改。

❸毒蛇濃吁，今本多作「蛇毒濃凝」，此從宋本。

❹吳刀，吳地所出的剪刀。李白詩有「吳刀剪采縫舞衣」句，此刀也是指剪刀。

「依依宜織江雨空，雨中六月蘭台風」——「依依」是形容葛布的柔軟。「江雨空」是用雨的線條來形容葛布纖維的疏細。「宜織」是指巧手的紡織工藝。「蘭台風」用了一個典故。在這兩句裏，詩人先強調了葛布的疏而且細，想像在六月天裏穿上葛衣，迎着爽快的風，不僅非常涼快，也更能顯出葛布的柔軟。

「博羅老仙持出洞，千歲石床啼鬼工」——「博羅老仙」是用誇張筆墨比喻那位羅浮山人。是他從仙洞裏把葛布拿出來贈予詩人的。葛布的織工好極了，它不是靠一般織機織出來，而是在「千歲石床」上織成的。它費了洞中的鬼工多少工夫呵，難怪那些靈巧的鬼工看見葛布給人拿走，會傷心得哭泣起來了。

「毒蛇濃吁洞堂濕，江魚不食含沙立」——這兩句是着力描寫天氣炎熱。蛇本來是冷血動物，不該怕熱的。可是牠卻在直喘氣，噴出來的濃氣把洞穴都弄潮濕了。江魚是藏在水裏的，該也不怕熱了吧，如今連江水也熱得讓牠受不了。牠腦袋朝下躲到河底沙上去，避一避水中蒸騰的熱氣。於是看上去這些魚兒就像含着沙倒立起來一樣。

「欲剪湘中一尺天，吳娥莫道吳刀澀」——在這種悶熱的天氣裏，自然想着趕快穿上葛衣。「吳娘呵，你看這些葛布就像湘江的水反映着潔淨的天空一樣，多麼純淨，多麼白膩。我想把它裁下來一塊。你不要推說剪刀不夠鋒利吧，東吳正是出產好剪刀的地方呵！」

一匹葛布本來平常，要形容它也無非是纖細白淨罷了。可是到了李賀手裏，你看他有多少出人意外的構思，又是多麼奇麗炫目的形象。真是獨具一格，別開生面。初看的時候，這些千奇百怪的形象撲面而來，弄得人眼花繚亂，不知道詩人打算告訴我們一些什麼。但是只要耐心定神仔細研讀，我們便會發現他是運用了浪漫的構思，誇張的手法，色彩斑斕地潑出一幅氣勢生動、神采豐滿的圖畫來。而當我們細加分析之後，又會發現詩人字字都是緊扣題目，句句都有創作意圖，在章法上一起一結，一開一合，步步都有分寸。初看是難解的，如今就不難解了。初看好像很凌亂，如今反而覺得非如此不可了。這真是一種很高的藝術造詣，不由你不點頭佩服，由衷歎賞。

詩是最不能容忍平庸的。羅馬帝國初期詩人賀拉斯，和十七世紀法國詩評家布瓦羅都說過類似的話。布瓦羅甚至認為中等的和蹩腳的詩人是完全沒有差別的。我國許多詩評家也都告訴詩人要力避平熟。而平熟其實就是布瓦羅的所謂「中等」。有些詩，寫起來形式合格，內容也挑不出什麼毛病，可就是平庸得很，看上去沒有一點勁兒。你說它是「中等」，勉強可以；但說它是「蹩腳的」，又何嘗不更合乎實際呢！

讀了李賀的詩，是不由人不產生以上的感想的。

牡丹種曲

蓮枝未長秦蘅老❶，走馬馱金劚❷春草。
水灌香泥卻月盆❸，一夜綠房❹迎白曉。
美人醉語園中煙，晚花已散蝶又闌。
梁王老去羅衣在，拂袖風吹蜀國弦❺。
歸霞帔拖蜀帳昏❻，嫣❼紅落粉罷承恩。
檀郎謝女眠何處❽？樓台月明燕夜語。

牡丹為什麼會被人稱為富貴花？除了它那豔麗的形態以外，恐怕同唐代貴族富家偏愛牡丹也不無關係。

它原產於山西省，唐初移植到長安、洛陽。唐玄宗攜着貴妃，欣賞牡丹，還令李白進《清平調》三章。上有好者，下必甚焉。牡丹從此成了「花王」。中唐詩人柳渾曾寫道：「近來無奈牡丹何，數十千錢買一窠。」白居易也說：「一叢深色花，十戶中人賦。」那風氣也就可想而知。

❶秦蘅，舊註引宋玉《風賦》李善註：「秦，香草也；蘅，杜蘅也。」王琦認為「秦蘅至牡丹開時已老，不知是何花，絕非杜蘅。杜蘅雖是芳草，然其花殊不足觀，難與蓮枝、牡丹為伍。」暫以闕疑為是。

❷劚，掘取。

❸卻月盆，古代有卻月城，形如半月。卻月盆即半圓形的花盆。

❹綠房，指牡丹的蓓蕾。

❺蜀國弦，古代用蜀地的桐木做琴，李賀稱之為蜀弦。《蜀國弦》又是樂府曲名。

許多人都詠牡丹，李賀也詠牡丹。但李賀有他的想法，也寫出他自己的獨特風格。我們且看他怎樣通過種種形象來寫時人對牡丹的狂熱的。

「蓮枝未長秦蘅老，走馬馱金劚春草」——蓮花的莖還未長出來，秦蘅卻又衰老了。於是富貴人家用馬馱着金錢，到產地找名貴的牡丹去了。因為牡丹還沒開花，所以詩裏稱它為「春草」。但也含有貶抑的用意。

「水灌香泥卻月盆，一夜綠房迎白曉」——找回來以後，栽在半月形的花盆裏，又是淋水，又是上泥。保護十分周到。花苞逐漸長大了，一夜之間，燦然開放。它在曉色之中，迎人欲笑。

「美人醉語園中煙，晚花已散蝶又闌」——賞花的人都紛紛前來了。他們在花下飲酒作樂，喝得酩酊大醉。直到園中出現了黃昏的霧氣，那些臉泛桃花的女子還在胡言醉語。其實這時候牡丹花瓣已經鬆散，連蝴蝶都意興闌珊了。

「梁王老去羅衣在，拂袖風吹蜀國弦」——「梁王」，有人解為姓梁姓王兩個妓女，也有人解為貴種牡丹的名字。照我的看法，「梁王」是從上文「園中」牽連而來。漢代有個梁孝王，在今河南商丘縣附近建了一座大花園，取名兔園。後人管它叫「梁王苑」或「梁園」。李賀由此發揮他的浪漫主義構思，把這座花園說成是梁孝王的梁園，意思則是指唐代某一皇族的花園。這位皇族雖然死了（把死說是「老了」，現在民間口語裏還有），但那些穿羅衣的歌舞人還在。她們有人在跳舞，也有人在彈奏琴瑟。名

（接上頁註）

❻ 帔拖，帔是古代婦女披在肩背上的服飾。舊解「帔」或是「披」字之訛。但「帔拖」指為花瓣像帔一樣拖下來也可以。蜀帳，遮花的帳幕，用蜀布製成。參看白居易《牡丹芳》詩：「共愁日照芳難住，仍張帷幕垂陰涼。」

❼ 嫣，同蔫，指花瓣因失去水分而萎縮。

❽ 檀郎，唐代泛指青年男子。謝女，泛指青年女子。

目是欣賞牡丹，其實是找個藉口來盡情歡樂一下罷了（自然，句中的「羅衣」也可以比擬牡丹的花葉，像李商隱《牡丹》詩：「錦帷初捲衞夫人，繡被猶堆越鄂君。垂手亂翻雕玉佩，折腰爭舞郁金裙」就是類似的比擬）。

「歸霞帔拖蜀帳昏，嫣紅落粉罷承恩」——賞花人終於散盡了。像紅霞似的花瓣已經奄拉下來，遮蓋牡丹的帳幕顏色也漸漸昏暗。牡丹的鮮紅開始暗淡，顏色褪落，它再也不受貴人的恩寵了。

「檀郎謝女眠何處？樓台月明燕夜語」——那些貴族男女們如今睡在什麼地方呢？他們正在華麗的樓台之中，有如雕樑的燕子呢喃地唱着。外面則是明亮的月光。

這就是唐代富豪們一幅賞花圖。

他們不惜花了鉅資買來名貴的牡丹，不過僅僅供他們一天的欣賞罷了。這種窮奢極侈的揮霍，當然都是出自老百姓的血汗。但李賀沒有寫「一叢深色花，十戶中人賦」。他用他自己的描寫手法，他有他自己的風格。

李賀對於他那個社會的惡劣腐敗現象，是深有貶斥和諷刺的。可是他多數是不着議論，而是用形象的語言來表達，讓讀者自己去尋味。在這首詩裏，同樣是採用這種手法。

賈島

七七九～八四三

字浪仙，一作閬仙，范陽（今河北涿州）人。初落拓為僧，名無本，後還俗。官終普州司倉參軍。其詩喜寫荒涼枯寂之境，頗多寒苦之辭。以五律見長，注重詞句錘煉，刻苦求工。有《長江集》。

渡桑乾❶

客舍并州已十霜，
歸心日夜憶咸陽。
無端更渡桑乾水❷，
卻望并州是故鄉❸。

❶此詩一說是貞元間詩人劉皂的作品；但後人多數把它歸到賈島名下。

❷桑乾水，桑乾河，源出山西省朔縣東，下游為永定河。

❸卻望，回望。

并州（現今的太原）離開咸陽並不算太遠，太原再往北走幾百里，就是桑乾河。今天我們坐上火車可以朝發夕至。可是這位唐代詩人，旅居并州十年之久，日盼夜望，始終沒有機會回家裏一趟；反而一個意外，要走向那時稱為塞上的桑乾河北。這對詩人來說，真是一個很大的失望。黃昏日落，桑乾河水流得很急，詩人踏上渡船，在暮色蒼茫中，彷彿看見并州裹在重重的濃霧裏。這時，他突然強烈地懷念起并州來。這是他居住過十年的并州，一山一水，一草一木，他都非常熟識，彼此好像繫上了感情的帶子。如今這一切也都只好存在於幻想之中了。「并州，我的故鄉呵！」詩人禁不住失聲地喊了出來……

然而，隱藏在這麼一聲的後面的感情又是什麼呢？再也用不着說明，那是對於返回真正的故鄉——咸陽的真正的絕望❹！

宋代文學批評家，在談到詩的技巧的時候，把一種技巧叫做「影略法」。「影略」，又作「影掠」，即觀影而知實物之狀，譯得淺近些就是「不言而喻」的意思，有人引鄭谷的落葉詩：「返蟻難尋穴，歸禽易見窠」做例子，因為只寫出蟻難尋穴，禽易見窠，自然就使人知道樹上的葉子大半都掉下來了。寫《冷齋夜話》的惠洪和尚由此就認為賈島這首詩之所以好，原因在於使用這種「影略法」。其實，這是很表面的看法。賈島這首詩所以使人感到情意深沉，首先在於他對那種不由自主的被迫遠行的生活的無限感慨。「無端更渡桑乾水」，這裏面包含了不止賈島一個人的遭遇，也不是一個人

❹賈島是范陽人，久居京師。這裏的咸陽即指長安。

的感情，這裏面有着一定的時代背景（中唐時代軍閥專橫，政治黑暗已極，很多人流離失所，不得歸鄉）。但是，他不肯泛泛地寫浮在面上的、誰都能夠說得出來的一般感想，而是艱苦地探索下去，在發現了對歸鄉的真正絕望之後，在心頭千回百轉，結果才運用了一點技巧，把這種絕望之情寫了出來。如果單純運用技巧，顯然是不能這樣動人的。

「卻望并州是故鄉」這種構思，的確比之「更知無計返家鄉」的一覽無餘的構思，具有更大的感動人的力量。雖然歸根到底來說，兩者的含意是一樣的。這裏面很有值得我們探索的地方。從前有些文藝批評家認為「詩忌在直」，要把意思說得曲折些，也就更耐人尋味些。然而這種說法頗有流弊，有些詩人就因為要力求其「曲」，弄得內容非常隱晦，別人怎麼也弄不清楚他說什麼。可見問題並不在一「曲」字。我覺得「卻望并州是故鄉」這句話之所以顯得動人，其一，是作者把某一種思想感情加以形象化的結果。「歸鄉是更加不可能了」，這也是一句發自真正感情的話，然而我們覺得平淡，是因為它沒有形象，不能構成詩的意境；而「卻望并州是故鄉」則是一句形象性很強的語言，蘊藏着豐富的意境，使人「目擊而心存」。其次，又是我們的感情被引進一步、不能不更加關心作者的命運的結果。在讀這首詩開頭兩句的時候，我們便已產生了這樣的印象：并州是作客之地，雖近而疏遠，咸陽是詩人故鄉，雖遠而親近。這樣就好像在感情上樹立了兩個對立面，並且無形中要爭取這一方（咸陽）而排斥另一方（并州）；不料再讀下去，原先的一組矛盾竟發生了變化，新的要排斥的對象——桑乾河突然出現，原先要排斥的并州這時反而成為需要爭取的一方了。這樣，我們便覺得詩人在一個矛盾還沒有解決的時候，又陷入了新的矛盾之中，竟至於不能不把原要排斥的一方作為爭取的對象，我們就不由得不給予詩人以更大的關懷，從而讓我們的感情更深一步向前展開了。這首詩給予我們的感動，不是沒有來由的。

賈島是以「推敲」著名的苦吟詩人，做過和尚，後來結識了韓愈，才棄僧還俗。據說，他認識韓愈的時候，有一段故事。有一次他吟了兩句詩：「鳥宿池邊樹，僧推月下門。」作好以後，他覺得「推」字不算好，要改做「敲」字，可是又決斷不了，走在路上，還在苦思，並且下意識地做出推門和敲門的手勢。恰巧韓愈排開儀仗在街上走，他迷迷糊糊地衝進儀仗隊裏去，給抓住了。韓愈問起情由，代他決定用了「敲」字，並且引為詩友。這就是「推敲」這個典故的來由。事情的真假雖不可知，但是像這首詩，就不只是一個字的推敲問題了。他作詩之刻苦用功，是不難想見的。

憶江上吳處士

閩國❶揚帆去，蟾蜍虧復圓。
秋風吹渭水，落葉滿長安。
此地聚會夕，當時雷雨寒。
蘭橈殊未返❷，消息海雲端。

有關賈島的幾件傳說，書上記載頗為分歧。《新唐書》說賈島起初是個和尚，後來結識了韓愈，才勸他還俗。《唐遺史》卻說，賈島由於舉進士不第，才落髮為僧。《唐遺史》又說賈島因為思索「僧敲月下門」句，衝突了韓愈的儀仗隊。《唐摭言》卻另有說法：是他先得到「落葉滿長安」這句，苦思不得一聯，於是在大街上衝撞了京兆尹劉棲楚❸。還有他後來被貶為長江主簿的原因，《新唐書》、《唐摭言》和《唐遺史》的說法都各各不同。這些，只好讓考證家去判定真偽了。

這首詩的「秋風吹渭水，落葉滿長安」一聯，本來是賈島的名句。後來有不少人引用。像宋代周邦彥的《齊天樂》詞：「渭水西風，長安亂葉，空憶詩情宛轉」，元代

❶閩國，今福建省福州。《新唐書．地理志》：「福州長樂郡，本泉州建安郡治。武德六年別置。景雲二年曰閩州。開元十三年更州名，天寶元年更郡名。」

❷蘭橈，指船。即詩詞中常用的木蘭舟。殊，這裏作「猶」解。

❸賈島的《長江集》中有《寄劉棲楚》詩，可看出彼此是交情頗摯的。

白仁甫《梧桐雨》雜劇：「傷心故園，西風渭水，落日長安」就都是的。

可是論詩頗多精到見解的王夫之（船山），卻對這一聯痛加指摘。他談到「詩文俱有主賓。無主之賓，謂之烏合」時，就說：「若夫『秋風吹渭水，落葉滿長安』。於賈島何與？……皆烏合也。」竟認為這兩句是隨便湊上去的，與賈島的感情無關（見王夫之《夕堂永日緒論》）。王夫之也許是受了《唐摭言》的影響吧。因為它說是先得了「落葉滿長安」五字，因苦思一聯，衝撞劉棲楚，給關押了一天。然則事後才補足「秋風……」一句。這不明明白白是湊合的麼！然而我們通看整首詩，卻是整體如環相扣，首尾完密。「秋風……」一聯，承上啟下，對偶整齊，佈置得很好，絕不能說是「烏合」或「與賈島無關」的。

詩是憶念一位到閩州（在今福建）去的姓吳的朋友而作。

開頭說，朋友坐着船前去閩州，到如今月復一月，還沒有得到他的消息。「蟾蜍虧復圓」是說月亮盈了又虧，虧了又盈，不止一次了。

然後跟着說自己還住在長安。這時的長安已是秋風一片。秋風既吹着渭水，長安也滿城落葉，顯出一派蕭瑟的景象。

為什麼要提到渭水呢？因為渭水就在長安郊外，又是送客出發的地方。當日送朋友時，渭水還未有秋風；如今渭水吹着秋風，自然想起朋友一別已經幾個月了。

於是，詩人憶起和朋友在長安聚會的一段往事：「此地聚會夕，當時雷雨寒」——

他那回在長安和這位姓吳的朋友聚首談心，一直談到很晚。外面忽然下了大雨，雷電齊鳴，震耳炫目。雖然正在夏天，心裏也感到一陣寒意。時光真是過得飛快，大雷大雨的夏天轉眼就變成落葉滿長安的秋天了。

這中間四句，在感情上，既說出詩人在秋風中懷念朋友的淒冷心情，又憶念兩人往昔過從之好。在章法上，既向上挽住了「蟾蜍虧復圓」，又向下引出了「蘭橈殊未返」，結構是很嚴密的。其中「渭水」、「長安」兩句，是此日長安之秋，是此際詩人之情；又在地域上映襯出「閩國」離長安之遠（回應開頭），以及「海雲端」獲得消息之不易（暗藏結尾）。單就這簡略的分析，已可見「秋風……」一聯絕不是「烏合」的了。

再說「此地聚會夕，當時雷雨寒」，在藝術手法上稱為「逆挽」。也就是先敍述離別的事，再倒敍昔日相會之樂。這樣行文就有曲折，也不至於筆勢提不起來。

結尾是一片憶念想望之情。「蘭橈殊未返，消息海雲端」。由於朋友坐的船還不見回來，自己也無從知道他的消息，只好遙望天盡處的海雲，希望從那兒得到吳處士的一些消息了。

你看這八句詩把題目中的「憶」字反覆勾勒，何其厚重飽滿。有哪一句是「無主之賓」，又有哪一句可以貶之為「烏合」的湊合？

以前有些人頗喜摘句。標舉出來，作為欣賞、學習，自然不無好處。但也要防止產生毛病。像本詩的「秋風……」一聯，摘舉出來，也未為不壯（唐人張為的《詩人主客圖》就摘引這一聯。而方回在《瀛奎律髓》中則評云：「或問此詩何以謂之變體，豈『秋風吹渭水，落葉滿長安』為壯乎？」）。可是它到底表達了詩人的什麼思想感情，它和整首詩的關係如何，都看不出來了。

張籍

約七六七～約八三〇

字文昌，蘇州（今屬江蘇）人。貞元進士。其樂府詩多反映當時的社會矛盾和民生疾苦，也有描寫婦女的悲慘處境者，甚受白居易推崇。和王建齊名，世稱「張王」。有《張司業集》。

猛虎行

南山北山樹冥冥❶，猛虎白日繞村行。
向晚一身當道食，山中麋鹿盡無聲。
年年養子在空谷，雌雄上下不相逐❷。
谷中近窟有山村，長向村家取黄犢。
五陵年少❸不敢射，空來林下看行跡。

❶冥冥，一片陰暗。

❷雌雄上下不相逐，雌虎和雄虎在出入的時候都不跟隨在一起。意指分頭尋食。

❸五陵年少，西漢高祖、文帝等五座陵墓建在長安近郊，在這裏居住的都是一些從各地遷來的富豪們。他們的子弟往往以騎射為樂，並且裝扮成豪俠的樣子。這些人就叫做「五陵年少」（年少就是少年）。後來也有人把這個詞作為俠士的代稱。

這是一首諷寓詩，看它的題面是描寫老虎的兇猛，其實詩人的用意並不在描寫真的猛虎，而是借虎來比喻那些作威作福，殘害人民，連朝廷和地方官吏對他們也無可奈何的豪門貴族。

諷寓在詩歌中是常見的，但是詩人使用的手法也各有不同，有些詩人說得顯露些，使人一看就知道它是在諷刺什麼，反對什麼；但是有些就寫得隱晦一些，甚至繞幾個圈子，要人再三猜想才明白它說的是什麼。這當中自然有客觀原因，在封建統治底下，有些詩人對封建勢力的兇殘存有戒心，就不得不隱約其詞，曲折地寫出自己要說的話。雖然曲折，但是由於比喻的準確，它又是鮮明的，生動有力的；更由於它所諷刺的都是當前的社會現實，並且多數是人民切身感受到的生活的痛苦，因此在當時來說，也並不像我們現在看來那麼隱晦曲折，而是容易領會的。所以這一類諷刺詩，一般來說不會太多地減弱它的戰鬥意義。

張籍是中唐一位現實主義詩人，能夠面向現實，站在基層的立場，尖銳地揭露封建統治者的罪惡，寫出人民的苦難生活，為他們發出控訴。他的樂府詞如《野老歌》、《估客樂》、《朱鷺》、《促促詞》等，反映了在腐敗的封建王朝統治底下人民痛苦的深重，有着深刻的社會現實意義。

這一首《猛虎行》雖然不是提着名字來攻擊那些豪門貴族，但是矛頭所指，卻可以看得出正是在針對着他們這一群人。他們的確好像那些白晝也敢出來橫行的猛虎那樣，殘害人民，誰也奈何他不得。詩的開首兩句，寫出山深林密而虎猛。山深林密，說明猛虎有可靠的憑藉；「白日繞村行」，就不是一隻尋常的虎，而是異常兇猛的虎。這都是在暗射豪門貴族。

三、四兩句，進一步渲染虎的殘暴兇惡。「當道」二字，語帶雙關，因為古人把當權的統治者叫做「當道」，猛虎當道而食，說明它是明目張膽的，誰也不怕的。這種猛虎，也只有在人間才找得到。「麋鹿盡無聲」，又反襯出「猛虎」氣焰的囂張，被害者連一口氣也不敢喘出來。在封建統治的黑暗年代，人民喘息在統治者的高壓底下，吞聲飲恨，也和「麋鹿無聲」的情形有點相像。

「年年養子在空谷」以下四句，說明「猛虎」不只是一隻，而是一大群，牠們子孫繁衍，長時期地殘害人民。這就把「猛虎」的災禍的嚴重性，描寫得使人更加觸目驚心，更加不可忍耐。在行文上說，就是一步高於一步，一層深入一層，把所要表現的主題思想推到了巔峰狀態。描寫「猛虎」的禍害，到了這裏，已經淋漓盡致了，因此，詩人在末尾兩句就把筆一轉，轉到「五陵年少」身上去。「五陵年少」，指的就是所謂遊俠兒，是善於騎射，以豪俠自命的人，這裏卻暗指那些身負治國安民之責的朝廷大臣或地方官吏而言。「五陵年少」不是不知道「猛虎」的罪惡的，可是他們震於「猛虎」的氣焰，連碰也不敢碰牠一下，只是徒然在林子裏看一看這些大蟲們的腳跡，就垂頭斂手地走開了。這兩句，作者一方面是對於豪門貴族的兇橫，從旁再勾勒一筆；而另一方面，又對於官僚們的漠視人民痛苦、只顧保持祿位的昏庸怯懦行為，給予了尖銳的諷刺。

張籍是一個比較能夠睜開眼睛，探索現實世界的詩人，由於他同情人民疾苦，也就容易看出當時封建權貴的一些本質的東西。而他們這些本質的東西，也實在和吃人害物的猛虎有不少相似之處，因此詩人才借用「猛虎」為題，形象地把他們的醜惡面目揭露了出來，讓人民看到這些豪門貴族是一些什麼東西。

劉禹錫

七七二～八四二

字夢得，洛陽（今屬河南）人。貞元進士。其詩通俗清新，善用比興寄託手法。《竹枝詞》、《楊柳枝詞》和《插田歌》等組詩，富有民歌特色，為唐詩中別開生面之作。有《劉夢得文集》。

竹枝詞（錄二）

（一）

楊柳青青江水平，聞郎江上踏歌聲。
東邊日出西邊雨，道是無晴還有晴。

（二）

山桃紅花滿上頭，蜀江春水拍山流。
花紅易衰似郎意，水流無限似儂愁。

竹枝詞，據劉禹錫的自序說，他在建平做官的時候（建平，古郡名，故城在今四川巫山縣），看見當地的人唱着一種歌曲，是用笛子和鼓伴奏的，一邊唱一邊跳舞。誰唱得最多，誰就是優勝者。劉禹錫採用了他們的曲譜，製成新的竹枝詞。體裁和七絕一樣。本來這種民歌，在唐代早已流行。大曆年間登進士第的劉商，就寫過一首《秋夜聽嚴紳巴童唱竹枝歌》，其中說：「巴人遠從荊山客，回首荊山楚雲隔。思歸夜唱竹枝歌，庭槐落葉秋風多。曲中歷歷敍鄉土，鄉思綿綿楚詞古。」這首詩的寫作年代，比劉禹錫的《竹枝詞》還早。從詩中敍述看來，它是川東鄂西一帶的民歌，而且和古代楚國民歌頗有淵源關係。可惜後來這種唱法失傳了。只從《花間集》保存的幾首竹枝詞中，知道它的句法是上四下三的，上面四字作一頓，註上「竹枝」二字，下面三字作一頓，註上「女兒」二字。「竹枝」、「女兒」，大抵是在唱的時候的一種和聲吧。實際情形怎樣，就不知道了。

竹枝詞的唱法雖然失傳，可是後代文人仿作的仍然不少。這種仿作的竹枝詞，由於本來出自民間，所以始終沒有完全脫掉鄉土氣息。文人仿作竹枝詞，也大抵都是描寫鄉土景物、民間風習或地方特產之類，多少總帶上一點鄉土的色彩。因此，它的風格也和一般的舊體詩有所不同，例如多用白描手法，少用典故；文字通俗流暢，排斥堆砌，等等。風格接近於民歌，這是竹枝詞的特點。

這兩首竹枝詞，可以明顯地看出作者有意向當時的民歌學習。無論從它的內容、手法和藝術風格看，它都和民歌這麼接近，使人不禁猜測作者也許是直接從民歌取材的。因為那時的士大夫知識分子用民歌體來寫詩，還沒有達到這樣高的水平。

兩首詩都是女子的口吻。第一首很像是山邊田頭人們常常聽到的山歌。詩中的這個姑娘也許是在江上打魚，不然就是在河邊洗衣吧。在春風淡淡的日子裏，楊柳都吐出碧綠的長條，江水又是那麼平緩。她正在從事勞動的時候，忽然聽見一個青年人在引吭高歌，歌聲好像從江面飛渡過來，總是盤旋在她的身邊。雖然歌詞的內容不完全聽得清楚，卻又好像是為她而發似的。等她傾耳細聽的時候，歌聲又忽然給一陣江風吹斷了。然而不久，歌聲又響了起來，又在她耳邊盤繞着，趕也趕不掉……就這樣，這位姑娘的心情給逗引得忽起忽落，安靜不下。

這首詩正是巧妙地描寫了這一場情景。開頭一句只是就眼前的景物描繪，通常是沒有什麼深意的；第二句才是敍事，寫出了一位給歌聲逗引得心情起伏不定的姑娘。接下去就是兩句妙喻：「東邊日出西邊雨，道是無晴還有晴。」這兩句詩長期以來為人所喜愛和傳誦。因為它語帶相關地用「晴」來暗喻「情」，抓住的是眼前景物，暗射的又是此時此際人物的思想感情；而兩種不相關的事物通過諧聲統一在一起，如此貼切自然，又使人感到有意外的喜悅。這樣的諧聲借喻，早在南朝民歌中出現，它不是只能在紙上舞文弄墨的人所能想像，而是只有善於通過歌唱來抒情表意的勞動者才能夠有的巧思。

勞動者在詩歌中運用雙關語，都是含蓄而不晦澀的。用「蓮」喻「憐」，用「池」喻「遲」，用「晴」喻「情」……都是如此。正因為有含蓄的美，所以像這首詩裏的女子就不像那些戴着道學的假面具的大人先生那樣，繞了幾個圈子也還閃閃縮縮的半吞半吐，說不出半句心裏的話；但也不是赤裸裸地叫喊，使人覺得唐突。而是含蓄地用雙關的語言，巧妙地道出了自己這時候的心情。

至於在第二首詩裏的姑娘，也許正在嚐着失戀的痛苦，也許是丈夫已經變了心。唱出來的調子是低沉的。她正在體味着自己的苦痛。這一首運用的也是民歌常用的手法：先寫眼前的景物，然後再用它來作比喻，從而形象地寫出了本來沒有具體形象的內心感情。

「山桃紅花滿上頭，蜀江春水拍山流」，上一句寫滿山桃花的燦爛，下一句寫一江春水的浩渺。單從寫景來說，這兩句也是優美的；但是這位姑娘的心思並不在於欣賞這裏的美麗景色，她不過是眼看了這些景色，有所觸發罷了。觸發什麼呢？就是下面這兩個比喻：「花紅易衰似郎意，水流無限似儂愁。」桃花是易謝的，它正像那位郎君的愛情一樣；而流水是無盡的，正好比自己的無窮痛苦。讀了這兩句，誰能不為它的比喻的鮮明準確而感動！許多人都認為李煜的《虞美人》詞：「問君能有幾多愁，恰似一江春水向東流」，是罕有的名句，哪裏知道在這之前，已經先有了「水流無限似儂愁」這樣震人心弦的詩句呢！

因此，很可以這樣推測：在劉禹錫新創作的竹枝詞中，除了向民間竹枝詞學習之外，一定還會有取材加工的成分。這兩首詩似乎可以作為例證。

烏衣巷

朱雀橋邊野草花，
烏衣巷口夕陽斜。
舊時王謝堂前燕，
飛入尋常百姓家。

看中國畫的人，都會有這樣一種感覺，明明畫面上是一段素白，連淡得無可再淡的水墨也沒有渲染上去，而觀賞者的眼睛卻分明從素白的地方看出別的什麼來。比如，在山頂和山腳之間，橫攔一段素白，看來就是鎖着山腰的白雲；幾個孤獨的洲渚中間，一片素白，又分明是浩渺無際的江水；群峰頂上那片素白，也不是別的，而是觀賞者眼中的藍天。畫家們就是利用這種虛中見實，或虛實相生的技巧，讓觀賞者通過自己的聯想和想像，看出畫面上本來沒有而在生活上卻是實有的東西。這是不是文藝上的所謂含蓄？我看應該也是吧！在古人寫的詩歌裏，類似的例子是很多的。

拿這首《烏衣巷》為例，從表面看，詩人寫的是南京城內烏衣巷的一段景色。

在朱雀橋邊，綠茸茸的長了許多野草，在這一片草叢中，點綴着各色的花朵，開得很茂盛。巷內顯得荒涼冷靜，只有一抹斜陽，默默地灑在街道的一角。這時候，雙雙燕子不停地飛來掠去，啄到了飛蟲，就鑽到屋檐下牠們的泥屋子裏。假如說，這就是一幅畫面，那麼，實在很難說出它有怎麼深刻的思想內容。然而，詩歌到底和圖畫不完全相同。我們只要細細體味下去，特別是琢磨詩中的「舊時」兩字，聯繫「王謝堂前」、「尋常百姓」等字，再回頭尋味「野草花」、「夕陽斜」這些景物所包含的感情內容，那麼，我們就會發現，作者是故意留下一段空白，讓我們去自己體會。因此，這四句詩的主題思想並不太難理解，它正是對於豪門權貴的沒落的必然性，通過形象的語言來加以揭露，使人感性地知道，那些封建權貴的炙手可熱，無非是歷史上一瞬的現象，他們是絕不會長久的。你看！燕子還是舊時的燕子，可是王、謝的門庭已經變成一般百姓人家了（這裏需要知道一些歷史背景：烏衣巷是建康——今南京——的一條街巷；西晉政權由中原南渡後，建都建康，烏衣巷就成為王、謝等大族聚居的地方。他們都是所謂累代簪纓的貴族）。

也許這四句詩是表示了一種悼念之情吧？不是的。和《烏衣巷》同一組的《台城》詩，作者就說：「台城六代競豪華，結綺臨春事最奢❶。萬戶千門成野草，只緣一曲後庭花。」❷傾向性是明顯的。正因如此，這首《烏衣巷》對當時的封建統治者來說無異一盆冷水，只有給澆得渾身打戰，絕不會覺得它有絲毫溫暖。其實在作者看來，這

❶「結綺」、「臨春」，是陳後主（五八三至五八九年在位）在南京用作享樂的兩座建築物的名字，建築十分奢華。

❷此詩作者一說是張籍。

樣的筆墨已經是夠明白的了。當時的豪門權貴也絕不會不了解。正如詩人在另一首詩裏，僅僅用「種桃道士歸何處，前度劉郎今又來」兩句話，隱約而又尖利地對當時翻雲覆雨的政局（一批人排擠掉另一批人，他們自己不久又被人排擠掉）加以諷刺一樣，馬上就使「權近聞者，益薄其行」。可見這種含蓄的手法並沒有降低它的戰鬥作用❸。

這首詩雖然僅僅借用了現實生活中的小小一角——沒落的烏衣巷的景色，說得如此含蓄，然而不能否認，當人們讀了它，通過必要的聯想和補充，就會看出這生活中的小小一角，竟是封建社會的豪門貴族不可避免的沒落命運的現實反映，它已經遠遠超出單純對於晉代王、謝貴族的沒落的感慨了。

❸據《唐詩紀事》及《唐才子傳》，劉禹錫原是王叔文革新集團的主要人物。王叔文當政不久就失敗，劉禹錫也被貶為朗州司馬。元和十年，召回長安，他看到王叔文失敗以後，朝廷中另換了一批新貴人物，頗有感慨，便寫了一首《戲贈看花君子》：「紫陌紅塵拂面來，無人不道看花回。玄都觀裏桃千樹，盡是劉郎去後栽。」句中「桃千樹」暗指朝中新貴，很有點冷嘲的味道，因此又被貶去播州，改遷連州，又徙夔州。後來他再回洛陽任主客郎中，於是他又寫了一首《再遊玄都觀》：「百畝庭中半是苔，桃花落盡菜花開。種桃道士歸何處，前度劉郎今又來。」兩詩都是極尖刻的諷刺。

元稹

七七九～八三一

字微之，河南（今河南洛陽）人。曾任監察御史。與白居易友善，常相常和，世稱「元白」。為新樂府運動的主要作者之一。有《元氏長慶集》。

遣悲懷（錄一）

閑坐悲君亦自悲，百年都是幾多時？
鄧攸❶無子尋知命，潘岳❷悼亡猶費詞。
同穴窅❸冥何所望，他生緣會更難期。
惟將終夜長開眼，報答平生未展眉。

❶鄧攸，晉人，字伯道。曾在逃難中途拋棄了自己的兒子，保全了弟弟的骨肉。後來終於無後。

❷潘岳，晉人，字安仁。擅長寫哀挽文字。妻死，有悼亡詩三首，為世人所傳誦。

❸窅冥，深邃黑暗。

悼亡詩和愛情詩，在元稹的詩集中都佔了一些分量。他寫的那篇漂亮的散文《會真記》，把自己早年的戀愛事跡坦然暴白出來，還附了《會真詩三十韻》。在當時就引起許多人的注意。他的朋友杜牧曾寫了《題會真詩三十韻》，李紳又寫了《鶯鶯歌》❹。但正如魯迅先生在《中國小說史略》指出的，這位「元才子」，在《會真記》中「以張生自寓，述其親歷之境」，卻又「文過飾非」，公然宣揚荒謬的「女人禍水論」，認為像崔鶯鶯這樣的尤物，「不妖其身，必妖於人」。以此為他的「始亂終棄」進行辯解。這就引起後世許多讀者的厭惡和憤慨。

固然，唐代是門閥制度森嚴的社會，一個要向上爬的地位卑微者，往往要設法向高門聯婚，借這種裙帶關係達到獵取官祿的目的。元稹在向上爬的過程中，拋棄出身低微的崔鶯鶯（這是一個杜撰的名字），另外找到一個名門望族的女子韋叢，和她結了婚，從當時的社會風氣來說，並不是太奇怪的。然而他偏要吹噓自己如何「善於補過」，甚至斥被拋棄的對方為「妖孽」，那就太惡劣了。

以上算是一段開頭的話。

元稹的元配韋叢，字茂之（一作成之）。她的父親韋夏卿，官至太子少保。韋叢是他的幼女。德宗貞元十八年（八〇二年）嫁給元稹。那時元稹只有二十四歲，官職是秘書省校書郎。過了七年（憲宗元和四年，八〇九年），元稹授監察御史，韋叢就病死了，得年僅二十七歲❺。

❹李紳此詩被引用分插在《董解元西廂記》卷一至卷四文中，但不全。而《全唐詩》僅錄其開頭八句。實在很奇怪。

❺參見韓愈《昌黎先生集》卷廿四《監察御史元君妻京兆韋氏夫人墓誌銘》、《舊唐書．元稹傳》。

韋叢是一位賢淑的女性。元稹在《祭亡妻韋氏文》中說她：「逮歸於我，始知賤貧。食亦不飽，衣亦不溫。然而不悔於色，不戚於言。」能夠安於貧困生活，對丈夫也很能體貼：「他人以我為拙，夫人以我為尊。置生涯於濩落，夫人以我為適道。捐晝夜於朋宴，夫人以我為狎賢。」❻這段敍述，很可以作為「謝公最小偏憐女，自嫁黔婁百事乖。顧我無衣搜藎篋，泥他沽酒拔金釵」等句的註腳。

韋氏死後，元稹寫了不少悼亡詩，最有名的是三首《遣悲懷》。第一首是寫她能安於貧困的生活。第二首是寫她死後自己的傷懷。這裏選的是第三首。

這首詩的整個意思是從上面引下來的。

第一、二句是說，當閑下來的時候，自己就禁不住思量。不單為你的夭逝而悲傷，也為自己的遭遇而慨歎。像我這個失掉一位賢淑的妻子的人，就算活了一百歲，又算得上什麼？壽和夭反正不是一樣嗎？

韋氏生下五個孩子，僅僅養活了一個女兒。因此第三句「鄧攸無子尋知命」，就用了一個典故，說這是命裏注定的，也怨不得誰人。

第四句再用潘岳悼亡的舊事。意思說，我學着潘岳那樣，寫文章來悼念你，可是儘管寫了許多話，還不是白費的，無濟於事嗎？

「同穴……」句說，自古說夫妻生則同衾，死則同穴。如今你先我而逝，同衾已是成為過去，只剩下同穴了，可是在那黑暗的地下又有什麼值得嚮往的？

❻見元稹《元氏長慶集》卷六十。

「他生……」句說，至於說來世再結姻緣，更是虛無縹緲，難以期待了。

上面一連下了六句，都是沉痛至極的話，說明他們夫妻之間的恩情異常深厚。所以，結末兩句，就好像向他那已故的妻子盟誓似的：「惟將終夜長開眼，報答平生未展眉。」「終夜長開眼」，指的是鰥魚。因為古人說「老而無妻曰鰥」。而鰥又是一種魚的名字（李時珍在《本草綱目》裏說就是鰔魚）。魚一般是不合眼的，所以「鰥鰥」又是形容瞪着眼睛睡不着的神情。這句話是說，我今後只有像鰥魚那樣，一輩子不再結婚，來報答你的恩情了。「未展眉」，從未開展的眉頭，意說他的妻子從未有過快樂的日子。

如果單從詩來看，元稹對妻子的感情，可以說得上十分深摯，並且他還善於把這種感情用淺近流暢的藝術語言抒述出來。照理說，這些詩是能夠打動讀者的，假如讀者不去尋根究底的話。

可惜，正如他對於崔鶯鶯的愛情那樣，說他完全沒有真情實意，似乎過分武斷，說他的愛情真有那麼堅貞，卻更不是那麼一回事。近人陳寅恪在《元白詩箋證稿》中，就指出說：

「所謂常開眼者，自比鰥魚，即自誓終鰥之義。其後娶繼配裴淑，已違一時情感之語，亦可不論。惟韋氏亡後未久，裴氏未娶以前，已納妾安氏。……是韋氏亡後不過二年，微之已納妾矣。」❼

❼見陳寅恪《元白詩箋證稿》第四章。有人把「終夜長開眼」解為通宵不寐的痛苦煎熬。也可以說得通。讀者不妨兩存其說。

《遣悲懷》是哪一年寫的呢？我們從白居易《白氏長慶集》卷十四裏可以找到線索。這一卷有《聞微之江陵臥病……》詩，也有《見元九悼亡詩因以此寄》詩；更明顯的是那首《答謝家最小偏憐女》詩，分明指出是元稹這三首《遣悲懷》。白居易在詩題下還註明：「感元九悼亡詩因為代答三首。」詩裏都是借用韋叢的口氣。其中第三首有「閉我幽魂欲二年」的話，可見元稹寫《遣悲懷》是在韋叢死後兩年，亦即元和六年，那時元稹已被貶為江陵士曹參軍，也正是「納妾安氏」的時候。

「詩以言志」，一般說是反映自己的思想感情的，但有時未必就不會誇大。也許元稹在悲哀的時候，的確有過這樣一種想法，所以他才會這樣寫下來。然而一時情感衝動的話，是未必能夠經得起事實的考驗的。

白居易

七七二～八四六

字樂天，晚號香山居士。下邽（今陝西渭南北）人。貞元進士。新樂府運動的主要倡導人。早年所作諷諭詩，較廣泛尖銳地揭露了時政弊端和社會矛盾。晚年詩文多怡情悅性、流連光景之作。有《白氏長慶集》。

輕肥

意氣驕滿路，鞍馬光照塵。
借問何為者？人稱是內臣。
朱紱❶皆大夫，紫綬❷悉將軍。
誇赴軍中宴，走馬去如雲。
尊罍❸溢九醞，水陸羅八珍。
果擘洞庭橘，膾切天池鱗。
食飽心自若，酒酣氣益振❹。
是歲江南旱，衢州❺人食人！

❶朱紱，繫印用的紅色帶子。

❷紫綬，綬和紱是一樣東西，只是顏色不同。

❸尊罍，指古代裝酒的器具。

❹氣益振，神氣更加不可一世。振，唸平聲。

❺衢州，今浙江省衢縣。

唐代偉大的現實主義詩人白居易，住在長安時，把他耳聞目擊的社會現象，寫成了著名的《秦中吟》組詩。一共十首。在這一組詩裏，詩人大膽地揭露了當時社會中存在的貧富懸殊及其尖銳的矛盾，指出在人禍天災雙重夾攻下，社會基層面臨的無比苦難。如賦稅的額外徵斂，迫得「幼者形不蔽，老者體無溫」，天災之後，甚至發生了人吃人的慘事。而封建統治者則「繒帛如山積，絲絮似雲屯」、「廚有臭敗肉，庫有貫朽錢」、「尊罍溢九醞，水陸羅八珍」。大多數人在死亡線上掙扎，另一邊少數人卻過着荒淫無恥的生活。詩人面對這種使人悲憤的現實，不能不向封建權貴表示極大的憤懣，並發出強烈的抗議。《秦中吟》這組詩就是這樣寫下來的。

這首詩是《秦中吟》組詩之一，它是針對那些只知醉生夢死地享樂、把人民生命視如草芥的達官貴族（主要是當權的宦官）展開攻擊的（中唐以後的宦官，比歷代宦官都要不同。詳下）。詩中對於他們的糜爛發臭的生活，先加以形象性的描寫，然後在最後兩句裏，用「是歲江南旱，衢州人食人」作為反襯，對比強烈，思想鮮明，具有極強烈的藝術效果。這是白居易所常用的也是成功的一種手法。

中唐時代的長安，雖然經過「安史之亂」和吐蕃入侵，受到兩次嚴重的破壞，可是戰亂過後，統治者卻並沒有因此稍為振作些；相反，他們在剝奪和享樂方面，卻還要和前代的統治者比賽高下。在長安，舊的第宅庭園荒落了，新的又一批一批的出現；舊的玩樂已經厭膩了，新的玩樂花樣又代之而興。對基層的壓榨剝削，更是一天兇似一天，巧取豪奪的名目，年年月月層出不窮。因此，長安還是一個在無數人民脂血之上積累起來的表面上十分繁華的帝都。那個時候，宦官掌握了大權，連皇帝的威嚴也開始受到他們的干涉。因此帝都之內，比所有臣僚都更為烜赫的，就是這些所謂「內臣」（太監）。詩人一開頭提到的「意氣驕滿路，鞍馬光照塵」的傢伙，就正是這一批人物。

這批人物不僅掌握了政權，還掌握軍權。本來，宦官統兵，是從肅宗時代以魚朝恩監督神策軍開始。神策軍調駐長安，正式成為禁軍，長安軍權從此落在宦官之手。德宗時代對宦官更為重用，他們的頭子不但掌握了禁軍，還兼任樞密使，因此皇帝的統治權力，在軍事上也落在宦官手裏。詩中對這一情勢是正面點出的，不但指出他們「朱紱皆大夫」，並且還是「紫綬悉將軍」；他們既是宮中的權力者，和朝廷中的高官，又是軍隊裏的統領，所以他們又常常「誇赴軍中宴，走馬去如雲」。

正因為宦官在當時是這種人物，詩人的矛頭也就毫不猶豫地指向他們。詩的開頭八句，通過他們在大街上疾馳的氣勢，通過路人的一問一答，寫出了在群眾眼中他們的既可鄙又可恨的醜惡形象。詩人特意把宦官作為描寫的對象，在這裏是有時代的典型意義的，也是擊中要害的。

「尊罍溢九醞」以下六句，進一步具體地寫出這批人物的奢侈淫逸。他們杯中有最名貴的美酒（所謂九醞，漢代已經見於著錄。曹操有《上九醞酒法奏》，據他說是得自南陽人郭芝的秘傳），盤中有水上陸上各種珍饈，還有來自洞庭（指太湖中的洞庭山）的橘子，網自天池（即海）的魚。所有這些，都不知費盡多少人民的血汗。而這批權貴，在飽食以後，顯得那麼安閑自在，喝醉之餘，驕橫的神氣也更使人難耐了。在這裏，詩人句句鋪張豪華，但句句都是極端鄙視。我們彷彿可以看到詩人對他們的橫眉冷眼，感到詩人燃燒的滿腔怒火。

刻畫了這批人物的嘴臉以後，詩人就從另一角度告訴我們一個驚心動魄的事實：「是歲江南旱，衢州人食人！」原來老百姓已經到了這樣淒慘的地步，可是另一面那些權貴們卻半點也無動於衷，依舊過着如此荒淫無恥的生活！這是一種什麼樣的時代？詩人不禁要向千萬個讀了這首詩的人發出質詢，並且迫使讀者自己去尋求解答。

如前所述，當時宦官是掌握軍政大權的人物，氣焰囂張，不可一世。可是我們的詩人卻敢於正面加以攻擊。像這一首詩，簡直指着他們鼻子痛罵。它在當時權貴中引起的震動，無疑是很大的。後來詩人給他的朋友元稹的信中，也說到「聞《秦中吟》，則權貴豪近者相目而變色矣！」由此可見詩人的戰鬥性格是何等鮮明。

錢塘湖春行

孤山寺北賈亭西❶，水面初平雲腳低。
幾處早鶯爭暖樹，誰家新燕啄春泥。
亂花漸欲迷人眼，淺草才能沒馬蹄。
最愛湖東行不足，綠楊陰裏白沙堤。

題目是《錢塘湖春行》，要在詩裏點出錢塘湖（今杭州西湖），不難；要寫出春景，也不難；但要寫出是春行，卻不是輕而易舉的事情，很容易「春行」會變成「春景」——春是有了，行卻沒有了。

有人說，寫出春行有什麼困難，詩中不是分明有「最愛湖東行不足」的句子麼！

依我看不是那麼簡單。要真正寫出春行，不應該滿足於一般行動的敍述，而是要在情景交融的描寫中，把境界一步一步向前開拓，使讀者分明感覺到詩人正在一面走着，一面欣賞眼前景色。正如看宋代名畫《清明上河圖》，畫家並沒有站出來給你做嚮導，可是通過那巧妙的佈局，欣賞者卻分明服從畫家的指引，逐步地從城外走向城

❶ 孤山，在西湖後湖和外湖之間，風景秀麗。賈亭，唐代貞元年間，賈全做杭州刺史時在西湖建的亭子，不久即荒廢。見《唐語林》。

內，一一瀏覽了汴京的風物。詩要寫出春行，光依靠「行行重行行」、「一去二三里」的敍述方法，是遠遠不夠的。以本詩來說，是否寫出春行，不在於已經說到「最愛湖東行不足」，而在於有沒有創造出使人感覺得到的春行的境界。

詩的第一句點出錢塘湖，第二句點出春天。「水面初平」是湖水初與堤平，春水初生的景象。「雲腳低」也是春天乍晴乍雨常見的景色。這都不必細說。

下面四句就着重寫出「春行」所見了。

「幾處早鶯爭暖樹」——天氣暖和了，有幾處樹上都聽見了黃鶯清脆的歌聲。牠們唱得此起彼落，前呼後應，就像是為了多佔一些陽光而爭吵起來。「你們在吵鬧些什麼呀！」詩人的心頭和嘴角都浮起了笑意。

「誰家新燕啄春泥」——轉過眼來，雙雙燕子迎風飛掠，銜着泥草，忙着築巢。我們的詩人對牠們又發生了興趣：「你是定居在哪一家門庭的燕子呵！」忍不住停下腳步來，要看牠一個究竟了。

「亂花漸欲迷人眼」——愈往前走，花也愈多起來，樹上是花，地下也是花，這裏是一叢花，那邊又是一叢花，各種各樣的姿態、顏色、香味——這才叫做「亂」，這就連眼睛也給鬧得亂起來了。

「淺草才能沒馬蹄」——還有，地上那些綠茸茸的芳草，也同樣令人滿意，長得不長不短，就像鋪開了一張毯子。馬兒在上面走，剛好只能掩沒馬蹄。

這四句詩，初看起來，一是鶯鳴，二是燕飛，三是花繁，四是草淺：好像都不過是春天的景色。但是仔細尋味，每一句都包含着詩人的感受在內。合起來看，詩人一路之上賞心悅目的情景又如在目前。這就恰好是寫出了春行而不只是描畫春景。

讀者試把第三句的「幾處」兩字去掉，把第四句的「誰家」兩字去掉，看是不是就有所欠缺。我看刪掉這四個字，這兩句就變成了春景，不再是春行了。又試把第五句的「漸欲」兩字去掉，第六句的「才能」兩字去掉，看又是什麼樣子。我看同樣也傳達不出春行中那種賞心悅目的神情。再吟味一下：那麼，「幾處」是顧盼的神情，「誰家」是疑問的口氣，「漸欲」暗示了緩緩行進，「才能」寫出了心裏的掂量。不止有景，更是有情。可見它們都很重要。詩人苦心推敲的，有時正是這些帶關鍵性的字眼。

最後，詩人用詠歎來加以收束：最值得留戀的、觀賞不盡的是湖東的景色——也就是「綠楊陰裏白沙堤」一帶的景色。

八句詩，兩起兩收，中間四句鋪陳。結構緊密，章法整齊。

清人趙翼《甌北詩話》說：「（白居易詩）無不達之隱，無稍晦之詞，工夫又鍛煉至潔。看是平易，其實精純。我們細讀白居易的詩集，可知這並不是泛泛的恭維，拿這一首詩來說，就足以當得起這幾句評語（自然，白居易有些詩也是比較粗率的，這裏不能詳論）。它平易自然，並沒有晦澀的語句，流麗條暢，完全不見斧鑿的痕跡，但是，平易卻不流於粗淺，條暢也不陷於浮滑。而且愈是尋味下去，愈能發現作者在鍛煉字句上所下的工夫，只因為鍛煉得精純，所以才顯得毫不吃力，毫無做作。正如優秀的戲劇演員，處理難度很大的動作能夠雍容不迫，遊刃有餘，使人只感到美而忘了其中包含的難度。

白居易平時是「力學不知疲，讀書眼欲暗，秉筆手生胝」（《白氏長慶集·悲哉行》）。他寫詩也是「塗改甚多，竟有終篇不留一字者」（《隨園詩話》引周元公的話）。這和演員「台上一見，台下三年」的苦練，也沒有什麼不同。

許渾

生卒年不詳。字用晦，一作仲晦，潤州丹陽（今屬江蘇）人。大和進士，官虞部員外郎，睦、郢兩州刺史。其詩長於律體，多登高懷古之作。有《丁卯集》。

秋日赴闕❶題潼關驛樓

紅葉晚蕭蕭，長亭酒一瓢。
殘雲歸太華，疏雨過中條。
樹色隨關迥❷，河聲入海遙。
帝鄉❸明日到，猶自夢漁樵。

❶赴闕，前往京師。
❷迥，遙遠。
❸帝鄉，指京都長安。

潼關，橫在陝、豫兩省之間，是從洛陽進入長安必經的咽喉重鎮。不要說車水馬龍，就是歷代詩人路經此地寫下的詩，恐怕也很難計量。它不但形勢險要，那景色更是動人。直到清末，譚嗣同還寫下他那「河流大野猶嫌束，山入潼關不解平」的名句。那就可知它在詩人心目中的位置了。

許渾這首詩應該是早年的作品，因為他是從故鄉潤州丹陽（今江蘇丹陽縣）第一次到長安去的。潼關的形勢和景色，顯然深深吸引了他的注意，也引起他的詩興。

我們讀唐人的律詩，常覺滿眼都是寫景的句子。這些景句，當然有好也有不好，研究起來也夠複雜。有些，貌似雄壯而實是空泛；有些，看似奇峭而實則粗硬；有些卻是貌似尋常而實饒深意；也有些是看似平直而別具氣勢的。

許渾這首詩好處正在中間那四句。固然開頭就開得好，收結也優遊不迫，顯出身份。

開頭兩句之所以好，是作者先勾勒出一幅秋日行旅圖，把讀者引入一個秋濃似酒、旅況蕭森的境界。看它「紅葉晚蕭蕭，長亭酒一瓢」，便顯出客子在征途中的況味。上句用寫景帶出人物，下句用敍事透出旅況。用筆乾淨利落。然後，就放開手去大筆描繪四周的景色。

中間這四句顯然是潼關的典型風物。向南看，是主峰高達二千四百多米的西嶽華山，向北看，隔着黃河，又可見連綿蒼莽的中條山。寫這兩座山並不高明，高明處在拿「殘雲」再加「歸」字來點染華山，又拿「疏雨」再加「過」字來烘托中條山，太華和中條就不是死景而是活景，因為其中有動勢——在龐大的沉靜中顯出一抹好看的動態。

把眼睛略收回來，就又看見蒼蒼樹色，隨着關城一路遠去。關城之外便是黃河，它從北面奔湧而來，就在潼關外頭猛地轉一個身，徑向那舉世著名的三門峽沖去。咆哮的河水當然是流出渤海，可以想見，那河聲也一直隨着出海的。句中着一「遙」字，可見詩人站在高處遠望傾聽的神情。

一首律詩，連用四句景句，可以顯得臃腫雜亂，使人生厭；也可以安排得像巨鼇的四足，缺一不可。這要看作者的本領。上面這四句寫潼關，風景是活的，是不可移換的。

寫到這裏，忽然想起盛唐一位有名的詩人崔顥，他也來到潼關，寫了一首五律，題目叫《題潼關樓》：

客行逢雨霽，歇馬上津樓。
山勢雄三輔，關門扼九州。
川從峽路去，河繞華陰流。
向晚登臨處，風煙萬里愁。

這首詩的結構同許渾一樣。中間四句寫景，初看頗為雄壯，也實實在在是眼中景色。但是仔細尋味，就會覺得它雄壯得來沒有味道。為什麼呢？不妨給它推敲一下。

這四句詩，一句是說，山勢雄峙於三輔❹地區；一句說，關門控扼着九州之險；一句說，平川從峽路中伸展開去；一句說，黃河繞華山之北而流。只要仔細一琢磨，就不難發覺，這不過是作者在指劃山川地理，像老師給學生介紹潼關的四邊形勢。我們是在課堂上聽地理課，山河、關城、峽路，看來都有形狀，但卻是死板的，沒有血肉，沒有詩的形象。所以，它貌似雄壯而實在缺乏神采，不能引起我們產生詩意的感覺。

「帝鄉明日到，猶自夢漁樵。」一方面，切定自己還在潼關。照理說，離長安不過一天路程，作為入京的旅客，總該想着到長安後便要如何如何，滿頭滿腦盤繞「帝鄉」去打轉子了。可是許渾卻出人意外地說：「我仍然夢着故鄉的漁樵生活呢！」暗示了自己並非專為追求名利而來。這又是另一個方面。這樣結束，也是頗為自己佔身份的。

❹三輔，漢代在首都長安及其附近設三個行政區，其長官稱京兆尹、左馮翊、右扶風。其地合稱三輔。

徐凝

生卒年不詳。睦州（今浙江建德）人。穆宗時，曾至杭州謁白居易，白賞其《盧山瀑布》詩，首薦其入京應進士試。詩以七絕見長，風格簡樸，亦工書。有集不傳。

憶揚州

蕭娘臉下難勝淚，
桃葉眉頭易得愁。
天下三分明月夜，
二分無賴是揚州❶！

❶杜甫《奉陪鄭駙馬韋曲二首》：「韋曲花無賴，家家惱殺人。」本意是可愛，反說它無賴，無賴正是愛惜的反話。

揚州在唐代是個交通大站，又是商業集中的都市。它那繁華熱鬧，在東南算得上首屈一指。《唐闕史》記載說：「揚州勝地也。每重城向夕，倡樓之上，常有絳紗燈萬數，輝羅耀烈空中。九里三十步街中，珠翠填咽，邈若仙境。」寫得雖然簡略，那盛況已見一斑。沈括《夢溪筆談補》也說：「揚州在唐時最為富盛。舊城南北十五里一百一十步，東西七里十三步。可紀者有二十四橋。」揚州不僅白天是熱鬧的，晚上的景色尤其迷人：萬家燈火，爭輝並照，滿城絲竹歌舞，樂聲沸天。再趁上月明之夜，燈月交輝，遊人肩摩踵接，到處可以看到歌舞演出，在燈影月華的籠照下，表演者簡直就像翩翩仙子。這種情景，給人的印象太深刻了，唐時到過揚州的人，常常在事後還長久保持着美好的回憶。

詩人杜牧曾經留下一首動人的絕句：

> 青山隱隱水迢迢，秋盡江南草未凋。
> 二十四橋明月夜，玉人何處教吹簫？
>
> ——《寄揚州韓綽判官》

本來他早已離開揚州，但在寫詩寄給朋友的時候，首先要打聽的就是揚州那使人迷戀的景色。

張祜也有一首七絕是著名的：

十里長街市井連，月明橋上看神仙。
人生只合揚州死，禪智山光好墓田。

——《縱遊揚州》

寫了一筆揚州的熱鬧以後，筆鋒一轉，卻想到死在揚州是最愜意的，最好是在附近的禪智山上先買好一塊墓地。對揚州的讚美，也可以說得上是別開生面了。

徐凝的詩名趕不上杜牧和張祜，尤其是蘇東坡說他的「今古長疑白練飛，一條界破青山色」（《廬山瀑布》）是「惡詩」以後，他的詩名更加受到貶損。可是，我卻很喜歡他寫的《憶揚州》，從藝術技巧來說真有它的特點。

這首詩妙在用說反話的手法來反襯出揚州的可愛可念。

你看他第一句：「蕭娘臉下難勝淚」。蕭娘在唐人詩中，常指的是一般少女。詩人的原意本來是想說，揚州的女孩子們是夠逗人喜歡的，她們掛着笑臉兒，一派無憂無慮的樣子。可是他偏偏不這樣說，反而說她們的臉上是藏不住眼淚的。

第二句也同樣，本來他的意思是說，在桃葉——原是晉代王獻之的姬妾的名字，轉成了少女的代稱——的眉梢眼角上，看不出一絲兒愁悶的神氣。他不這樣說，偏又說她們很容易引來一天愁悶。這就正如把可愛說成是「可憎」，互相親愛的人說成是「冤家」，把深愛深憐說成是「惡憐」一樣，故意貶低它，其實是盡量抬高它。

這不見得不可理解。詩人在事後想念揚州，在他的記憶之中，最強烈的自然是揚州的美好事物。他不會盡情展開一幅女孩子們愁眉苦臉淚眼向人的影像，作為憶念揚州的主要內容。這是憑常識就可以知道的。其實，運用了這種反話的手法，詩裏的情味似乎顯得更為濃烈，打動人的力量也更加強烈了❷。

更出色的還在末後兩句。它還是使用了同一手法。

離開揚州已經多年了，如今是在另外一個地方生活。同是月明如水的深夜，然而四周是多麼冷落。月亮瞧着這位詩人，好像看見一位陌生之客；詩人呢，也覺得月亮根本不是從前在揚州的月亮，它凄凄楚楚，黯淡無光。這時候，他猛地回憶起在揚州那段熱鬧：揚州那一輪皓月，是伴着蕭娘、桃葉的一顰一笑出現的，是伴着揚州滿城的急管繁弦出現的；教吹簫的「玉人」和二十四橋上翩然起舞的藝人們，沐浴在雪白的光華底下，愈顯得是置身在瓊樓玉宇之中了。那時候的月亮呵，興高采烈，光芒四射，給揚州平添了萬千異彩。

「呵！揚州的明月，你真是太美了！想起了你，別的地方的月亮簡直是黯然無光。」

然而詩人卻不願意就照這個面貌來描寫。他寧可轉換一個方式：「天下三分明月

❷你可以說，那不過是指那些女孩子易哭易笑，容易動感情罷了。這麼說也未嘗不可以，但切不要死看了。

夜，二分無賴是揚州！」揚州呵！你是夠無賴的了，你竟把天下三分之二的月亮的光華都霸佔去了！

這真是使人為之震驚的構思！試想一下，自從天上出現了明月以來，誰曾拿她這樣地劃分過？又有誰曾這樣地拿她評判過呢？「三分天下有其二以服事殷」，這是《論語》裏的話，是吹捧周文王的。它並沒有半點詩意。而徐凝這個「三分之二」，不但是詩意的，而且是新奇的。連月的光亮也可以劃分成三塊，兩塊在揚州，一塊留給其他地方。這是多麼浪漫的構想，而又多麼切合詩人此時此地的思想感情。他給物象染上了濃濃的詩意，從而把要說的千言萬語凝練壓縮在一句話裏。

假如月亮是有感情的，她聽到詩人這樣的朗誦，也許會展開她那動人的笑靨吧！

杜牧

八〇三～八五三

字牧之，京兆萬年（今陝西西安）人。大和進士，官終中書舍人。詩文中多指陳諷諭時政之作。小詩寫景抒情，多清俊生動。其詩在晚唐成就頗高。有《樊川文集》。

江南春絕句

千里鶯啼綠映紅，
水村山郭酒旗風。
南朝四百八十寺，
多少樓台煙雨中！

這首絕句，按說不難理解，可是前人也曾發生過爭論。這裏先把這個爭論介紹一下，然後再談這首詩。「千里鶯啼綠映紅，水村山郭酒旗風」。這兩句本來好懂，可是明代文藝批評家楊慎就懷疑過。他在《升庵詩話》裏說：「千里鶯啼，誰人聽得？千里綠映紅，誰人見得？若作十里，則鶯啼綠紅之景，村郭、樓台、僧寺、酒旗，皆在其中矣。」這話說得實在沒有道理，因此清人何文煥在《歷代詩話考索》中就反駁他。何文煥說：「即作十里，亦未必盡聽得着看得見。題云《江南春》，江南方廣千里，千里之中鶯啼而綠映焉。水村山郭無處無酒旗，四百八十寺樓台多在煙雨中也。此詩之意，意既廣不得專指一處，故總而命曰江南春，詩家善立題者也。」何文煥這一駁是駁得對的；可是，他對於詩人的立題命意，仍然沒有真正了解。

為什麼說他沒有真正了解？因為這首詩並不是泛寫江南山水，何文煥還是把後面兩句看錯了。

這首詩如果按照舊的分類法，也許可以放入諷諭類。它和劉禹錫寫《烏衣巷》不同的是概括得更廣，意思也更含蓄一些。

詩一開頭，就從整個江南着筆。用簡練的手法，十四個字就把江南風景概括起來：千里江南，到處是鶯啼鳥語，到處是綠葉紅花，到處是水村山郭。在浩蕩的春風中，酒旗飄拂，一片明媚的景色，一片生活的歡樂。它不僅僅是寫眼中所見和耳內所聞，它其實是整個江南地區風物的濃縮的描寫。所以句中「千里」二字，是不能夠改動的；如果改成「十里」，那就不僅是境界大大縮小的問題，而且遠遠離開了作者的原意了。為什麼這樣說？讓我們再看下面兩句：

「南朝四百八十寺，多少樓台煙雨中！」把這兩句看做寫景，這正是楊升庵、何文煥粗心之處，因為這兩句目的在乎抒情而不在乎寫景。我們絕不可以死扣樓台煙雨的字面，認為詩人只是在讚美江南景色。

南朝幾代的統治集團，從皇帝到世家大族，大都迷信佛教。他們在江南大興寺宇，不僅數量空前，而且窮奢極侈（「四百八十寺」大抵是當時通行的說法；據梁朝郭祖深說：「都下佛寺，五百餘所」），浪費的人力物力，真不知有多少。儘管這樣求庇於佛，他們的政權卻都不能持久，轉眼之間，一個個覆滅得一乾二淨。如今，不但舊苑荒台，不堪入目，就連寺宇也徒然成為後人憑弔的陳跡了。所以，詩人才禁不住說出這樣的話：你們南朝費盡人力物力，建築了這麼多的佛殿經台，它們至今還剩下多少掩映於煙雨之中？而你們的朝廷又到哪裏去了？這句感歎的詢問，吐露了詩人對於一面向人民無窮榨取、一面瘋狂佞佛的封建統治者的冷嘲。

當然，這首詩也並非和詩人當時的社會現實沒有關係。唐代帝王和許多達官貴族，也不是佞佛便是信道，或佛道兼崇，害民虐政，並不比前代遜色多少。詩人在慨歎南朝覆亡之中，分明還有弦外之音，也許弔古之情還是次要的吧。

歷朝的封建統治都逃不了覆亡的命運，然而，千里鶯啼，紅綠相映，江山依舊健在。水村山郭，酒旗搖風，人民也依舊頑強地生活下去。詩題叫做《江南春絕句》，也很值得我們尋味。

泊秦淮

煙籠寒水月籠沙，
夜泊秦淮近酒家。
商女不知亡國恨，
隔江猶唱後庭花。

秦淮河，南京一條穿城而過的河道。據說開鑿於秦始皇時代。經過歷代詩人墨客的品題，它的名字早已無人不曉。大抵自東晉、南朝相繼建都建康（今南京）以來，秦淮就成為遊賞之地，酒樓畫舫，笙歌聒耳。貴族富豪們經常在這裏縱情聲色。所謂「南朝金粉」，其中就少不了秦淮的一份兒，唐代的情況自然也不會遜色很多的。

然而杜牧畢竟是個頭腦比較清醒的士大夫知識分子，和「那些鶯顛燕狂，關甚興亡」（《桃花扇》第一齣）的醉生夢死的小人物不同。他看到唐代封建統治王朝搖搖欲墜，看到封建統治者的腐朽昏庸；不同階層的尖銳矛盾和社會的動盪不安，更使他預感到前景的可慮。因而他來到表面上還是一片繁華的秦淮河上，不但沒有感到歡樂，反而引起滿胸愁緒。這首詩就是在這種心情底下寫出來的。

「煙籠寒水月籠沙」，乍一看只是寫景，其實只寫景，也同時寫出了詩人此際的思想感情。寫景和寫人同放在一句話裏，這是舊體詩中常見的技巧。有時表面上是寫景，實際上更主要是為了寫人。詩人下這七個字，用意正在映襯出詩人此時此際的心情。煙和寒水，月和沙，用兩個「籠」字連結起來，便形成滿眼蕭瑟冷寂的感覺。可見「籠」字下得十分講究，它正好恰切地映襯出詩人的滿懷淒感。其實當年的秦淮河，是不是這麼一片淒冷？我看不見得。它不是還有許多酒家，許多歌女在活動嗎？換上另外一個詩人，也許筆下還十分熱鬧呢！

第二句「夜泊秦淮近酒家」，一方面補足了第一句，另一方面引出了下二句。從次序來說，應該是「夜泊秦淮」才看出「煙籠寒水月籠沙」的景象，但由於首句要強烈突出，所以人物、時間、地點，在第二句才點明。這也是舊體詩常用的手法。但是第二句的任務僅僅如此，又不免浪費筆墨，因而詩人又要它多擔負一重責任，即為下面兩句開路。而這個責任就放在「近酒家」三個字上。由於近酒家，所以才聽到商女唱《後庭花》曲，下文就不會顯得突兀。可見雖然僅僅七個字，詩人在安排上仍然費了一番斟酌。

第三、四兩句是正式點出作意。不過詩人諷刺的對象並不是歌女。他在藝術技巧上，用的是影射法。是的，商女是在唱着亡國之音（《玉樹後庭花》是南朝最後一個亡國皇帝陳叔寶作的樂曲，他又和一班臣僚寫了歌詞，內容豔冶淫蕩，充滿了色情成分），可是這怎麼能怪商女呢？如果沒有喜歡這種淫蕩的曲子的醉生夢死的達官貴人，她們會自己唱出來嗎？更何況，商女不知道亡國恨還可以理解，那些達官貴人，身負天下安危之責，還是這樣醉生夢死，那就不可寬恕了。詩人的矛頭對準的正是這些欣賞着「死亡的舞蹈」的傢伙，憤慨是深廣的，不過表面上比較含蓄而已。

四句詩裏，我們可以看出詩人從悲到憤的思想感情的變化。起初，他吩咐把船停泊在僻靜的地方，獨自看着秦淮夜色，情緒是蒼涼悒鬱的，那是平日積累下來的對時局憂念的反映。然而，當他看着看着，耳邊忽然又飄來一派靡靡之音，使他想起陳叔寶那批亡國君臣，也聯想到眼前可悲的政局，於是再也忍不住那滿腔憤火了。「商女不知亡國恨，隔江猶唱後庭花」兩句，就像脫手而出的長矛，狠狠地擊在目標上。從起到結，充分顯出詩人感情的起伏變化。

杜牧自是中唐一位有名的詩人，但他自己是不甘心以詩人自居的。《新唐書》說他「剛直有奇節，不為齷齪小謹。敢論列天下事。指陳病利尤切至。少與李甘、李中敏、宋邧善，其通古今、善處成敗，甘等不及也。牧亦以疏直，時無右援者。從兄悰，更歷將相，而牧困躓不自振，頗怏怏不平」。他其實是個有志於改革朝政的人，對政治和軍事問題都有研究，曾註解《孫子十三篇》。但他的學問並沒有得到應用，心情悒鬱，有時就寄情酒色，寫出「十年一覺揚州夢，贏得青樓薄幸名」這類詩句來，看似頹廢，其實是憤激之辭罷了。他臨死時，「取所為文章焚之」。所以我們今天看到的，不過是它的殘餘。至於他在詩中透露的用世之意，興亡之感，若不是全面觀察他的為人，也許難免會錯會他的用意的。

赤壁❶

折戟沉沙鐵未銷，
自將磨洗認前朝❷。
東風不與周郎❸便，
銅雀春深鎖二喬❹。

宋人許彥周在所著詩話中對本詩有這樣的批評：「杜牧之作赤壁詩，意謂赤壁不能縱火，即為曹公奪二喬置之銅雀台上也。孫氏霸業繫此一戰。社稷存亡生靈塗炭都不問，只恐捉了二喬，可見措大❺不識好惡。」他這個「可見」，是從字面上了解這兩句詩而來。要評判他這個「可見」是否正確，非得弄清楚作者的真正用意不可。

有兩段話可以幫助我們思考：

「詩人之詞微以婉，不同論言直遂也（按，即不同於寫論文那樣平鋪直敘）。牧之之意正謂幸而成功，幾乎家國不保。彥周未免錯會。」（見何文煥《歷代詩話考索》）

紀昀也說：「大喬乃伯符之妻，仲謀之嫂；小喬乃公瑾妻也。宗社不亡，二人焉得

❶赤壁，三國時吳蜀聯軍大敗曹操軍隊的地方。其地說法不一。一般認為就在湖北的蒲圻縣。

❷前朝，前幾個朝代。指三國時代的吳國。

❸周郎，即吳國的大將周瑜。

❹銅雀，曹操在鄴城建築的銅雀台。二喬，即大喬和小喬。大喬是孫策的妻子，小喬是周瑜的妻子。

❺措大，即窮措大，對書生的貶稱，這裏是指杜牧。

被辱？全不識詩人措詞之法矣。」

駁得很好！對我們閱讀類似的詩詞都有所幫助。

這首詩的前二句，是虛構還是事實，很難確定。也許詩人真的在赤壁江中獲得一把斷戟，磨洗以後，認出是幾百年前的舊物，因而引起懷古幽情；也許詩人只是藉此作為發端，並非自己有這段事實。此事無關大體，可以不必硬做索隱。全詩精神所注，只在後面兩句：「東風不與周郎便，銅雀春深鎖二喬。」說明赤壁之戰，是三國之所以鼎足分立的關鍵，關係重大，非同小可。這自是一首帶有議論性質的抒情詩。然而作者並不是直接地去作史論，他是在作詩，運用的是形象思維，通過形象的典型意義來表達自己的看法。作者是在說，如果不是赤壁之戰擊退了數十萬曹兵，那麼，很明顯的，孫權的霸業就要落空，而三國鼎足之局也不會出現了。由於抒情詩不同於「論言直遂」，所以詩人才運用了「東風……銅雀……」這樣形象性的語言，而這是獲得藝術效果所需要的。如果僅僅按照字面上來解釋，就難免要像許彥周那樣，認為作者「只恐捉了二喬」，真是「措大不識好惡」了。

江東的孫氏政權不亡，二喬便不會受辱，而二喬受辱則正好說明了孫氏政權的滅亡。如同魯迅先生用「城頭變幻大王旗」形象地來概括軍閥勢力的忽分忽合、忽興忽滅一樣。在詩裏，「大王旗」是作為軍閥的特徵而出現的，而「鎖二喬」則是作為東吳政權覆亡的特徵而出現的。

只有這樣理解這兩句詩，我們才不至於誤認作者的一雙眼睛只是盯在二喬身上。

把詩和論文分別開來，不論是寫詩還是讀詩，都是很重要的。

韓愈有個朋友叫皇甫湜，韓愈曾笑他的詩是「皇甫作詩止睡昏」的。有一回，皇甫湜看到詩人元結寫的《大唐中興頌》（這是唐代一篇較有名的碑文，刻石在祁陽縣浯溪，顏真卿書），就寫了一首《題浯溪石詩》。詩的開頭是這樣的：

> 次山有文章，可惋只在碎。
> 然長於指敘，約潔有餘態。
> 心語適相應，出句多分外。
> 於諸作者間，拔戟成一隊。
> ……

我們不妨把它「還原」成為古文，那不過是這樣的幾句話：

> 次山能為文章，惜傷於碎耳。然長於指物敘事，約而潔，且有餘態。其心之所欲言者，其筆適能達之。出句亦多不落尋常蹊徑。於諸作者之中，可謂能拔戟自成一隊者矣。

可見這是道道地地的論文。儘管把它弄成每句五字，加上押韻，仍然不是詩，起碼不算是好詩。只能說是「押韻之文」罷了。

詩歌應該注意形象思維，運用比和興的手法，或比興兼用。賦體當然也可以，但還是要注意形象的運用。而皇甫湜這幾句，卻連比、興、賦都不是。固然，詩中可以插入議論，表示作者對某種事件的態度，可是純然只有議論，一點可以把握的形象都沒有，儘管用了詩的格式，還是不能算是真詩的。

難怪南宋嚴羽在《滄浪詩話》裏深有感慨地指出：「近代諸公，乃作奇特解會，遂以文字為詩，以才學為詩，以議論為詩。夫豈不工，終非古人之詩也。蓋於一唱三歎之音，有所歉焉。」

山行

遠上寒山石徑斜，
白雲生處有人家。
停車坐❶愛楓林晚，
霜葉紅於二月花。

一般說，這不過是一首吟山賦水的詩。詩人在山行的途中，到了一個地方。遠處的秋山可以看見一道盤旋屈曲的石徑向上伸展。山頂上，白雲掩映，變幻萬千，還隱約看得見幾家竹籬茅舍。近處，山路上有一大片楓樹，鮮紅的葉子像一簇簇花球似的吐出嬌豔的顏色。於是詩人把車子停了下來，流連不捨地欣賞着。

這不能算是太了不起的景色。可是，不知道詩人是不是別有感觸，這樣普通的山行絕句，卻以動人的、發人深思的七個字：「霜葉紅於二月花」，驚動了後世的讀者。

一首好詩，往往寓意深遠，蘊蓄着豐富的生活內容和思想內容，使人讀了以後，產生許多深沉的聯想或想像；有時候，這種聯想或想像往往還超出原作者的本來創作

❶坐，這裏的「坐」要作「因為」解，不作「坐着」解。

意圖之外。這好比詩人用他的勞動建造了一座花木掩映、亭榭參差、曲徑幽深的園林，人們愈走進去，就愈會發覺許多從外表上沒有看到的景致，就愈會發現裏面蘊藏着的豐富內容和它在安排佈置上的精細巧妙。還有，作者隨手點染的幾座石山，也許並不經意，而在遊覽的人看來，卻分明是自己所熟悉的某個名山勝景，從而獲得意外似的喜慰。所有這些，正是通過作者對生活的深刻的理解和思考，並把它加以高度的集中、凝練和概括的結果。不僅一首詩是這樣，有時就是一句詩，看來僅僅幾個字，由於概括得更精練，涵蘊得很豐富，也能夠產生同樣的效果。這裏的「霜葉紅於二月花」，就正是這種內涵豐富、發人深思的句子的一例。

本來，楓葉的顏色比紅花顯得更濃烈，是誰也感受得到的；它沒有在春天和群花爭豔，卻在秋天呈現芳姿，這也是人們熟知的事實。可是，過去就沒有詩人把這兩層意思聯繫起來，組成詩句。有的也只是像「一聲南雁已先紅」或「似燒非因火，如花不待春」之類的句子而已。然而，當一旦給予楓葉以花一般的氣質，並且讓它和春花比較起來，組成「霜葉紅於二月花」這樣的警句，楓葉的獨特性格和它被賦予了的感情內容就十倍地豐富起來。如同傳說中的古代煉丹術士一樣，拿水銀和另外一些礦物結合，就煉出了光華燦爛的黃金，使人驚奇於作者高明的構思和運用的手法。因為從這句話裏，我們不單看到楓葉在色彩上、性格上的特色（比花還紅，比春花還耐得住秋霜的磨煉），更由於這句話蘊蓄的豐富飽滿，還能使我們引起許多生活上的聯想。

詩歌中的警句一般都具有這種特色，正如幾塊怪石使人看來宛似巨峰插天一樣，我們常常會把這些警句單獨抽出來，拿它和社會生活現象相聯繫，從而形象地去說明某些社會生活現象。例如我們把毛澤東詩詞中的「紅旗漫捲西風」、「江山如此多嬌」、「風景這邊獨好」等名句運用到說明其他的生活事件上，使人們對於這些生活事件有着更為形象更加親切的理解。杜牧的「霜葉紅於二月花」，也有類似的作用。例如茅盾的一部小說，就正是借用了這句詩作為它的題名的（這部小說的題名只改了一個字：《霜葉紅似二月花》）。

研究唐詩的人大抵都會知道：杜牧筆下的秋天，和古代一般詩人筆下常見的秋天有點不同。杜牧極少悲秋、歎秋的作品；反之，他對秋天經常是喜愛、欣賞的。他的詩集中，下面的句子都可以看出這種特色：「川光初媚日，山色正矜秋」、「秋山暮雨閑吟處，倚遍江南寺寺樓」、「南山與秋色，氣勢兩相高」、「秋半吳天霽，清凝萬里光」、「溪光初透徹，秋色正清華」、「大暑去酷吏，清風來故人」……把秋天寫得這樣清曠明淨，這樣朗爽高華，在唐代詩人中還是不多見的。

這首《山行》寫秋景也一樣。雖然只是秋山中的一角，卻顯出一片生機活潑，完全沒有一般詩人筆下常見的蕭瑟飄零的感覺。這是一種健康的感情，它和大眾的樂觀向上的精神有着相通之處。它為人民所喜愛、傳誦不是偶然的。

李商隱

約八一三～約八五八

字義山，號玉谿生，懷州河內（今河南沁陽）人。開成進士。因受牛李黨爭影響，遭排擠而潦倒終身。擅長律、絕，富於文采，構思精密，情致婉曲，具有獨特風格。然有用典太多、意旨隱晦之病。有《李義山詩集》。

重過聖女祠

白石岩扉碧蘚滋，上清淪謫❶得歸遲。
一春夢雨常飄瓦，盡日靈風不滿旗。
萼綠華❷來無定所，杜蘭香❸去未移時。
玉郎會此通仙籍❹，憶向天階問紫芝❺。

❶上清淪謫，道家認為天上有太清、玉清、上清，是仙人居住的地方。淪謫是仙人因有過失而被貶人間。

❷萼綠華，仙女的名字。見《真誥》。

❸杜蘭香，仙女的名字。見《墉城仙錄》、《搜神記》。

❹玉郎，仙人名。見《雲笈七籤》。通仙籍，指入了仙人的名冊。

❺紫芝，傳說中植物名。道家認為吃了可以成仙。見《茅君內傳》。

李商隱是晚唐一位著名詩人。他的詩以工麗綺美見稱。他善於運用典故，組織語言，常常把纖微繁複的事象和意念，通過巧妙的剪裁典故、修飾語言而重現出來，構成意境迷離、色彩斑斕、寄意深微之美。其中的「無題」或類似無題的近體更能充分顯示這種特色。

但正因如此，他這一類型的詩歌，常常不容易得出確解。翻開他集子的第一首《錦瑟》，再看各家的箋註，竟使人有莫知所從之感。三百多年來，箋李詩的家數雖然不少，各申己見，異說紛紜，不能不是作者這種深曲隱晦的手法造成的結果。

我們自然尊重這些對李詩苦下工夫，企圖掃開迷霧，為讀者方便着想的人。例如清代的馮浩，近代的張采田，都曾付出很多的心血。他們都本着「知人論世」的宗旨，從考究李商隱的生平入手，寫成年譜，然後箋釋作品。路子當然是對的。

然而「知人論世」畢竟只是一種手段，這種手段運用得對頭，當然很好，如果運用不好，便會變成自造一個僵硬的套子，不僅對作品沒有好處，反而損害、摧殘了作品，並且還把讀者引到歧路上去。這卻是值得注意的。

「知人論世」也會成為套子？乍聽這話一定有人覺得奇怪。

李商隱的事跡，史書上本來留下不多。《舊唐書》裏不過五百多字，《新唐書》還更簡單。可是《舊唐書》裏有幾句話，卻成為後代一些箋註家的陷阱。這幾句話是：「令狐綯作相，商隱屢啟陳情，綯不之省。弘正鎮徐州，又從為掌書記。府罷入朝，復以文章干綯，乃補太學博士。」

就因為這幾句話，於是令狐綯的鬼魂就憑空出現，變成某些人在箋註李詩時的「不治之症」了。

就拿張采田的《玉谿生年譜會箋》來說吧。由於有了令狐綯這個鬼魂，他面對一部《李義山集》，整天疑神疑鬼，在不到六百首的李詩中，竟然以為八十多首是牽涉令狐綯的。十多年間，李商隱不是想令狐綯，便是怨令狐綯，不是向令狐求情，便是向令狐剖白。真不知李商隱到底負了令狐家多少債，非得這樣清償不可。這除了坐實李商隱的「放利偷合」，毫無人格之外，還能有什麼？然而他還振振有詞說這是「知人論世」。不知在考據詩人生平時已安上套子，離其真「知人」已遠了。

就因為有了令狐綯這個鬼魂，不僅「知人論世」出了問題，連解釋詩句也不按常規，而陷於自相矛盾。這首《重過聖女祠》僅僅是其中一例。

這首詩本來是不難解的。聖女祠，舊註上說是陝西武都秦岡山懸崖上一塊似女子的神像，俗稱聖女神。此說不可靠。有人認為聖女祠是暗指女道士居住的道觀，比較近理。由於詩人在道觀中有過一段遭遇，此次重來有所追憶，才寫下這首詩。

首句點出是「重過」。「碧蘚滋」是石門上長滿苔蘚，光景同前次大有不同了。次句歎息自己回來太遲，是因為「上清淪謫」，亦即受了客觀環境驅迫，留滯他鄉，未能迅速回來。因為在這兒有過一段遭遇，所以詩中把自己也仙化了。

三、四兩句正面渲染聖女祠。「夢雨」，據王若虛《滹南詩話》引蕭閑的話說：「蓋雨之至細若有若無者，謂之夢。田夫野老皆道之。」可知「夢雨」是唐、宋人口語。「一春……盡日……」這兩句，從景色上看是春雨春風籠罩着整座祠宇。探深一步，卻使人彷彿看到祠宇經常出現仙女的身影，她們在裏裏外外徘徊，伴隨着如煙似霧的細雨，以及輕微淡蕩的和風。雨，輕盈如在屋瓦上飄揚舞蹈；風，也僅僅能夠拂動檐頭的旗角。通過這些細緻的描寫，帶動我們從神話傳說中得到的聯想，很自然會感到這當中有着呼之欲出的人物的影像。不是別的影像，是仙女的綽約風姿和合乎她身份的行動。還有更巧妙的，既實在寫了聖女祠，又空靈寫了仙女，在虛實交錯中，暗暗點出詩人追憶之情，大有「人面桃花」之感。

萼綠華和杜蘭香都是仙女名字。這裏當然有李商隱遭遇過的人在。但是「來無定所」、「去未移時」，她們如今已經不在了。也許走了才不久吧？也許還會再來吧？迷離悵惘，是一片失望的神情。

最後，他想起那段往事：「玉郎」是李商隱自指，「通仙籍」，曾經和仙人打過交道。「那時候，我曾經站在天階向她們求取過芝草呢！」這當然是含蓄的說法。這兩句正好點出題目中的「重過」。

照說，這裏應該沒有什麼令狐綯在內。

可是，張采田卻立即拉過令狐綯來了：

> 此詩全以聖女自慨己之見擯於令狐也。首二句「上清淪謫」一篇之骨。「一春」句言夢想好合。「盡日」句則言終不滿意。「萼綠」二句言己方至京相見，匆匆聚合，又將遠去。結二句回想當日助之登第，正是經此祠之時，奈之何屢啟陳情而不省哉！

又說：

「來無定所」似指梓州府罷來京……徐州府罷，復選太常博士，所謂無定所也。「去不移時」者，似指參軍未幾，又赴徐幕；博士未幾，又赴梓幕。豈非不移時乎？

——《李義山詩辨正》

照這樣解釋，詩中的「聖女」是李商隱自己，杜蘭香、萼綠華也是李商隱自指，那也不妨；但「玉郎登仙籍」又說是「回想當日助之登第」，豈非「玉郎」又是李商隱了麼？在一首詩裏，忽然自比聖女，忽然自比玉郎，男女混淆，詩人豈有這種比喻手法？「通仙籍」自然可以比喻登進士第，然而憑什麼證據說「正是經此祠之時」呢？這又是無中生有。「夢雨」是濛濛細雨，怎麼能解成夢想和令狐綯好合？「盡日」是終日，「滿旗」是風吹滿一旗，怎麼會變成「終不滿意」？豈不是驚人的曲解！

還有，李商隱從徐州回長安，是大中五年。《舊唐書》說他「復以文章干（令狐）綯，乃補太學博士」，是令狐綯幫助他才不久，又怎會發生「屢啟陳情而不省」的歎息？張采田後來覺得這太說不過去，於是又把這首詩的寫作年月推遲到大中十年。但也沒法解決前面的矛盾。

還可以補充一句：在張氏的《會箋》、《辨正》中，這種忽而甲忽而乙的比喻，和對文字的曲解，並不是個別的。試細看《深宮》、《越燕》、《對雪》等詩，便可知道。

詩人創作一首詩，當然有他要創作的原由。他是處在什麼樣的環境，帶着什麼樣的感情，受到哪些外物的觸發，抱着什麼目的，讀者假如能夠弄清楚它，對於理解詩的涵義，它的情趣，比之沒弄清楚當然要好得多。這是沒有什麼疑問的。

然而，「知人論世」絕不能攻其一點，不及其餘；更不能借「知人論世」為名實行污蔑作者之實。

李商隱和令狐綯自然有一定的友情關係，這種友情後因派別之爭而破裂，也是實情。然而這畢竟是李商隱一生中的一種遭遇。他可以給令狐綯寫一些詩，表露自己的情意；但絕不能說，為了在朝廷上求得一官半職，他竟無恥到那種程度，不管白天黑夜，也不管在京離京；不管對月看花，也不管有題無題，都是為了向令狐綯求告乞哀而寫。果真如此，這些詩又有什麼價值？果真如此，李商隱還能不能算是一個詩人？

不踢開諸如「令狐綯」之類的鬼魂，要真正理解李商隱的詩，我以為是不可能的。

安定城樓

迢遞❶高城百尺樓，綠楊枝外盡汀洲❷。
賈生❸年少虛垂涕，王粲❹春來更遠遊。
永憶江湖歸白髮，欲回天地入扁舟。
不知腐鼠成滋味❺，猜意鵷雛竟未休！

據清人馮浩的考證，這首詩寫於文宗開成三年（八三八年）。那時李商隱二十六歲。他上一年才中了進士，便跑到涇原節度使王茂元幕下當一名幕僚，並且娶了王的女兒做妻子。由於李商隱從前追隨過令狐楚，考進士時又得到令狐綯的助力，那時「牛李黨爭」正烈（令狐是牛僧孺一派人，王茂元則接近李德裕一派），他這種舉動，大受牛黨的攻擊，因此這一年他入京應吏部考試（唐制：進士須經過吏部考試才能做官），就受到排斥，而不得不再返涇原。這首詩就是在這種情況下寫成的。

安定城（故城在今甘肅涇川縣北五里）是涇原節度使駐節地，當時是京師北邊一個重鎮。詩人登上城樓，徘徊四望。城樓是高峻的；城牆向左右兩方遠遠伸展，顯得

❶迢遞，高遠的樣子。

❷汀洲，指沙水相雜的小洲。

❸賈生，即西漢政治家賈誼，年青時就立志改革政治，曾為漢王朝從事一些革新措施，後受讒謗，貶為長沙王太傅，鬱鬱而死。

❹王粲，東漢末期文學家。曾在動亂中到荊州依靠劉表。《登樓賦》是他的名作。

❺此句直譯是：我不知道腐爛的老鼠竟也成為好滋味的食物。

很雄偉。楊柳樹的盡頭，就是一片浮現在水中的沙洲。這開頭兩句是題中應有的景物描寫，是點出自己在這裏登臨，沒有別的意思。

三、四兩句寫因登臨而勾引起來的心事。「賈生……」句，隱指自己這次應吏部考試失敗。漢代賈誼幾次向朝廷上書，對當時朝政之失，曾有「可為痛哭者一，可為流涕者二，可為長太息者六」的話，並且提出自己的建議；但是漢朝君臣沒有聽他。詩人引用這個典故，表示自己雖然像賈誼一樣憂念國家大局，可是沒有人理睬，這把眼淚算是白費了。「王粲……」句是說如今失意回到這裏，有如王粲的依附劉表，實在是很不得已的（王粲的《登樓賦》，有「雖信美而非吾土兮，曾何足以少留」的話）。

五、六兩句，承上文而來，是詩人表露自己的抱負。這兩句極為宋代政治家王安石所讚賞。意思是說，我並不是一個貪圖功名祿位的人，我早就感到像長安這種繁華熱鬧的地方，不是自己歡喜逗留的，到老年的時候，終於還是要徜徉江湖之間，過着隱居生活的（「永憶江湖歸白髮」）。但是，這種棹一葉扁舟遨遊山水的生活，卻必須等到自己幹下一番旋轉乾坤的事業，對國家人民有所貢獻以後（「欲回天地入扁舟」）。通過這兩句詩，我們看出詩人青年時代是雄心勃勃，立志遠大的；並且，他要做官，也不像那些熱衷祿位的人物那樣，而是實在想幹一番事業。

詩人在寫完了這兩句之後，自然不能不想起朝廷中排斥他、指責他的那些人。當時牛黨都罵他背恩棄義，認為他投到王茂元幕下，做了王的女婿，是要另找一條升官發財的捷徑。詩人對於這些指責是十分憤慨的。因此，他在最後兩句裏，便引用《莊子》一段寓言，尖刻地加以反擊。這段寓言大意說，惠子做了魏國丞相，莊子要去看他。有人就造謠說，莊子遠路跑來，是要奪取惠子的相位。惠子發慌了，就派士兵搜捕莊子，亂了三天三夜。莊子知道這件事，親自去見惠子，對他說，南方有一種鳥，叫鵷雛（就是鳳雛），牠從南海飛到北海，一路上吃的是竹實，喝的是甘泉，只揀梧桐樹才肯歇息。想不到有一次牠飛過貓頭鷹的頭上，貓頭鷹以為牠要搶奪自己嘴裏的死老鼠，就仰起頭來向牠發出「赫赫」的怒聲。如今你派人拘捕我，也以為我要搶你嘴裏的死老鼠嗎？詩人運用這個寓言，鍛煉成十四個字，好像在冷冷地說，這些貓頭鷹先生們，不知道我的遠大志願，以為我也像他們那樣，把死老鼠當做上等的好菜，要分享他們那一份呢！

這一首律句可以看出詩人當時矛盾複雜的心情。自己本來有幹一番事業的宏大抱負，但卻受到朝中某些人的排擠打擊，使自己只能依人籬下，過着幕客生活。更惱人的是朝中還有人懷疑自己的為人品德，對自己的志願一點也不能理解。想到這裏，詩人的憤慨已經到了極點，不能不用冷嘲來反擊了。

瑤池

瑤池阿母綺窗開，
黃竹歌聲動地哀。
八駿日行三萬里，
穆王何事不重來？

晚唐的幾個皇帝都妄想自己能夠長生不老，他們既找不到一個像神話中的魯陽似的武士，可以把戈一揮，叫太陽倒退回來，自然就只好向煉「金丹」的道士求救了。別的不說，就在李商隱生存的那四十多年裏，穆宗李恆就因為吃金丹送了命。文宗李昂時，民間傳說皇帝叫鄭注煉金丹，要拿小兒的心肝合藥，鬧得長安滿城風雨，人心惶惶。武宗李炎本來不信佛教，曾命令破毀天下佛寺，勒令僧尼還俗。但卻相信了道士的鬼話，也是吃「金丹」而「飛升」的。後繼者宣宗李忱仍然執迷不悟，要拜道士劉元靜為師，接受他的「三洞法籙」。及至李商隱死前一年，宣宗還恭請廣東羅浮山道士軒轅集入京，向他請教「長生妙術」。不久，也同樣吃了大量醫官、道士們弄來的「仙藥」，到地下「長生」去了。真是前仆後繼，堅決得很。

李商隱對於這批昏庸的封建統治者如醉如狂的自殺行為，是諷刺得異常尖銳的。他的詩集中的《華嶽下題西王母廟》詩，就冷冷地說：「莫恨名姬中夜沒，君王猶自不長生。」《漢宮》詩說：「王母西歸方朔去，更須重見李夫人？」在武宗的挽詞中也說：「莫驗昭華琯，虛傳甲帳神。海迷求藥使，雲隔獻桃人。」還有另外一些詩也隱約地發出類似的諷刺。這些都說明李商隱對他們吃丹煉藥、妄求長生的害民與無聊，表示了不滿與指責。這首《瑤池》，同樣也是如此。

我國古代有一段神話，載在《穆天子傳》、《拾遺記》等書，據說周穆王（約於公元前九四七至九二八年在位）曾經率領一隊人馬，從鎬京出發，向西遊歷，到了崑崙山上仙人西王母之邦，西王母宴穆王於瑤池，並且給他唱了一支歌：「道里悠遠，山川間之。將子無死，尚能復來。」穆王答她：「比及三年，將復（返）而野（你的國土）。」又說，穆王的部隊在路上碰上大風雪，有人凍死，穆王就寫了三首詩，其中有「我徂黃竹」的話，被稱為「黃竹之歌」。又說，穆王有八匹駿馬，名絕地、翻羽、奔宵、起影等等。李商隱這首詩根據的就是這一些典故。

表面看，詩是詠周穆王的事。通首是就西王母方面落筆。第一句意思說，自從周穆王回國以後，很久不見再來，西王母（漢代有人稱為玄都阿母）心裏惦念，她在瑤池掀起絲織的窗簾，向東遠望，希望穆王再一次到來。第二句是說，穆王盼不到，卻聽見穆王留傳下來的「黃竹之歌」，悲哀地振動着大地。三、四兩句，詩人假設了疑問之詞：穆王的「八駿」本來跑得很快，一天可以走三萬里，為什麼還不見他再來呢？在這裏，詩人巧妙地運用了神話傳說，從王母身上虛構出一段情節，表面看去，是寫周穆王和西王母，但其實是進行了諷刺。

自漢以來，西王母就被方士們吹噓為群仙之首，吃她的一枚桃子，也可以享壽三千歲。周穆王能夠到崑崙山會見她，當然是求仙者認為最可欣羨的。正因如此，詩人把她端出來就含有深意。他虛構了西王母憶念穆王的情節，那潛台詞好像在說，連西王母所憶念的穆王，也無法起死回生，重遊瑤池，徒留「黃竹」哀歌，供後人憑弔，何況你還及不上這個格，西王母根本就不曾憶念你呢！這幾句沒有說出口的話，冷峻得十分，也尖利得十分。

李賀的《官街鼓》詩云：「幾回天上葬神仙，漏聲相將無斷絕。」❶同樣是諷刺追求長生的妄人，寫得語氣顯露，而李商隱這一首卻比較隱蔽。雖然如此，它仍然反映了一個頭腦比較清醒的士大夫知識分子對朝廷昏庸、道士虛妄的不滿，在當時有着一定的現實意義。

❶句中「天上神仙」，指服食丹藥來求長生的皇帝。用一「葬」字加以冷諷。「漏聲相將無斷絕」，意說人不能長生，只有時間才是永恆的。

夢澤

夢澤悲風動白茅，
楚王葬盡滿城嬌❶。
未知歌舞能多少，
虛減宮廚為細腰。

這首詩的主旨在於下二句。它含蓄很深，引人聯想的寬度也很廣。有人以為這只是一首普通的懷古詩，不過使用了一點技巧罷了。技巧是什麼?「繁華易盡，從爭寵者一邊落筆，便不落弔古窠臼。」❷以為這首詩是寫的「繁華易盡」，當年佳麗，如今徒然落得「悲風動白茅」而已。

我們固然不能說作者毫無半點懷古的用意，可是卻必須看清楚:「夢澤悲風」、「楚嬌盡葬」，只是一種起興，是從古事引起作者對現實生活的感慨，其目的並不在於懷古。

作者路經夢澤（今湖南省北部與湖北省南部廣大湖沼地帶，包括長江以南的洞庭

❶ 滿城嬌，滿城的宮女。

❷ 清人紀昀的評語。

湖與江北的諸湖泊，古稱雲夢。一說江北的稱為雲澤，江南的稱為夢澤），看到有許多楚國宮女的舊墓，風起處，白茅蕭蕭，滿眼淒惻，因此頗有感觸。由此想到「楚王好細腰，宮中多餓死」這段傳說❸。作者是這樣引出想像的：也許，這些舊墓裏的葬身者，有不少正是為了求取「細腰」的丰姿，因而犧牲了自己的生命的宮女吧！從這個想像再引導開去，於是作者又進一步展開他的浮想：她們為了獲得楚王的寵愛，竟連生命也不顧惜！然而，當她們緊束腰圍、拚命節食的時候，也曾想到自己能有多少機會在楚王跟前歌舞獻媚嗎？

這種深沉的感慨，不能說只是在於惋惜當時楚國宮女的不智，而是頗像一位哲學家用一個小故事來闡述大道理那樣，使人透過具體事情的表面，去探索它裏面包含的理趣。比如說，通過楚國宮女的這種可憐也頗可笑的行動，不是可以聯想到那些為了追求個人名利，不惜喪失生平操守，而又終於身敗名裂的人來麼？不是還可以聯想到那些為了邀歡爭寵，而使自己做出種種愚蠢的事情的人來麼？人們還可以從各種不同的角度，結合現實生活去尋味它。例如，清人屈復在《玉谿生詩意》裏便說：「制藝取士，何以異此，可歎！」封建王朝開科取士，嚴格規定必須寫八股文，寫試帖詩，豈不也如同楚王好細腰那樣，是一種人為的「怪癖」。可是千千萬萬士子又偏偏「皓首窮經」，有如楚宮中的宮女！

作者寫下這兩句的時候，不知道是諷刺別人還是嘲笑自己，也許兩種用意都有。

❸《後漢書．馬援傳》附馬廖：「楚王好細腰，宮中多餓死。」註：「墨子曰：楚靈王好細腰，而國多餓人也。」

嘲笑的事情是什麼?我們也很難弄得清楚。不過，它總不能不是當時某種生活現象的概括，而且主要不在於懷古，卻可以斷言。李商隱考過科舉，並未得官；和封建權貴令狐綯等人打過交道，落得的是冷淡和打擊；長期過着幕僚生活，也盡有許多使他感慨的地方。凡此種種，印證此詩，說是自嘲可以，說是嘲人也可以，反正不是無病呻吟。

文藝作品不排斥理趣；在某種情形底下，甚至還需要帶些理趣。問題是不能夠寫成哲理的韻文。這首詩，在這方面也許對我們有所啟發。

嫦娥

雲母屏風燭影深，
長河漸落曉星沉。
嫦娥應悔偷靈藥，
碧海青天夜夜心。

李商隱的詩，往往運用典故或使用象徵手法，曲折地表達自己內心的感情，給人以一種迷離恍惚的感覺，因而也就引起後人的種種猜測。有時一首詩可以產生幾種不同的解釋，而且各執一是，很難得出定論。這一首《嫦娥》，用典不算艱僻，意思也不難尋索，但是對於這首詩的主題——到底它是抒發什麼感情的？卻仍然引起不少爭論。單是清代以來，就有幾種說法。何焯認為是「自比有才反致流落不遇」，是詩人自悲身世的詩。馮浩（《玉谿生詩箋註》的箋註者）又認為用意是在嘲諷那些思凡的女道士。近年也有人認為這是一首描寫「相思一夜不寐」的詩（北大中文系學生編著《中國文學史》）。總纂《四庫全書》的紀昀（曉嵐）的說法和這相近，不過他卻認為是一首悼亡之作。照我個人的意見，詩中思憶之意是顯然的，何、馮二氏的說法，我還未敢同意。

詩的第一句，交代了人物及其背景：「雲母屏風燭影深」，說明詩中的主人公獨對殘燭，已經坐了整整一夜。破曙之前，月亮已經落下去，天色顯得更加昏暗，因而照在雲母屏風上的影子，也就更加黝黑了。第二句是進一步點明時間：銀河已經斜到天底，啟明星（金星）正閃耀在東方的低空，正是破曉前的一刻。第三、四兩句，是這位失眠竟夕的詩人這時突然湧出心頭的感觸：嫦娥也許後悔不該偷了仙藥，飛到月宮裏去吧！如今只落得剩下孤單一人，夜夜橫過青天，望着碧海，這種寂寞的心情該怎麼打發呵！

詩是寫得比較曲折的，但是並不隱晦。由於巧妙地運用了藝術技巧，使得詩人在表達他悵惘悲涼的情緒的時候，完全不着刻畫的痕跡。他只是淡淡的寫了屏風，寫了燭影，也寫了窗外的曙色。清代詩人黃仲則有兩句詩：「如此星辰非昨夜，為誰風露立中宵？」描寫的是類似的心情，恐怕還是從李商隱這裏脫胎而來的。不過黃詩明白地點明了「我」，而李詩卻更為含蓄。人們透過「雲母屏風燭影深」句，依稀可以想像室內這位沉浸在思憶中的人，寂寞地與燭相對，乃至忘記了時間的逝去。句中着一「深」字，正是點出他獨坐之久和思憶之深；不單是寫燭影，寫環境，更主要的是寫特定環境中人物的思想感情。而「長河漸落曉星沉」句，也不僅在於寫窗外景色，而是寫人物一夜不眠以後突然在眼中出現的景色變化：原來，又已經過了一個不眠的晚上了！這樣來寫思憶，詩人下的分量是很重的，只是草草讀過就不大覺得罷了。

從「對面」寫來，是這首詩後兩句所用的技巧。詩人是在憶念他的亡妻（或棄他而去的戀人），拿嫦娥作為比喻。然而並沒有說自己如何思憶，反而深入到對方的感情深處，代對方去設想：「你終於走了，然而我想你並不是一點沒有牽念的，你也許像我一樣長久地感到寂寞孤單吧！」替對方這樣設想，而自己思憶之情，也就不言可知了。杜甫的「今夜鄜州月，閨中只獨看」，也是從「對面」寫來，更顯得感情深厚。紀昀說它（指這首《嫦娥》）「十分蘊藉」，正是這個意思。這也可以看出李商隱詩的藝術技巧的一斑。

溫庭筠

?～八六六

原名岐，字飛卿，太原（今屬山西）人，寄家江東。每入試，押官韻，八叉手而成八韻，時號「溫八叉」。仕途不得意，官止國子助教。詩辭藻華麗，多寫個人遭遇，於時政亦有所反映。後人輯有《溫庭筠詩集》。

商山早行

晨起動征鐸❶，客行悲故鄉❷。
雞聲茅店月，人跡板橋霜。
槲葉落山路，枳花明驛牆。
因思杜陵夢，鳧雁滿回塘。

❶征鐸，可以解釋為拉車的牛脖子上繫着的鈴鐺。但也有人釋為驛站裏催人起行的鈴聲。

❷句意說：遠行的人想起故鄉就覺得難過。

「雞聲茅店月，人跡板橋霜」，這是向來傳誦人口的名句。從前離鄉遠出的人，早起趕路，想起這兩句詩，都會有異常親切的感受。

作者是善於體察事物的。我們試拿這十個字拆開來看：雞聲、茅店、月，是三件事；人跡、板橋、霜，也是三件事。用字僅僅十個，可是，它包含了節令、時間、地點、景物，還暗藏了詩人自己和另外一些早行的人在內。我們從「霜」字看出是秋天，從「雞聲」和「月」看出是早晨，從「茅店」、「板橋」看出是村鎮，從「人跡」又可以想見路上已有早行的人：單從用字的精簡來說，就已經很值得我們注意。

像上面這樣逐字拆開來談，自然不一定妥當。一句詩就是一句詩，拆得七零八落，未必看得出詩人的本意，所以還應該整句來讀。

不難看出，這兩句詩在刻畫「早行」的情景上，很有獨到之處。「雞聲茅店月」，的確是五更時分旅客聞雞而起的那種特有氣氛。「人跡板橋霜」，又實在寫出了凌晨上路時（特別是在秋天）一種蕭瑟淒冷的感受。合起來看，一幅中世紀的早行圖顯得異常生動逼真。這和作者善於捕捉眼前景物並且善於組織安排的藝術才能是分不開的。因為十個字雖然包括六件事物，卻並非簡單隨意的平列。作者的本領是能夠從眼前事物中看出哪些是值得捕捉的，哪些是必須摒棄的；還看出它們彼此之間的關係，然後加以選擇，加以合乎規律的配置，使之顯示出典型意義。「雞聲」要配「茅店」與「月」，「板橋」要配「人跡」與「霜」，並不是作者任意的堆砌，而是在發現了事物之間彼此的聯繫關係以後，通過作者有意的選擇配置，突出其意義，才構成一個完整的帶有典型意義的環境。能否改成「雞聲板橋月，人跡茅店霜」呢？顯然不能。即令改成「蟲聲茅店月，犬跡板橋霜」，並非不通，也仍然不是「早行」的典型環境。為什麼？因為「蟲聲」便與旅客的聞雞上路無關；「犬跡」

和早行的旅客也構不成有機的聯繫。看來一字之差，意境卻相距很遠。不要以為隨手把眼前事物牽扯過來，湊成兩句，就算是寫出了眼前環境，更不用說典型環境了。從前有個笑話，有人看見池裏一隻青蛙翻着白肚子，又看見一條蚯蚓死在地上，於是吟詩說：「蛙翻白出闊，蚓死紫之長。」他自己費了很多口舌，別人才勉強懂得他說了些什麼，可是仍然覺得不是詩。別人所以不懂他說些什麼，因為這十個字相互之間實在看不出是什麼關係，別人看了也構不成一個完整的印象。有些詩，看起來蹩腳而又難懂，別的原因不說，起碼有一點就是這種關係弄不清楚。

這也使人想起了古典詩詞中的「回文」。回文不論順讀倒讀，都通順，也都能協韻律。好的回文，絕對沒有晦澀難解的毛病。試舉一個例子：

潮回暗浪雪山傾，遠浦漁舟釣月明。
橋對寺門松徑小，檻當泉眼石波清。
迢迢綠樹江天曉，靄靄紅霞海日晴。
遙望四邊雲接水，碧峰千點數鷗輕。

——徐夤《闕題》

這首詩通過景物的描寫，表達了詩人陶醉於眼前風物的心情，也給予欣賞者以美的享受。使人更佩服的是，詩人熟練地運用了回文的體裁，順讀是一首詩，倒過來讀（從「輕鷗數點千峰碧」讀起）還是一首詩。驅遣文字的技巧達到了異常成功的地步。我們雖然不必學着寫回文詩，然而這種精心錘煉，務求無懈可擊，乃至回環誦讀都不失其為佳句的鍛煉工夫，不是很值得我們學習麼！作者如果不懂得如何選擇，如何配置，那麼，面對眼前紛紜的各種事物，不僅寫不出回文，連一句通順的、構成一個簡單的印象的句子也會寫不出來。沒有對事物作深入的觀察、分析、研究，沒有藝術加工的本領很難談到寫詩，更說不上要寫出能感動人的詩。

「雞聲」兩句自然不是全為寫景，它也隱約帶出作者在旅途中的寂寞淒冷的心情。

五、六兩句寫的也是路途上的景色——秋天景色。一句是山路上紛紛落下槲葉，一句是驛站牆邊開着繁茂的枳花，上一句是走在路上看見的，下一句是停在驛站看見的。兩句合起來，顯示出從剛才天還沒亮走到如今天色大明了，因此眼前的景物也起了變化。

因為旅途景色如此蕭索，作者在結末兩句，就回念杜陵（作者是并州人，但久居長安。杜陵在長安郊外），即在客店中夢到長安那一瞬。「鳧雁滿回塘」，是說那裏景色很美，比之客途中的雞聲、茅店、槲葉、枳花，完全兩樣。

唐代文人往往對長安有名利上和生活享受上的留戀，這首詩也反映出作者這種思想。

瑤瑟怨

冰簟銀床夢不成，
碧天如水夜雲輕。
雁聲遠過瀟湘去，
十二樓中月自明。

聲音可以化為形象，在詩人的筆下出現。我們在韓愈的《聽穎師彈琴》詩中已經領略過了。把不可見的聲音轉換成似乎可見的景物，固然不過是詩人的主觀構想，但由於它有一定的根據——樂聲給予詩人以形象性的刺激，使他產生各種不同的感受，再用文字再現出來，也讓讀者產生同感。像李頎的「空山百鳥散還合，萬里浮雲陰且晴。嘶酸雛雁失群夜，斷絕胡兒戀母聲」。又像白居易的「大珠小珠落玉盤。間關鶯語花底滑，幽咽流泉水下灘」。一種是琴，一種是胡笳，一種是琵琶，不同樂器樂曲呈現不同的形象，姿采各異，實在令人為之神往。

上面引的都是古體詩，題目早已點明，對我們理解形象化了的樂聲，不至於太困難。但假如它是放到近體詩裏的，題目又隱晦，那又是另一回事了。

晚唐詩人溫庭筠這首《瑤瑟怨》，你能說它隱藏了形象化的樂聲嗎？

詩的主題是描寫獨居閨中的少女心情的淒怨寂寞。它是一首比較著名的小詩，曾入選過許多唐詩選本。

第一句就寫那位女郎在夜裏睡不着。「冰簟」、「銀床」（清涼的竹蓆和銀飾的床）看去好像裝飾華美，在這位女主人看來，卻正是冷冰冰的，涼颼颼的。她是處在孤獨的環境裏。

第二句，時間是在深夜。天上明淨而清澈，景物都像浴在水裏。偶然有幾縷白雲飄過，宛似一層輕飄飄的薄紗。然而實在是襯托出室中人心頭的寂寞。

第三句，乍一看，好像也還是寫景，是從上句生發出來的。在碧天如水的清夜，飛過一群秋雁，鳴聲悠遠。這不是很自然的描寫嗎？可是，且慢！假如你是這樣認為的，那麼，這樣的四句詩，題目又叫《瑤瑟怨》，憑你找去，有半點瑤瑟的影子嗎？自然沒有。既然沒有，題目同內容就對不上號，難道作者就這樣粗心糊塗，把秋夜硬套在瑤瑟上面去了？

原來，這一句其實不是寫景，是那位女郎彈起瑟來了。怎麼說她在彈瑟呢？她彈的瑟曲名喚《歸雁操》，其中摹寫了雁的叫聲。「雁聲遠過瀟湘去」，正是樂曲所表現的意境。也就是形象化了的樂聲。詩人在描寫了女郎的環境和心情之後，筆鋒就轉到主題的瑤瑟了。

那麼，說第三句是寫樂曲有沒有根據呢？有的。請看下面這首詩：

瀟湘何事等閑回？水碧沙明兩岸苔。
二十五弦彈夜月，不勝清怨卻飛來。

這是錢起的《歸雁》，本書已經介紹過了。《歸雁》從側面烘托出彈奏的是《歸雁操》，溫庭筠這首詩也一樣。「瀟湘何事等閑回」和「雁聲遠過瀟湘去」都是樂聲的形象。錢詩可以證明溫詩，反過來，溫詩也可以證明錢詩。

其實二、三兩句詩的意境是可分可合的。「碧天如水」是小樓外的實景，也可以是瑟曲中的襯景。在碧天如水的夜裏，哀咽的雁聲掠過天空，遠遠向瀟湘二水的方向去了。這不是可以構成一幅美妙的「瀟湘歸雁圖」嗎！

因為詩人使用絕句體裁，不能像李頎、韓愈那樣放筆揮灑，只能輕輕點上一筆。然而，也許詩人自己以為已經是足夠了。

「十二樓中月自明」——又回到小樓一角。當她彈奏這首幽怨的曲子的時候，身旁並沒有誰在傾耳欣賞，她是非常孤獨的，既聽不到讚美的聲音，也看不見同情的臉孔。甚至連批評她的技巧的人也沒有。僅有的只是清淨的月色透過疏簾照進屋子。可是，連月亮也是自己照管自己，表情淡漠，好像同她毫無關涉。

這真是令人心灰意絕的寂寞。

在封建社會裏，多少被遺忘了的受損害的女性。這一類悲劇帶着舊社會的特有烙印而不斷地出現，反覆地演出。《瑤瑟怨》只不過描寫了其中的一幕罷了。

崔櫓

生卒年不詳。大中時舉進士（一作廣明中進士），仕為棣州司馬。《無機集》四卷，今存詩十六首。

華清宮（錄二）

（一）

草遮回磴絕鳴鑾❶，雲樹深深碧殿寒。
明月自來還自去，更無人倚玉欄杆。

（二）

門橫金鎖悄無人，落日秋聲渭水濱。
紅葉下山寒寂寂，濕雲如夢雨如塵。

❶回磴，沿山曲折砌成的石級。鳴鑾，指帝王的車駕。

「懷古詩怎樣才算是寫得好或者比較好？」

「你說是古人寫的懷古詩？」

「對！來到一處著名的古跡，想起古人往事，又看到今天，心裏很想寫點什麼，禁不住吟詠起來……」

懷古詩的來歷，可以追溯到北魏的冠軍將軍常景。時在公元五二〇至五二四年之間，常景奉命出塞，在北部邊疆兜了一圈，「經涉山水，悵然懷古，乃擬劉琨《扶風歌》十二首」（見《魏書・常景傳》）。可惜他的懷古詩已經失傳，不知道寫了些什麼。一般說來，寫懷古詩當然不只是為了懷念古人，而是從古人古事中受到觸發，引起內心的感想，再用詩的體裁抒發出來。懷古詩不能僅僅着眼於「古」，應該和詠古有所區別。這是不言而喻的。

照我的看法，懷古詩要是能夠把古和今、物和我、情和景這三種矛盾對立的東西很好地統一起來，並且使三者互相交融，凝成一種詩的意境。這就算得上好的懷古詩。

從前寫懷古詩的人很多。尤其是封建時代的文人墨客，到了一處有古跡的地方，隨手拉扯一些古人古事，信筆一揮，加上「懷古」兩個字，以為就是懷古詩。說實在的，沒有那麼簡單。

為了把問題說清楚，舉出例子是必要的。這裏就談談崔櫓的《華清宮》絕句吧。

崔櫓已經是晚唐的作家了。據說他是大中年間（八四七至八五九年）的進士（《唐詩紀事》卷五十八），也有說是廣明年間（八八〇年）得第的（《唐才子傳》卷九）。曾官棣州司馬（唐棣州在今山東惠民縣南）。他的《華清宮》詩，《唐詩紀事》錄了四首，《全唐詩》剔出一首，只錄三首。這裏只選兩首來談。

歷史上著名的華清宮，在陝西臨潼縣南驪山北麓下❷，原是一個溫泉。唐太宗貞觀十八年在這裏興建了一座湯泉宮，高宗時改名溫泉宮。到了玄宗天寶六載（七四七年），又大加擴充，定名為華清宮。這是驪山歷史上最烜赫的時期，一座座宮亭苑宇，分佈山上山下，著名的如長生殿、朝元閣、鬥雞殿、集靈台、宜春亭、芙蓉園都圍繞着華清宮興建起來，一片金碧輝煌，光彩燦爛，成為玄宗和他的妃子楊玉環以及一班權貴寵臣們日常遊玩享樂的去處。可是過了不久，「漁陽鼙鼓動地來」，安祿山的一場叛亂，把金粉繁華的驪山頓時化作荒涼的世界。宮殿建築大部分破壞了，沒有破壞的，也是零落不堪，成了鼠雀出沒的巢穴。到崔櫓經過華清宮的時候，離天寶末年那場變亂已經差不多一百年，那景象也就可想而知。

這時候，唐王朝正處於「日薄西山」的景況中，社會危機日益深重，農民大起義的怒火即將爆發。詩人登上驪山，眼見華清宮一片破敗，追想玄宗時代的舊事，深有感觸，於是揮筆寫下了他的「懷古」。

沿着驪山山腳走，進入羅城，就可以看見拿白色晶亮的石頭砌成的階級，迂回曲折，從山下直通到山上。不過，從前打掃得非常乾淨，佈置得井井有條，如今由於長

❷驪山，是終南山由藍田縣境延伸出來的一個支阜，綿亙五十餘里，由石甕谷分成兩個嶺，東曰東繡嶺，西曰西繡嶺。

久沒有皇帝御駕光臨，於是到處長起野草，鋪滿落葉，荒涼冷落得不堪了。華清宮和附屬建築，上上下下，殘存的還不少，它們卻是害怕看見生人似的，都深深藏在高大而密集的樹林之中。再走前去，中間聳立着華清宮大殿，規模還是那樣宏偉，可是從宮殿裏彷彿發出一股逼人的寒氣來，使人禁不住也從心裏透出一股寒意……

天還沒有昏黑，從山邊可以看見淡淡的半個月亮隱映在微藍的天穹中。這半規明月，如今誰也沒有睬它。它慘淡孤獨，照着驪山錯落的亭台殿閣和花草樹木，從東方升起來，又向西方落下去。

面對這幅圖景，詩人心裏產生很大感觸。他想起詩人杜牧寫的《過華清宮》詩：「長安回望繡成堆，山頂千門次第開……」，也想起元稹寫的《連昌宮詞》：「上皇正在望仙樓，太真同憑闌干立……」，當然也讀過陳鴻的《長恨歌傳》，那裏面描寫了天寶十載秋天，楊貴妃在長生殿同玄宗皇帝兩人「憑肩而立，密相誓心」的故事。當年的明月，一定曾經看見過宮闈中這一幕「演出」的。可如今還有誰倚着白玉欄杆再來「表演」同樣的一幕呢？真是「一曲淋鈴淚數行」❸。荒淫的生活只落得這樣的結局，詩人的感慨是深沉的。

詩人繼續向山上一步步走上去，走過了幾處殿閣，繞過了幾處荒林，來到高處，又看見一座宮殿。如今我們已猜不出他到底是站在朝元閣，還是明珠殿，但他看到的宮殿，照樣是大門上掛上一把大鎖，裏面不僅是空蕩蕩的，連附近一帶也悄然無人。

❸ 杜牧《華清宮》絕句。

向北望去，渭水宛如一條帶子，從西向東曲折流過驪山腳邊，八百里秦川歷歷在目。

在淡淡的斜照中，西風毫不疲倦地搖撼着遠近的樹木，發出一片秋天才能領略的特有聲響。特別觸目的是滿山飛着的楓葉。它們給西風從枝頭上硬扯了下來，在夕陽的反照中飄飄蕩蕩，一直飄到山下。鮮豔的顏色沒有給這座被冷落的名山增添一點兒暖意，相反，更加襯托出它那寒冷和寂寞了。山坳裏輕輕飄曳着濕雲，濕雲慢慢伸展開來，把大片的樹林和樓閣都罩上一層輕紗。濕雲又逐步化成如塵的細雨。於是，眼前的景色都像是在夢境中看到的。

詩人這時忽然想起一個古老的神話。這個神話說，巫山住着一位天帝的女兒，名叫瑤姬，她的任務是早上行雲，晚上行雨。這個神話在楚國又演化為人和神相接的故事——這是許多古老民族都曾經出現過的題材。

當李白奉命撰寫《清平調》的時候，他順手借了巫山神女的故事反襯一筆：「一枝濃豔露凝香，雲雨巫山枉斷腸。」《清平調》在人間已經流行上百年了。如今驪山上依舊是如夢的雲、如塵的雨，就是當年玄宗和楊貴妃眼中的雲和雨吧，誰知道呢！但那些人和事「如夢如塵」，都終於過去了，濕雲和細雨該有些什麼想法呢——詩人對着眼前的景物，不禁神馳物外，想得很遠很遠了。

崔櫓雖然不是一位著名的詩人，現存他的詩在《全唐詩》中只有十六首，另補遺二十一首，未免太少了。然而，他在這兩首懷古七絕中，華清宮的古和今，人與事，眼前的客觀景物和詩人自己的感情，彼此融匯交織，渾成一體，分拆不開。

如此善於統一這幾種對立着的關係，充滿了詩意，這無疑是懷古詩中的佳作。

陸龜蒙

?～約八八一

字魯望，姑蘇（今江蘇蘇州）人。曾任湖蘇二州從事，後隱居甫里，自號江湖散人、天隨子、甫里先生。詩多寫景詠物之作。有《甫里集》。

懷宛陵舊遊

陵陽佳地昔年遊，
謝朓青山李白樓。
惟有日斜溪上思，
酒旗風影落春流。

這首七絕，乍一看就惹人喜愛。詩人給我們描繪了一幅很美的景色，使人如置身畫圖之中。仔細尋味，又發現他在運用形象思維方面更是手法高明。

作者懷念宛陵山水。宛陵就是安徽宣城縣。提起宣城，人們自然會想起兩個著名詩人：一個是南朝謝朓，曾任宣城太守，在陵陽山上建了一座樓，後人名之為謝公樓，又稱北樓。另一個就是詩人李白。他在宣城住過好幾年，把敬亭山引為「相看兩不厭」的朋友。他常到謝公樓附近徘徊，在詩集中懷念謝朓的就有好幾首。詩人的這些遺跡，足為江山增色不少。

陸龜蒙生於晚唐，他是蘇州人，長期過着隱居生活，自號江湖散人。他什麼時候到宣城遊歷過，此詩寫於何年，已不可考。他既是追念宣城舊遊，筆下自然離不開那些著名的江山人物。可是僅僅一首七絕，怎樣才能概括得圓滿而又饒有詩味呢？我們看到，作者運用形象思維，用簡練而精美的筆墨把上面說的江山人物先在七個字中重重地描上一筆。這就是「謝朓青山李白樓」七個字。

「謝朓青山李白樓」，初看，是謝朓欣賞過的青山，李白登過的樓；再看，又是以謝朓著名的山，以李白著名的樓，又再看，卻又是既屬於謝朓和李白的青山，亦是同屬於謝朓和李白的樓。當我們再深入一步尋味時，就會發現謝朓、李白、青山、北樓，竟是錯綜交織，融成一片，分不清誰是賓主，誰是先後，山水和人物之間，彷彿彼此都滲溶着對方的血肉了。於是，一幅不可移易於他處的典型的宣城山水就出現在我們眼前了。多麼有本領的藝術概括，然而正是得力於形象思維的運用。

也許有人會問：謝朓樓是實際存在過的，李白樓則並無根據。作者為什麼不寫做「李白青山謝朓樓」，偏要顛倒過來呢？這一問很有意思，足以啟發思想。原來，藝術上的是否善於運用形象，往往便是表現在這些地方。正因為謝朓樓是實際存在過的，一用了「謝朓樓」三字，人們的想像就被限制在這座具體的樓上面，就沒有聯想飛翔的餘地，連帶「李白青山」也受到限制，只好拿敬亭山之類來填充進去。這樣一來，詩的內容和它的意境就大大縮小，就難以使人展開山水人物交織融渾的聯想了。這不是太着跡也太笨拙了嗎？類似的例子，正如我國戲曲舞台上靈活運用以虛作實的佈景，又如中國畫論上所說的「景愈藏境界愈大，景愈露境界愈小」的道理一樣，形象如果具體到下定義的地步，它就變成了死板的東西，阻絕了人們通過它產生聯想的道路，只是呆板地複製形象。詩人在這裏不用「謝朓樓」，正是他的聰明之處。

但是話又說回來。在藝術上，用概括力很強的筆墨寫出大的境界，並不是否定或者排斥用細緻的筆墨去描寫小的境界。也不是說，形象愈不固定愈含糊就愈好。這要看藝術上的需要如何。

我們看到陸龜蒙在三、四兩句中就轉用工筆細描，用明快而細膩的線條繪出一幅美麗的圖畫。這是作者在宣城遊覽時印象同樣深刻的。作者說：更有耐人尋思的，是在殘日西斜的清溪之上，看見酒店門前高掛着酒簾子，正在迎風飄拂，落影在春波之中。這道清溪，便是宣城著名的宛溪或句溪，李白所謂「兩水夾明鏡，雙橋落彩虹」的便是。

陸龜蒙在「日斜溪上」想到些什麼呢？他眼望着那些酒旗，那些倒影，那些板橋流水，也許想起李白這位以酒著名的詩人，當年的豪放的笑聲和酩酊的醉態，還依稀如在目前吧！山川和人物交織在一起，他的想像伸展開去，竟和百多年前的詩人相接了。

陸龜蒙先寫了大景，再寫小景。小景是如此饒有風致，讓「謝朓青山李白樓」的典型山水平添了一抹醉人的詩意。從整首詩的結構上看，也是大小疏密相間。正如齊白石畫草蟲，粗放寫意的枝葉中襯以特別工緻的昆蟲，在藝術上是辯證的統一。

白蓮

素藕多蒙別豔欺❶，
此花端合在瑤池。
無情有恨何人見？
月曉風清欲墮時。

清初，提倡「神韻說」的王漁洋非常歡喜這首詩。他說：「無情二語，恰是詠白蓮詩，移用不得。而俗人議之，以為詠白牡丹、白芍藥亦可，此真盲人道黑白。」（見王士禛《帶經堂詩話》卷廿七）

詩是好詩，固然不錯；「無情……」兩句，也恰好是白蓮的寫照，很難移用於其他花草，說得也中肯。可是，為什麼別樣花草就移用不得？漁洋老先生並沒有說出一個所以然來。這就徒然使人陷在若可解若不可解之間。

既是詠物詩，不能沒有物，那是當然的；但也不能沒有人的見解和感情，這也是常識。純然是物（見物不見人），這不過是科舉時代的試帖詩，而且還是不太高明的

❶ 素藕，指白色的花。別豔，其他色彩豔麗的花。

試帖詩。但既是詠物，卻純然只寫個人的主觀感情，不切合客觀的物，卻又不成其為詠物詩了。

必須既詠此物，又有詩人感情，情寓於物中，物因情而見，物我相與融浹，才可以稱得是上乘的詠物詩。

不過，話是這樣說，怎樣才能做到，又是另一個問題。假如偏重於主觀，客觀的物象就有隨我擺佈，從而改變了物的特有屬性的危險。因為既重在主觀，就正如那位「俗人」問王漁洋的，為什麼「無情有恨……」兩句，不能作為詠白牡丹、白芍藥詩？假如我只從主觀構想，則「無情有恨」、「月曉風清」，難道白牡丹、白芍藥就使不得？

拿詩人的主觀（不是主觀主義）去迎合客觀物象，不但要看到客觀物象的一般性，更要看到它不同於其他的特殊性。這是個需要很好掌握的問題。拿杭州西湖比作美女，蘇軾曾說：「若把西湖比西子，淡妝濃抹總相宜」。為什麼他不拿王昭君、趙飛燕來比，偏要拿西施來比？以梅花比作避世之士，明代詩人高啟說：「雪滿山中高士臥」。為什麼他不拿和尚道士來作比，要拿高士來比？這就是看到對象的特殊性之故。

西湖是客觀物象，西施是詩人的主觀比擬。這當中，西湖和西施之間的可聯性，比之西湖和王昭君、趙飛燕的可聯性是不同的。因為提起西施，人們會想到她原是越國的浣紗女郎，她功成後又泛舟五湖隱去。杭州古屬越國，湖又是西施歸隱之地。這樣，「西湖比西子」，人們就認為是「物我融浹」，很有道理了。

拿梅花比作「雪滿山中高士臥」，一方面，梅花的高潔可以引起類似隱士的感覺；另方面，北宋隱士林和靖（逋）梅妻鶴子的故事，又把梅花和高士的聯繫拉近了。

牡丹給人以富麗的感覺，所以李商隱《牡丹》詩說：「錦帷初捲衞夫人，繡被猶堆越鄂君。」拿春秋時代貴族中的南子和越鄂君相比。但綠牡丹又有其特殊色彩，所以清代女詩人吳巽便以金穀園中墜樓的綠珠相比，說：「金穀荒涼成往事，風前猶想墜樓人。」這個道理弄清楚了，才容易進一步來談陸龜蒙這首《白蓮》詩。

「素蘤多蒙別豔欺」，只是說，白色的花多數不受一般人的喜愛，並不是豔色的花專會欺負白蓮。唐代富貴人家喜歡紫牡丹。白居易曾說：「白花冷淡無人愛，亦佔芳名號牡丹。」陸龜蒙也許認為白蓮也是這樣的吧。

「此花端合在瑤池」，這是拿「瑤池」暗點蓮花長在池水中，並且推崇它的品格像瑤池仙子，和一般凡花俗卉不同。

「無情有恨何人見？月曉風清欲墮時」，這兩句才是全詩的着重之處。在詩學上說，這叫「取題之神」。

詩人假設白蓮花因為不夠鮮豔，很少人加以賞識，在池塘裏它是自開自落的。不管它是有感情也罷，沒有感情也罷；懂得愁恨也罷，不懂得愁恨也罷，誰曾看見？誰去理會？（「無情有恨」四字，是包括無情無恨和有情有恨說的，不應該拆開解釋）然而詩人卻認為，白蓮花其實是很美的。它那純潔的顏色，它那婷婷的姿態，它那「出污泥而不染」的品格，就像瑤池中的仙子。儘管在它開的時候沒有人注意，在它「欲墮」的時候也只有曉月清風做伴，又何損於它的美呢！

我們試馳騁一下想像：天色不曾放亮，野外靜寂無人，濛濛而西沉的曉月，淡淡而涼快的清風，十畝方塘，田田綠蓋。荷葉叢中，最明豔的難道不是那又白又大的蓮花嗎？你仔細再看吧，最惹人憐愛的，難道不是搖曳在清風之中、輕垂幾片欲墮不墮的花瓣的白蓮嗎？我們試唸一下：「無情有恨何人見？月曉風清欲墮時」這兩句，不是覺得非常恰切，非常傳神嗎？

拿它來詠白牡丹、白芍藥合適不合適呢？當然不合適。恐怕連詠紅蓮花也不合適。我們知道，在殘月迷茫的破曉之前，紅顏色是不夠明顯的。所以王安石才有「積李兮縞夜，崇桃兮炫晝」的詩句❷（在白天，繁密的桃花特別炫目；而在夜裏，卻只能看見一叢叢的李花）。正因如此，「月曉」兩字在這裏是很有講究的，它注意到了光和顏色的關係。只有白蓮才在這種時光中既顯示它的明麗而又和整個環境配稱。這是那特有的形象、特有的環境、特有的氛圍交織共融所產生的魅力，使我們覺得這真是不可以移用到別的花草身上的。王漁洋似乎也認識到這一點，他有兩句詩不無仿效的痕跡，說：「行人繫纜月初墮，門外野風開白蓮。」（《再過露筋祠》絕句）

這就是既看到物象的一般性而又緊緊把握住它的特殊性。這也就是「取題之神」。

❷詩題是《寄蔡氏女子》二首之一。

聶夷中

八三七～？

字坦之，河東（今山西永濟西）人。咸通末進士。其詩多為五言古體，樸質無華，多反映社會現狀及農民疾苦。《傷田家》一首，尤為後世所稱賞。原有集，已散佚，《全唐詩》錄存其詩為一卷。

公子家❶

種花滿西園，
花發青樓道。
花下一禾生，
去之為惡草。

❶詩題一作《長安花》，一作《公子行》。

在晚唐的現實主義詩人中，聶夷中是代表人物之一。他僅存三十七首詩，其中就有像《公子行》、《傷田家》、《田家》和這裏要談的《公子家》等優秀的作品。在這些作品裏，詩人表露了對於當時政治的黑暗腐敗和統治者的荒淫無恥的極大憤懣；而《贈農》一首（一說是孟郊作），又傾訴了對被壓迫剝削的農民的同情與關懷。其中的《公子行》，揭露當時「一行書不讀，身封萬戶侯」的豪貴子弟的醜惡面目真是入木三分。他們一方面是無比兇橫：「走馬踏殺人，街吏不敢詰」；同時另一面則是「美人盡如月，南威莫能匹」，盡情地縱淫；「飛瓊奏雲和，碧簫吹鳳質」，驚人的豪侈。詩人最後還深刻地挖出這些傢伙恨不得享壽一千歲，讓他能夠無窮無盡地縱樂的齷齪心理：「惟恨魯陽死，無人駐白日。」這些詩歌都不愧為晚唐時代具有戰鬥風格的作品。

從《公子家》這首五絕，可以看出詩人的觀察是很細緻的，而着眼點卻是很高的。假如說，像上面舉出的那首《公子行》，詩人是從縱面來解剖那些公子王孫的荒淫生活及其心理活動的話，那麼，這首短詩就是從橫的方面切出一塊薄片，同樣地盡了暴露的作用。這種橫剖的手法，固然並不新奇，然而詩人在橫剖的時候，並不是隨便一刀下去的。他看準的那個地方，是一般人都不曾注意到的極微細的地方，那是在這位公子到花園裏去「賞花」的時候，忽然看見花枝底下有一株稻苗長了起來，便伸出兩個尖尖的指頭，把它連根拔起，隨手扔到路邊去。對於這個小動作，不是有靈心慧眼的人，根本就沒有想到去理會它。可是我們這位詩人恰好把它捉住了，就像醫生解剖毒瘤一樣，一刀下去，醜惡的東西便一下子揭了出來。

讀這首詩，我們會看出了不止一層涵意。這個五穀不分的公子哥兒，自然以為秧苗就是「惡草」，拔而去之，這就勾畫了其人的荒謬愚蠢。這層意思自然是重要的，可是單這樣了解卻不夠，還應該進一步看到詩人在刻畫這個小動作後面所賦予的巨大的社會意義。在晚唐這樣糜爛到發臭的李氏王朝統治底下，人與人之間的位置安排完全是顛倒的。詩人看到當時正直良善的人們被當做「壞人」看待，而真正的壞人（他們表面上裝得怪好看的）或華而不實的傢伙卻受到寵愛。這種情形，正和這位公子把禾苗當做「惡草」一樣。因此，詩人在這首詩裏，就借用了這個小場景，來寄寓自己對於這樣的社會現象的憤慨。這首詩所抨擊的對象，因之就不僅僅是某一個公子哥兒，而是從局部展示全體，從個別指出一般了。

這首詩的典型意義，正在於此。

田家

父耕原上田，
子劚❶山下荒。
六月禾未秀，
官家已修倉。

談了聶夷中的《公子家》，還想再談談他這一首。

對於只會吮血吸髓的封建統治者，特別是貴族與官吏，有正義感的唐代詩人曾經不止一次地舉起過他們的投槍。在這當中，各人所使用的手法是不一樣的。像白居易，有時用的就是火辣辣的字眼，如他在《杜陵叟》一詩中，借杜陵叟的口破口大罵：「虐人害物即豺狼，何必鈎爪鋸牙食人肉！」那種憤不可遏的氣勢，真像要把「豺狼」一下子燒成灰燼。但更多的人還是比較含蓄的，雖然諷刺入骨，在字面上仍然留了一點地步。杜甫寫馬嵬坡那一幕，就沒有白居易《長恨歌》那樣赤裸裸，只是隱隱約約，用「明眸皓齒今何在，血污遊魂歸不得」兩句，表露了對這件事情的感慨。

❶ 劚，鋤地。

聶夷中這位詩人卻有不同的氣質，他似乎並不願意故作含蓄。他對封建統治者的攻擊，從來不肯轉彎抹角。可是，他和白居易在《新樂府》裏喜愛直接表示意見、發揮議論又有所不同。他好像更喜歡讓事實來說話，把東西都攤開到桌子上，或者換句話說，把一幅速寫畫掛在你的眼前，讓你自己看了去作結論。上面談到的《公子家》是如此，另外兩首《公子行》是如此，這一首《田家》也不例外（只有「二月賣新絲」那首詩，用的是議論，但仍用比喻手法）。由於這位詩人善於選擇題材，因而使用這種手法，又都是十分成功的。人們看了他擺出來的事實，不由得不自己去作結論，從而詩人就使他的作品獲得應有的效果。

這首《田家》，打個比喻，就是一幅形象鮮明的速寫畫。在畫的一邊，一位白髮皤然的老父親，正在高田上氣咻咻地給禾苗除蟲去草；在山下，他的兒子揮着鋤頭吃力地開荒。顯然，這時禾還沒有長起來，為了度荒，不得不趕種一些早熟作物，免得禾還沒有長成自己先就餓死。假如單看畫面上這一角，我們還替他父子倆抱着一線希望：也許能夠掙扎着度過這種艱苦的歲月吧！然而，當轉過眼去接觸到另一個角落的時候，我們卻好像頭上響起一個霹靂：原來那夥吸人血汗的傢伙，已經派人在那裏修築糧倉，他們早就盤算着把父子兩人的辛苦所得一粒不剩地搬個罄淨了！

該怎麼辦呢？我想，受到封建統治者剝削壓榨的農民，都會自己來下結論吧！

為了完成詩的主題思想，可以想見詩人事前花費了多少力量！他需要找一幅最有說服力量的畫面，而且只需寥寥幾筆的，好讓它來向讀者發揮雄辯。而這位詩人也的確具有靈心妙手，只把兩個農夫，一座官家糧倉放在一起，不着一個字議論，其結果，比之洋洋萬言的大文章似乎並無愧色。所謂「一矢破的」，所謂「言簡意賅」，說的都是文章的好處。我想聶夷中這首詩，正是兼有這兩種長處的。

羅隱

八三三～九一〇

字昭諫，杭州新城（今浙江富陽西南）人。光啟中，入鎮海軍節度使錢鏐幕，後遷節度判官、給事中等職。詩頗有諷刺現實之作，多用口語，於民間流傳頗廣。有詩集《甲乙集》。

黃河

莫把阿膠向此傾，此中天意固難明。
解通銀漢應須曲，才出崑崙便不清。
高祖誓功衣帶小，仙人占斗客槎輕。
三千年後知誰在？何必勞君報太平！

在江浙一帶群眾的口中，流傳着不少有關羅隱的故事。這和羅隱有些詩句長期在群眾口中流傳下來是分不開的。羅隱的詩通俗流暢，一般人都容易讀懂，有些諷刺也很辛辣。例如《詠金錢花》：「若教此物堪收貯，應被豪門盡劚將（砍掉）。」對封建掠奪者這一刺，辛辣而又帶點幽默。僖宗李儇給農民起義軍打得奔逃入蜀，他又寫道：「地下阿蠻❶應有語，這回休更怨楊妃。」分明在說，這是封建帝皇自取其禍，怨不得別人，但是寫來卻並不聲色俱厲。

羅隱早年在仕途上很不得意，曾經十次應進士考都落第，對李唐王朝壓抑人才是滿懷不快的。這首《黃河》，正是針對這一點而發。詩並不是寫黃河，雖然表面上每句都像是詠黃河，其實每句都是對封建貴族援引私人、埋沒人才的攻擊。因為唐代的科舉考試，表面上說是選拔人才，其實徒具形式，士子如果沒有朝中貴族或大臣薦引，即使很有才學，也是不被取錄的。羅隱本人就屢次嘗過這種苦頭，所以感慨也特別深。

在開頭，作者就用「天意難明」四字，暗示當時的科舉考試的虛偽性。因為官場正像黃河那樣混濁，就算把阿膠傾進黃河也是無益的（「阿膠」，古人說是可以澄清濁水的藥劑）。

跟着，作者就再把這個意思進一步加以發揮。「解通銀漢應須曲」的「銀漢」，原意自然是天上的銀河，但古人詩中卻也可以把它挪到人間，當做皇室、朝廷，亦即統

❶ 阿蠻，唐玄宗嘗自稱為阿瞞。這裏的「阿蠻」疑是「阿瞞」的同音借用，和唐代舞女謝阿蠻無關。

治集團的上層來解釋。這句詩中的「銀漢」，也應該是皇室的代詞。因此，整句詩的意思就是說：要通到皇帝身邊去，就得使出卑鄙的手段（就是所謂「曲」），這才可以達到目的。

「才出崑崙便不清」——句中「崑崙」也和「銀漢」一樣，不是指「黃河發源地」的崑崙山，而是指那些豪門貴族。因為那些被薦引做了官的士子，都是與貴族、大臣私下勾結的，他們一出手就不乾不淨，正如黃河在發源地就已經混濁了一樣（這是羅隱對黃河的認識，自然不是科學的說法）。

五、六兩句：「高祖誓功衣帶小，仙人占斗客槎輕。」包含了兩段小小的典故。前一句，暗指漢高祖在平定天下，大封功臣時的「封爵之誓」所說的話，誓文說：「使河如帶，泰山若礪。」翻譯出來就是：要到黃河像衣帶那麼狹小，泰山像磨刀石那樣平坦，你們的爵位才會消失（即是永不消失之意）。後一句，卻有一則故事，據說漢代張騫奉命探尋黃河源頭，他坐了一隻木筏，沿黃河直上，不知不覺到了一個地方，看見有個女人織布，還有一個牽牛的男人。張騫後來回到西蜀，向善於占卜的嚴君平詢問這件事，君平說，你已經到過牛斗二宿的所在了。這兩件事都是有關黃河的典故。詩人運用這兩個典故也有含意，上句的意思是說，自從漢高祖大封功臣以來（恰巧，唐高祖又是唐代開國皇帝），貴族們就是世代簪纓，富貴不絕，霸佔着朝廷爵位，排斥別人，好像真要等到黃河小得像衣帶一樣，才肯放手。下句意思是說，封建貴族霸佔爵位，把持朝政，有如「仙人占斗」。他們既然佔據了「斗」，那麼，對於要到「天上」去的「客槎」（這裏指考試求官的人），經他們援引，自然就飄飄直上，不用費力了。由此可見，詩人句句明寫黃河，卻句句都是暗射封建社會的上層統治集團，罵得非常辛辣，也非常尖刻。這和羅隱十次參加科舉考試都沒有及第，在痛苦的經歷中洞察了唐代官場的腐敗黑暗有着密切關係。

最後兩句，因為黃河有「千年一清，黃河清就是天下太平」的說法，因此詩人就說，三千年（按，三千年似應作一千年）黃河才澄清一次，誰個還能夠等候得來呢！這也是憤慨的話。

這首詩從藝術性來看，當然不能說是寫得很好。但是，第一，詩人拿黃河來諷諭科舉制度，這構思就很巧妙。其次，句句切定黃河，而又別有所指，手法也是運用得很靈巧的。而且綜觀全詩，可以看出詩人對唐王朝的科舉制度是揭露得淋漓盡致的。也就是說，它在當時有很大的代表性。由於詩中語氣異常激烈，所以曾經有人說它「躁」，也即所謂不夠「溫柔敦厚」。曾寫過一本《作詩百法》的劉鐵冷，對「解通銀漢應須曲，才出崑崙便不清」一聯便是這樣評價的，他認為「詩有四失」，「失之大怒其辭躁」。而羅隱這兩句詩是「失之大怒」的，因此也就不好。這當然是沒有了解當時詩人的思想感情的「中庸」之論，但是他看到這兩句詩乃是「大怒」之辭，卻實在沒有看錯。

綿谷回寄蔡氏昆仲❶

一年兩度錦江❷遊，前值東風後值秋。
芳草有情皆礙馬，好雲無處不遮樓。
山牽別恨和腸斷，水帶離聲入夢流。
今日因君試回首，淡煙喬木隔綿州❸。

蘇東坡在衙門值夜，有一次帶了朋友李之儀的一百多首詩去閱讀，一直讀到半夜才完。於是他提起筆來，寫了一首讀後感。其中有句說：「暫借好詩消永夜，每逢佳處輒參禪。」又說：「愁侵硯滴初含凍，喜入燈花欲鬥妍。」有人以為東坡諷刺了這位朋友一下，意在說他的詩太晦澀了，要弄懂它的意思，就得像參禪一樣。可是，照「愁侵……喜入……」這兩句看來，上句是沉思的神態，下句是領悟的喜悅，實在不像諷刺。

如今單談羅隱這首詩，並且主要只談其中的兩句，我看是頗有「愁侵硯滴初含凍，喜入燈花欲鬥妍」的味道。

❶綿谷，舊縣名，在今四川廣元縣。昆仲，兄弟。

❷錦江，在今四川成都市南。

❸綿州，在今四川綿陽縣。

「芳草有情皆礙馬，好雲無處不遮樓」，許多人一看都會覺得是好句。好在什麼地方？它寫景實在美得很。一讀之下，一幅春郊試馬圖就如在目前。在畫面近處，我們看到幾個遊人各騎着健馬，在密茂的青草地上聯轡而行，還彷彿聽得見馬蹄踏在草上發出沙沙的響聲。遠處，便是一帶葱綠的山巒，白雲在山間縈繞，透過雲縫，參差歷落地出現一座座亭台樓閣，遊人揚鞭指點，談論着這裏的綺麗風光。用不着再虛構什麼情節，只是這樣，便是一幅很美的圖畫了。

這樣來理解這兩句詩對不對？當然對！因為從寫景來說，它就是如此的，可是，僅僅這樣理解夠不夠呢？我們又可以肯定地說，不夠。因為作者並不是——準確地說，主要的不在於為我們提供如此這般的一幅畫面。作者在這裏是抒發自己的感情。當然，景是有的，並且是作者親歷其境的景；然而正如許多寓情於景的詩句一樣，這裏的景已經不是以獨立的現象出現，它已經變成了表現人物感情的因素了。所以，我們對它的理解必須進深一層。

看題目，這是作者寄給分別不久的朋友——蔡氏昆仲的詩。朋友分手了，自然會依依不捨，儘管早已過了幾處驛站，而且眼前好山好水，但心頭上的離情別緒仍然沒有完全消除。這時候，攔在詩人馬前的是一片連綿不盡的芳草，它們老是絆着馬蹄，蹴脫不開。為什麼這樣？作者起初有點不明白，後來才忽然省悟，原來芳草也像那兩位昆仲一樣，不願意放自己離開四川，老是攔着馬蹄，盼望詩人再逗留一些時候——

這就是「芳草有情皆礙馬」的抒情的內容。

詩人萬里入蜀（羅隱是江東人），故鄉遠隔天涯，自然難免會像王粲❹那樣，登上高樓，眺望故鄉，舒散一下懷歸的感情；可是四川不只是山川峻秀，連雲彩也是感情豐富的，它好像是怕詩人登樓遠眺，觸動愁懷，所以總是有意把樓台遮蔽起來，不讓詩人望見故鄉。因此，詩人又不禁感動得寫下了「好雲無處不遮樓」這一形象生動的詩句。

這樣體味，這兩句詩的內容就比剛才豐富得多了。它不單是一幅春郊試馬圖，它更主要的是表達了詩人對於四川山水的感情，對於異地朋友的感激和謝意。只是作者運用的是我們通常所說的形象思維，而不是徑直說理罷了。

由此不難看出，為什麼東坡讀一首詩，也會有「愁侵硯滴初含凍，喜入燈花欲鬥妍」的體會。

❹王粲，漢末山陽人，董卓之亂，他到荊州去依附劉表。曾登上當陽縣城樓，作《登樓賦》，表示懷歸之意。

韋莊

約八三六～九一〇

字端己，長安杜陵（今陝西西安東南）人。乾寧進士，官左補闕。與溫庭筠齊名，並稱溫韋。早年作《秦婦吟》長詩，在當時頗有名。著有《浣花集》。

古離別

晴煙漠漠柳毿毿❶，
不那❷離情酒半酣。
更把玉鞭雲外指，
斷腸春色在江南。

❶毿毿，形容柳葉紛披下垂貌。
❷不那，意同不奈，無奈。

寫文藝作品的人，大抵都懂得一種環境襯托的手法：同樣是一庭花月，在歡樂的時候，它們似乎要為人起舞；而當悲愁之際，它們又好像替人垂淚了。「碧雲天，黃花地。西風緊，北雁南飛……」蕭瑟的秋景，有力地襯托出《西廂記》那場別宴中的離情別緒，便是一例。使用這種正面襯托手法，並無足以非議之處，只是用得濫了，也難免令人生厭。「蠟燭有心還惜別，替人垂淚到天明。」固然不失為好句，不能老是這樣的一種構想。韋莊這首《古離別》，正好跳出這種常見的比擬，用優美動人的景色來反襯離愁別緒，卻又獲得和諧統一的效果。

晴煙漠漠，楊柳毿毿，日麗風和，一派美景。作者沒有把春天故意寫成一片黯淡，而是如實地寫出它的濃麗，並且着意點染楊柳的風姿，從而暗暗透出了在這個時候和心愛的人訣別的難堪之情。所以，第二句轉入「不那離情酒半酣」，便構成一種強烈的反跌，使滿眼春光都好像黯然失色，有春色愈濃牽起的離情別緒也更加強烈的感覺。這個道理，明末王夫之（船山）就已經談到了。他說：「『昔我往矣，楊柳依依；今我來思，雨雪霏霏。』以樂景寫哀，以哀景寫樂，一倍增其哀樂。」懂得使用這種反襯所造成的效果，對我們創作和欣賞都不無好處。

「酒半酣」三字也下得好。不但帶出離筵別宴的景色，使人看出在柳蔭之下置酒送行的場面，並且巧妙地寫出人物此時的內心感情。因為假如酒還沒有喝，離別者的理智還可以把感情勉強抑制，如果喝得太多，感情又會完全控制不住；只有當半酣的時候，離情的無可奈何才能給人以深切的體味。「酒半酣」之於「不那」，起着深化人物感情的作用。

然而作者還嫌不夠飽滿，因此三、四兩句再進一層。這一層意思是從第一句引申出來的。行人要去的是江南，江南的春天來得比北方早，楊柳自然更加繁茂，春色也更加動人；可惜這些給行人帶來的並非歡樂，而是更多因春色而觸動的離愁。所以在臨別時，送行者用馬鞭向南方指點着，饒有深意地說出「斷腸春色在江南」的話。

盛唐詩人常建的《送宇文六》詩說：「花映垂楊漢水清，微風林裏一枝輕。即今江北還如此，愁殺江南離別情。」李嘉佑《夜宴南陵留別》詩也說：「雪滿庭前月色閑，主人留客未能還。預愁明日相思處，匹馬千山與萬山。」結尾都是深一層的寫法。前代文藝評論家叫這做「厚」，也就是有深度。「厚」，就能夠更加飽滿地完成詩的主題。

色調鮮明，音節諧美，是這首詩的另一特色。淡淡的晴煙，青青的楊柳，襯托着道旁的離筵別酒，彷彿一幅詩意盎然的設色山水。詩中人臨別時揚鞭指點的動作，又使這幅畫圖顯得栩栩如生。讀着它，人們很容易聯想起宋元畫家所畫的小品，風格和情致都相當接近。

韋莊是晚唐比較著名的詩人和詞人，由於他所處的是動亂的時代，並且由於時代的、階層的局限，他眼見唐王朝的統治已到了「日落西山」的境地，常常不能避免地帶着一種哀挽的心情。因此在他的作品中，一種淡淡的哀愁，無可奈何的歎喟，常常流露在字裏行間。這是我們讀韋莊的作品的時候能夠感覺得到的。

韋莊的詩（尤其是七絕）柔中帶健，淡中有韻，而且音節優美，色調和諧，予人以一種清新的美感。他的詩淺處不失於裸露，在流利中仍然顯出組織上的細密，因此也經得起咀嚼。這首《古離別》，多少可以看出他的風格來。

張泌

生卒年不詳。字子澄，安徽淮南人。累官至內史舍人。花間派的代表人物之一。其詩多寫湖湘桂一帶風物，用字工煉，章法巧妙，描繪細膩，用語流便。今存詩十九首。

寄人❶

別夢依依到謝家，
小廊回合❷曲闌斜。
多情只有春庭月，
猶為離人照落花。

❶清人李良年《詞壇紀事》云：「張泌仕南唐為內史舍人。初與鄰女浣衣相善，作《江神子》詞。……後經年不復相見，張夜夢之，寫絕句云云。」即是此詩。

❷回合，是回環周繞的意思。

以詩代柬，來表達自己心裏要說的話，這在古代的文人是常有的事。這首題為《寄人》的詩，就是拿來代替一封信的。

從它措詞簡單而又深情婉轉的內容看來，詩人是曾經和一個姑娘相好，而後來不知怎樣又分手了的。然而詩人始終沒有能夠對她忘懷。在封建宗法社會的「禮教」阻隔下，既不能夠直截痛快地傾吐自己的心裏話，只好借用詩的形式，曲折而又隱約地加以表達，希望她到底能夠了解自己了。這是題為《寄人》的原因。

詩是從敍述一個夢境開始的。「謝家」也許就是這位姑娘的娘家吧（這位姑娘不一定姓謝。舊體詩詞中常用「謝家」來代指女子的娘家，大抵是從謝道蘊這位著名的才女借用來的）。可以設想，詩人曾經在她的家裏待過，或者在她家裏和她見過面。曲徑迴廊，本來都是當年舊遊或定情的地方。因此，詩人在進入夢境以後，就覺得自己飄飄蕩蕩的到了她的家裏（句中的「依依」，可以引《楚辭》「戀戀兮依依」作註解，就是依依不捨的意思）。

這裏的環境是這樣熟悉：院子裏四面走廊，那是兩人曾經談過心的地方；曲折的欄杆，也像往常一樣，彷彿還留下自己觸摸過的手跡。可是就偏偏沒有看見這位姑娘。他的夢魂繞遍迴廊，倚盡欄杆，就是找不到她的蹤影。他只好非常失望地徘徊着、追憶着，直到連自己也不知道怎樣脫出這種難堪的夢境——這就是第二句「小廊回合曲闌斜」描寫的夢中情景。

很多人都讀過崔護的《題都城南莊》詩：「人面不知何處去，桃花依舊笑春風。」宋代詞人周邦彥有一首《玉樓春》詞，描寫的也類似：「當時相候赤闌橋，今日獨尋黃葉路。」一種物是人非的依戀心情，寫得同樣動人。然而「別夢……」兩句寫的卻是夢境，連在夢裏也尋找不到自己所愛的人的蹤影，那惆悵的情懷就加倍使人難堪了。

人是再也找不到了，那麼，還剩下些什麼呢？這時候，一輪皎月，正好把它的冷光灑在園子裏，地上的片片落花，反射出慘淡的顏色。「花是落了，然而曾經映照過枝上芳菲的明月，依然如此多情地臨照着，還沒有忘記他們之間那一段曾經結下的情愫呵！」這後兩句就是詩人要告訴她的話。

自然，這首詩是「寄人」的。詩人寫出了自己的夢境，又寫出了從花月中受到的感觸，這就不能不是向這位姑娘表露心事。前兩句寫入夢之由與夢中所見之景，使對方知道自己思憶之深，後二句再寫出多情的明月依舊照人，那就更是對姑娘的魚沉雁杳有點埋怨了。「花」固然已經落了，然而，春庭的明月還替離人臨照落花，彷彿在告訴人們：你們對於「落花」就這樣地決絕，連回頭一盼也不肯麼！詩人言外之意，還是希望彼此通一通音問的。

唐代優秀的抒情詩歌都有這個特點：作者創造的藝術形象是鮮明、準確，而又含蓄深厚的。他們善於通過被塑造的形象的行動，來表達自己深沉曲折的思想感情。因此不需要作者自己外加一句多餘的話。正如這首《寄人》詩，只寫一個夢魂的行動，只寫小廊曲闌和庭中花月，比之作者自己訴說心頭上的千言萬語，卻還要有力得多。「別夢……」兩句，比起「有夢也難尋覓」不是還要深刻動人麼！

近人論宋詩，說「唐詩之美在情辭，故豐腴；宋詩之美在氣骨，故瘦勁」。如果單從文字修飾來理解所謂「情辭」，而看不到形象的提煉所起的作用，我看還是很難理解唐詩「豐腴」之所以然的。不過，這已經是題外的話了。

葛鴉兒

生卒年與生平不詳。寫景頗具道家色彩。《全唐詩》錄其詩三首，即《懷良人》和《會仙詩二首》。

懷良人

蓬鬢荊釵世所稀❶，
布裙猶是嫁時衣。
胡麻❷好種無人種，
正是歸時不見歸❸。

❶這句是說，頭髮散亂，插的是荊條造成的釵子，窮得來世上少見。

❷胡麻，即芝麻。後魏賈思勰《齊民要術》：「種黑斑麻子，種法與麻同。三月種者為上時，四月為中時，五月初為下時。」

❸韋莊《又玄集》錄此詩，作「正是歸時君不歸」。此詩又見韋縠《才調集》。

曾經看過明人顧元慶的《夷白齋詩話》，裏面提到葛鴉兒這首《懷良人》。他特別指出，詩中為什麼要寫「胡麻好種無人種」，因為古代民間相傳，種芝麻的時候，假如是夫妻二人一同播種，收成就會增加；不然的話，收成就不好。

指出這一點，的確是很重要的。因為，從多數情況來說，文人寫的詩歌運用的大抵是書裏的典故，而民間的詩歌運用的大抵是民間傳說，或民間流行的隱語、比喻之類，主要是口頭流傳的東西。

運用書裏的典故，假如書還存在，查出來是不難的。但如果運用的是口頭傳說，情況就不同了。一則口頭的東西容易失傳，二則有地區不同的限制，三則搜訪較難。有許多古代民歌，字面倒好解，就是領悟不出它的妙處，原因常常就在這裏。

拿葛鴉兒這首詩來說吧。它收錄在《全唐詩》第八〇一卷❹。但葛鴉兒的時代、生平已無從知道。只是從詩的內容看，她顯然是一位貧苦的女工，為思憶她的丈夫而寫的。題目也許是收集的人加上去，原來不一定有。和文人的創作不同，葛鴉兒巧妙地運用了當時民間的種芝麻的傳說，來抒發渴望丈夫及時回來的心情，寫得深摯動人。可是，如果我們不知道民間有這種傳說——種芝麻要夫妻一起播種才會豐收，那麼，我們就不能指出這首詩包含的巧喻，無法解釋為什麼芝麻沒有人種，又怎麼同「不見歸」聯繫得上，也更無法說明這首詩的好處了。

這使我想起類似的一件事。

❹《全唐詩》卷七八四又收錄這首詩，題作河北士人《代妻答詩》，並引《本事詩》說是一個士子所作。恐怕不大可靠。

在元人雜劇中，常見有「趙杲送曾哀」這句民間成語。如《兒女團圓》劇二、《牆頭馬上》劇二，《薛仁貴》劇二則作「趙槁」。但也有作「趙杲送燈台」的，如《黃粱夢》劇二。這話是什麼意思呢？是「一去不回」的意思。假如要在古書上找證據，那麼，歐陽修的《歸田錄》倒可以找着：「俚諺云：『趙老送燈台，一去也不來。』不知是何等語。天聖中，有尚書郎趙世長，為留台御史。有輕薄子送以詩云：『此回真是送燈台。』其後竟卒於留台。」可知在北宋時，原是「趙老送燈台」的，但在口語流傳中，逐步產生變音，於是就有人寫成「趙杲送燈台」，甚至變成「趙杲送曾哀」了。

然而問題還沒有完全解決。到底是「送燈台」變成「送曾哀」呢，還是「送曾哀」變成「送燈台」呢？為什麼又是「一去不回」的意思呢？這就不是在古書裏能夠解決的了。

解決問題的鑰匙原來依然留在民間。

在四川民間故事中，還保存着一段趙巧兒送燈台的傳說。故事大致是這樣的：

趙巧兒是魯班師傅的唯一徒弟，可是他生性懶惰，又會作弊，常常因此把事情搞糟。有一回，魯班打算建一座石橋，不料海龍王老是興波作浪，很難建成。魯班為了鎮壓龍王，就拿出一個木製的燈台，交給趙巧兒，讓他送下海去。並且告訴他：龍王看了這燈台，就再不敢興波作浪了。趙巧兒口裏答應，心中可不服氣。他認為若果自己造個燈台，一定比師傅那個還好看。於是自製了一個，藏在身上。先點着師傅的燈台，分開水路，直朝龍宮而去。燈台果然發生效力，龍王一見，恭敬下拜，不敢亂動。趙巧兒卻要顯顯自己的本領，就拿出自製的燈台來，把油倒進去燃着。不料他這燈台是漏油的，火忽然滅了。龍王馬上翻過臉來，依舊興波作浪。從此，趙巧兒就再也沒有回到師傅身邊了。

這個趙巧兒，顯然就是《歸田錄》說的「趙老」，也是元劇中出現的「趙杲」。「送曾哀」自然是「送燈台」音變而成。其所以成為「一去不回」的隱語，故事也交代得很清楚。

由此可見，民間成語的來歷，要到民間去找；民歌中運用的民間成語、隱語、比喻之類，也要到民間去找。當然有些能找到，有些失傳的就找不到了。但流傳在民間的無數故事、傳說、隱語、比喻，往往具有千數百年的活力，它蘊藏着我們先民的智慧之光，保存了不少至今還有用的資料。民俗學家、語言學家固然應當充分利用，就是研究古典文學的人，欣賞古代民歌的人，也是不能不留意的。葛鴉兒這兩句詩，只有到民間傳說中取得確解，不過僅僅是一個例子罷了。

這首詩看來是中唐以後至唐末之間的作品。那是社會動亂，農村經濟崩壞，階層矛盾加劇的時期。農村的壯漢不是被迫出外謀生，就是被徵調到前方打仗，長期不得歸鄉。剩下來的老弱，過着極度貧困的生活。詩中描繪的這幅悲慘圖畫，正是在這樣的背景下出現的。

責任編輯　劉汝沁
書籍設計　吳丹娜
書名題字　吳少勤

書　　名　唐詩小札
作　　者　劉逸生
出　　版　三聯書店（香港）有限公司
香港北角英皇道四九九號北角工業大廈二十樓
Joint Publishing (H.K.) Co., Ltd.
20/F., North Point Industrial Building,
499 King's Road, North Point, Hong Kong
香港發行　香港聯合書刊物流有限公司
香港新界荃灣德士古道二二〇至二四八號十六樓
印　　刷　美雅印刷製本有限公司
香港九龍觀塘榮業街六號四樓A室
版　　次　二〇一七年六月香港第一版第一次印刷
二〇二三年一月香港第一版第三次印刷
規　　格　大三十二開（130×210mm）三百九十二面
國際書號　ISBN 978-962-04-4116-5